在历史的岸边遥望

杜卫东 著

作家出版社

图书在版编目（CIP）数据

在历史的岸边遥望 / 杜卫东著. -- 北京：作家出版社，
2025.4. -- ISBN 978-7-5212-3260-8

Ⅰ. I267

中国国家版本馆CIP数据核字第202589LY61号

在历史的岸边遥望

作　　者：杜卫东
责任编辑：兴　安　赵文文
封面插图：张守义
封面题字：鲁　光
封面设计：张车行
出版发行：作家出版社有限公司
社　　址：北京农展馆南里10号　　邮　　编：100125
电话传真：86-10-65067186（发行中心）
　　　　　86-10-65004079（总编室）
E-mail:zuojia@zuojia.net.cn
http://www.zuojiachubanshe.com
印　　刷：中煤（北京）印务有限公司
成品尺寸：145×210
字　　数：205千
印　　张：9.5
版　　次：2025年4月第1版
印　　次：2025年4月第1次印刷
ISBN　978-7-5212-3260-8
定　　价：59.00元

杜卫东的历史人物散文（代序）

佟小侠

　　大约是前年，我在《人民文学》读到杜卫东一篇历史人物散文《向天而歌》，耳目为之一新。以我有限的阅读视野，这类散文囿于史料的铺陈和考据，常常行文干枯、滞涩，像某一段历史或某个人物的说明书，实则实了，却缺乏文学的灵动。后来，陆续在《上海文学》《四川文学》《作品》《天涯》《山花》《长城》《作家》《美文》等重要文学刊物又读到作者几篇同类散文，感到他的书写确是别出机杼。

　　在杜卫东的历史人物散文中，作者不再是历史事件的旁观者和解说者，他把自己完全融入当时的时代风云之中，悲人物之所悲，怒人物之所怒，喜则同喜，哭则同哭。历史事件没有了镜花水月一般的朦胧，各色人物像被赋予了生命一样鲜活、凸显，他们或跃马扬戈，或仰天长啸，一个个从时光深处向我们走来。温婉处，可见小桥流水，可闻鸟语花香；陡峭处，能见壁立千仞，能闻天风怒号；激越时，余勇可贾，长风可乘，踏浪放歌，击鼓鸣金，直如"一剑光耀九天寒"，畅快淋漓。而且，篇幅虽然不短，却给人一气呵成的阅读感受。描景状物，如临其境；引经据典，信手拈来，如同武功高绝之人，已经跳出传统"套路"的藩篱，不再拘泥于一招一式，追求的是更高层次的意境。

当然，只是置身其中还不够，作者的语言天赋和古文功底发挥了重要作用。作品大量采用魏晋以来骈体文和明清时期白话文的修辞方法，增强了文章的感染力和时代色彩，遣辞用典，老到贴切；骈文偶句，流畅自然；崇论闳议，触手生春。而且，在行文中还恰到好处地加入了一些时尚流行元素，声情并茂，兴味盎然，使文章的主旨和人物内心得到了有力呈现。

《一叹千年》便是这样一篇力作。文章截取东汉才女蔡文姬一段令人叹为观止的人生履历，铺展渲染，史料剪裁精到，行文逸兴飞扬，意境汪洋恣肆。其中曹操在沙场征战间歇抚琴寄托对蔡文姬的思念；宁负天下，不负佳人，遣特使持重金赎回文姬；匈奴左贤王独立大漠旷野，在苍茫暮色中咀嚼别妻之苦；蔡文姬痛别双子，一步一回头的肝肠寸断；蔡文姬披发跣足，赋诗救夫等种种情景的描写，都通过灵动而充满深情的文字，让人的心灵受到强烈震撼。对蔡文姬与左贤王情感纠葛的描写虽落墨不多，却真个是缠绵悱恻，百转千回：

　　左贤王痴痴望着东方。暮霭四合，天与地正在融汇，一会儿，就将被夜色吞噬。

　　缘生、缘灭，本是人生的一次邂逅；得到、失去，不过是命运的一次转身。生离死别，青山绿水依旧在；缘续缘断，依稀往事入梦来。十二年前，冷雨凄风，古道夕阳，蔡文姬就是从那个方向走进了他的世界；明天日出的时候，蔡文姬又将从那个方向淡出他的生活。他有些愧疚，蔡文姬已经为自己生了两个儿子，可是却从

来没有得到正式名分。一朝分手，他突然发现，自己对
这个汉家女的爱与依恋并不亚于任何一个王妃。

　　引文只是信手拈来，这样深沉、内敛、鲜活的表述，触目
皆是。

　　再有，作者不满足于已有的史料记载，力求有独特的视角。
比如《绝响》，柳如是一代才女，平生诗集画卷作品甚多，身后
也有很多人为其著书立说，但多偏重其诗词书画成就和坎坷身
世、情感际遇。作者另辟蹊径，深入发掘出主人公在国家危亡之
际置个人身家性命于度外，挺身而出，勇赴国难的人生亮点；详
尽描述了在她影响下，丈夫钱谦益从懦夫到勇士的转变，以及她
孤身上路，历经艰险，为义军偷送补给的壮举。柳如是一生三次
慨然求死，作者为每一次都留下了动人心魄的笔墨。仅看第一
次，金陵破城之前，她恳请身为东林党领袖的丈夫钱谦益与她相
携投水而死，全节尽忠，以聚民心。丈夫畏葸怯懦，她心生鄙
夷，自己纵身一跃，跳入湖中。作者写下这样的文字：

　　　　这一跃，划出了人世间最壮丽的一条弧线；昨夜剑
　　在匣中响，巾帼豪气九霄扬，谁说忠烈尽须眉，女儿也
　　殉故国殇。这一跃，折射出的民族气节光耀青史；心如
　　铁、志如钢，金瓯破碎早断肠，不做遗民空抛泪，楚虽
　　三户秦必亡。
　　　　这一跃，白练腾空，水天一色；时间为之肃立，天
　　地为之合掌。

一位风尘女子，惊魂一跃，瞬间就成了彪炳史册的伟丈夫！

作者笔下的人物或事件，有的已成定论，有的纷争不休。作者听凭内心，抽丝剥茧，追本溯源，根据历史人物的人生轨迹和情感经历，做出自己独有的判断。《新唐书·刘禹锡传》载："禹锡恃才而废，褊心不能无怨望，年益晏，偃蹇寡所合，乃以文章自适。"偃蹇，骄横之意。这两句话的意思是说，刘禹锡恃才傲物，心胸狭隘；年龄越大，朋友圈越小，只能靠写诗以自娱。作者在《永远的精灵》中，指出这是对一个高贵灵魂的误读。他细致分析了产生曲解的历史背景和可能原因，旁征博引、多方求证，重新呈现了这位伟大诗人不仅为人旷达，诗风豪迈，更兼志在社稷，勠力革新的本原形象。明代的武英殿大学士丘濬历经四朝，风评两极。有人认为他是睚眦必报、党同伐异的宵小之辈；有人称他为满腹经纶、铁骨铮铮的中兴之臣。作者在《巨灵一臂数中原》中，历数丘濬竭毕生精力编撰巨制《大学衍义补》，为推动社会经济进步做出卓越贡献；撰史为含冤赴死的民族英雄于谦拍案正名；上表《请访求遗书奏》，避免了中华文明可能出现的传承缺失；身体力行呼吁诗歌口语化，开创一代诗坛新风；不恋高位、廉洁自守，十三次请辞归隐田园的生平经历，让一位虽有性格弱点但不失为擎天栋梁的千古良相重面世间。

我固执地认为，写出这等锦绣文章，仅靠长期的勤奋加积累，或者灵光乍现的悟性是远远不够的，必须真正走入笔下人物的内心世界，在忧国忧民的时空节点上同频共鸣，才能流淌出如此写意瑰丽的文字。《永远的精灵》中，作者逸兴遄飞，牵线搭桥，让屈原与刘禹锡纵跨千年在朗州相会。朗州是屈原的流放之所，亦是刘禹锡的贬谪之地，大哲与诗豪惺惺相惜，互通款曲：

刘禹锡起身相迎，长揖一礼："先哲上下求索，精神光泽日月；《离骚》《九章》《天问》气往轹古，自楚以降，骚人无不受教。今日得见前辈，晚生足慰平生之愿。"

屈原抚髯一笑："梦得高评。读阁下诗文心怀戚戚，在此相遇，也是冥冥中的命数。"

刘禹锡再次揖首："晚辈无时不以先贤为楷模，虽贬边地，不敢忘民生之艰；职卑位贱，亦常忧国家之难。吾虽不才，但沾溉前辈余辉，亦知所为皆为国家、社稷和天下苍生，故不敢自毁自弃、自衰自怨。"

屈原慨然而叹："梦得卓然不群，《秋词》写得何等之好！华星秋月，作金石声。'晴空一鹤排云上，便引诗情到碧霄'，有了这样的格局与情怀，人生何负？"

如果不是道脉相通、薪火相传的"同道中人"，安能借两位先贤大德之口，发出如此清心明目、激越高亢的金石之音？

杜卫东笔下的历史人物，有的高居庙堂，有的栖身江湖；有旷代大儒文豪，有青楼乐籍女子，大都一生跌宕起伏，最后以悲剧落幕。但在字里行间，无一不涌动着一股勃然充沛的浩然之气。何为浩然之气？集圣贤所言，它上下可达天地，纵向能贯古今；小可纳于芥子，大则充盈苍穹；聚之为魂魄，散之为道痕；既无形无质，又具象可见；有绵延不绝的华夏文明承载，它生生不息，流光溢彩。孟老夫子"富贵不能淫，贫贱不能移，威武不能屈"的金句是它最好的注释。不论是飞龙在天的高光时刻，还是潜龙在渊的隐忍时期，抑或龙困浅滩的至暗际遇，这股浩然正气所凝聚的自强不息、永不言败的民族魂魄，都是我们永远的精神图腾，引领着中华民族砥砺前行。

无疑，杜卫东的历史人物散文，对此做出了生动形象的诠释。正是：

笔下斑斓风云动，胸中激荡剑气雄。

江山千古一轮月，碧血丹心总相承。

目 录

远古之神

1

历史的真相总会显现，就像潮水退去礁石一定会裸露。

这一天——2012年5月23日，中华民族共有的先祖注定要穿越幽深的时空隧道，来和现实拥抱了。

它是一尊陶人。五千多年的云卷云舒、花开花谢，五千多年的世事变迁、风云际会，它一直潜身在厚厚的历史尘埃之中，注视着中华文明怎样从远古走来，一路筚路蓝缕、栉风沐雨，一路卧薪尝胆、披荆斩棘。就在它充满期盼地想显身于世时，它所隐身的那片土地，承包人为了多打些粮食，深耕细作的犁头将它分解成了碎片。

距离这尊陶人生成的日子已经过去了近两百万个日日夜夜。时光像西西弗斯推动的那块滚石，周而复始，亘古不变。那一天，春天尚未走远，夏的脚步还有些蹒跚，但毕竟绿色已经萌发，叫不上名的野花开始在草丛中绽放。蓝天白云下，牛羊发出一阵阵叫声，在催促着夏天的脚步。从远古驶来的历史车轮，却已碾轧过了石器时代、青铜时代、铁器时代、蒸汽时代、电器时代而进入到信息时代。结绳记事被电脑取代，石斧、青铜剑被航空母舰替换。或许，这尊陶人太企盼目睹人世间沧海桑田的巨变了，于是不惜以身碎为代价。它知道即便化作碎片，也要比永远不见天日幸运。岁月，可以湮没太多的往事。

那天——5月23日，为实施中华文明探源工程，由中国社科院考古所与敖汉旗博物馆联合对红山文化聚落进行的测绘中，一个考古队员在一块刚刚深翻过的农田里发现了一块陶片。他弯腰拾起，内心即被深深触碰，像一只翱翔在天空的鸟突然被一处迷人的风景吸引。按说，对于整天和文物打交道的考古人，一块在地表拾到的陶片，犹如一束麦穗之于农民，一个零件之于工匠，本来已经不会在心里掀起太大的波澜。但是，他端详着手里这块陶片，心中却有一种冲动，他断定这不是普通陶罐上的残片。当他在周边的泥土里又找到两片带有嘴和鼻子的陶片时，血脉偾张，心跳骤然加快。他不明白为什么会有这样奇特的感觉，仿佛自己摩挲的不是几块陶片，而是历史神秘的纹理、祖先沧桑的肌肤，他预感到将有震惊中外考古界的奇迹发生。

回到博物馆，这个队员小心翼翼地将几块残片拼对，陶片呈现出来的神情简直让他灵魂出窍。它的眼睛似乎仍在转动，它的声音呼之欲出，它好像有灵魂附体，目光如剑出鞘，穿越了堆积如山的日子，流露的分明是不甘、孤傲和一缕难以言说的诡异。他赶忙请来馆长、著名考古学家田彦国。老田同样惊诧不已，他以丰富的职业阅历当即做出判断，这应该是一尊典型的陶塑神像，很可能是红山文化考古学的重大发现。陶片的断裂处印痕新鲜，证明是不久前才破碎的，于是又叫上一个同伴，三个人立即驱车一百三十公里，回到发现陶片的兴隆沟村。这之后历经两个月，费尽周折又找出了一百多块陶片，并从中筛选出六十多块估计与陶人有关的残片进行拼接、粘对。

尽管发现第一块陶片时，考古学家的灵魂就为之震撼。但是面对一尊用六十五块残片粘接、拼对而成的陶人，他们依然目瞪口呆！这哪里是一尊陶人，分明就是一位从远古走来的王者或者巫者——神秘高贵，气宇轩昂。

德国美学家莱辛在评论古希腊雕塑《拉奥孔》时，曾详细阐述过时间艺术与空间艺术的关系，认为造型艺术应当挑选整个"动作"里最耐人寻味和想象的"片刻"。制作这尊陶人的工匠早于莱辛五千多年，两人更是分属于完全不同的文化断代，但是他选择的"片刻"的确耐人寻味：陶人双手交叉，盘腿而坐，神态肃穆、安详，略带一些诡异。它的上身略微前倾，目光专注，嘴巴圆张，显然是在发号施令或者传道作法。与它对视，你似乎可以感觉到远古的气场扑面而来，像是氤氲在时间之河上的水汽、弥漫于历史隧道中的雾霭，诡异、神奇，还略带一股欲说还休的张扬。

分布于内蒙古西辽河流域的红山文化与中原仰韶文化同期，年代约为公元前4000年至前3000年。这尊陶人是目前所知第一尊，也是最大一尊能够完整复原的红山文化整身陶人，在中国同时期的史前考古材料中极为罕见。专家论证，它距今在五千三百年前，所代表的正是活生生的先祖形象，很有可能与祖先崇拜有关，或者就是五千多年前中华民族的共有祖先。

因此，这尊陶人被学界尊为"中华祖神"。

2

此刻，我们正肃立在敖汉旗博物馆敬放"中华祖神"的展柜前。

在赤峰一下飞机，草原的朋友就神秘地告诉我，此行第一站是到敖汉祭拜"中华祖神"。见我略显茫然，又叮嘱说，要心存敬畏，那可是我们中华民族共同的先祖呐！见到"中华祖神"的那一瞬，我也被震撼到了，仿佛被来自远古的石镞飞镖击中。历史，并不一定是教科书上呆板的文字，它也可以成为一尊雕塑，鲜活地站立在你的面前，与你对视，和你交流，尽管中间已经横亘着五千多年的烽火云烟。

田彦国馆长是"中华祖神"出土的重要推动者和见证人，中等身材、浓眉大眼，目光中透着学者的睿智与平和。他告诉我们，专家确定这尊陶人的身份是红山文化晚期的巫者或王者，有充分的依据：发现陶人的兴隆沟村是红山文化的核心区域，类似现在的"行政中心"。进一步的考古发掘表明，有为陶人专门建造的房间，彰显其身份的尊贵。由中国社科院考古所内蒙古第一工作队队长刘国祥研究员和他负责组织的考古发掘还发现了陶人额前的"帽正"和残断的胳膊，确认了陶人出自红山文化晚期的房址中。陶人戴冠并有帽正，这也是身份和地位的象征。

红山文化时期，神权与王权其实是合二为一的。巫与神进行沟通，而巫一般由王来出任。

好了，且让我们请出这位至尊的巫者，还原一次当时盛大的祭祀庆典。

　　远古时的祭祀活动像我们今天祭祖一样，有着严格的程序和庄严的仪式。王或巫据此代天而言，传导神的意愿。那时候，社会管理的职能主要通过祭祀活动运作和体现。天地生成万物，祖先繁衍子孙，祭祀的内容既有对天地、亡灵的祈祷，也包含图腾崇拜和生殖崇拜。

　　一块突起而平缓的台地，依山傍河。天苍苍、野茫茫，辽阔的草原上暮霭四合，夜色初降。星星开始闪烁，月亮在云朵后潜行。一团团云在天幕上翻滚，变换出不同形状，时而如巨龙腾飞，时而像海浪奔涌。在先民的眼中，那是神的踪迹，令人仰视。

　　巫者居中而坐，神色庄严而诡异。祭台上摆着美玉雕成的祭祀礼品。玉是通灵的神器，巫要借助玉与神沟通。他的双眼凝视着前方，目光穿过迷离的夜色，有些怪异、有些冷峻。此刻，他已经变身为神，履行着与神沟通的职责，必须有着神的尊严与威仪。尽管他和匍匐在他面前的先民们一样，上身赤裸，但是他的长发不是披散在肩头，遮住面颊，而是认真盘折，用一条美丽的皮带捆扎得一丝不苟，形成横向的发髻。特别显示他尊贵身份的是，他有一顶兽皮做成的帽子，帽冠正中，是一块用美玉制成的长方形"帽正"。中国古代形成过一套完整的衣冠制度，或许由此已见端倪。

　　祭祀活动开始，鼓乐齐鸣。这之前两三千年，红山先民们已经断骨为笛，今人用出土于八千年前的骨笛尝试各种不同的演奏指法，竟可以吹奏出精确的七音节古韵新调，令人疑为天籁。在隆重的祭祀活动中，想来乐器是必不可少的。那乐声应该低回悱恻，类似笙箫，兼有号角之声，在黑压压的人群上空弥漫。乐声渐强，一支支火把依次点燃。先民们将火把高举过头，随着乐曲跳起神秘的舞蹈，那是先民对祖先和神灵表达心中的敬畏。火把在夜色中有节奏地晃动，形成了各种神奇的图案，那是对神的呼唤。火把在祭祀中的神奇作用影响至今，现在一些庆典活动中的火炬传递便有远古时祭祀的影子。

夜一挥手，为长天大地罩上了深黑色披风，一支支燃烧的火把成了披风上的豪华饰物。

巫者戴上帽子，开始作法。他先把美玉雕成的祭祀礼器高举过头，口中念念有词，以打开与神交流的通道。接着深深吸进一口气——那是五千多年前的空气，纯净、躁动，夹杂着一股醉人的青草气息。而后缓缓地由胸腔内发出一声长鸣，低沉而持久，诡异并饱满。在先民的眼中，巫即他们的王，也是他们的神。此刻，巫圆张着嘴，发出的低吟或许只是单音节的吟诵，或许是某种简单的谶语，但传递的都是神的信息，无不摄人心魄。于是，虎狼远遁，倦鸟归林。男人们长揖而跪，女人们则一脸虔诚，伏地不起，褓褓中的孩子也停止了啼哭，睁大好奇的眼睛，凝视着夜空中飘过的一团团云絮。

巫者进入心造的幻境：云遮雾绕、紫气升腾。

他开始与神沟通，一阵晚风吹过，打着尖厉的呼哨，巫者把它视作神的回应。他看到了云层背后飘然而至的神，端坐在莲花之上，身后衬着七彩虹霓。神一说话，便如瑞风吹拂；神一挥手，便有甘露普降。巫觉得已经变成了手擎炬火的智者，正引领着族人渡向神点化的仙境……

祭祀完毕，巫飘然而去。先民们望一眼巫的背影，目光中充满敬畏。远古的祭祀活动，催生了中国最早的礼乐制度，也由此形成了孔孟儒家文化的最初源头。

3

时光如电光石火。倏忽之间，我们从远古回到现实。

"中华祖神"的出土之所以令考古人惊喜，不仅在于它对研究先民的祭祀活动和社会生活意义重大，更是由于它的出土为中华五千年文明提供了一个实证。

我们说中华有五千年文明史，即便从夏以降也只有四千余年。所谓五千年，是将伏羲时代起始年定为公元前2952年，以此推算，中华文明大约有五千年历史。不过，伏羲是神话传说，并非正式的国家概念，它是可以被构建的。没有实证，很难被世人认同。曾有很大影响的疑古派就认为，古史传说中所指的时代越久远，后人作伪的成分越多。因此，汉代以前的史书无不可疑，"东周以前无史"。后来出土了商、夏和新石器时代的诸多考古成果，此说才被否定，但争论并未止息。有学者以自己的研究和推论断言：中华文明上限不早于公元前1500年，再加上公元后的两千年，加在一起，不过三千多年的历史。

何为文明？学界认同的标准有四要素：铜器、城市、文字和原始国家。其实，距今约一万年前，中华文明便开始了它的起源历程。到了伏羲时代，也就是距今约五千年前，文明的四大要素已经在中华大地上不止一个地方显现，所以学界有"一体多源"和"满天星斗"说。仅以敖汉而论，西台遗址发掘出土了铸造青铜器的完整陶范，距今五千三百年，满足了要有冶炼场所的条件；草帽山祭祀遗址发现了刻画在陶器上的"米"字、"十"字符号，很可能是中国最早的象形文字，距今五千五百年；城市的雏形可追溯到八千年前的兴隆洼文化遗址，四周有环壕围拢的一百余间房址，布局有方，排列有序，总面积近七万平方米。在遗址中心区并排有两间一百四十平方米的大房子，被学界称为"世界建筑史上的奇迹"。遥想当年，摩肩接踵、呼儿唤女，这里该是多么喧嚣热闹的一座城市啊！原始国家的形成则可以从距今五千五百年的牛河梁遗址找到证据。该遗址由大型祭坛、女神庙和积石冢群址组成。泥塑残片表明，女神庙里的泥制女神雕像，小的与真人等同，大的是真人的两到三倍。庙内还有壁画、泥塑的龙和陶制的祭器。专家认为，如此庞大复杂的祭祀中心，绝非一个部落的力量所能建造和拥有，只能是更大的一个政治共同体崇拜共同祖先的宗教圣地。在工具缺乏、技术落后的远古，能动用浩大人力，营造如此繁杂的陵墓，墓主人生前应该具有"号令天下"的身份。

如果把中华文明比作一轮喷薄欲出的红日，那时历史的天空云雾初开，霞光四射。随着敖汉人口增加，农耕文明发展，社会的礼仪和规范日渐完善，生产力水平进一步提升，用学界泰斗苏秉琦先生的话说，"文明的太阳"已经在敖汉冉冉升起。

那是一个早晨，也许是一个黄昏。什么时段并不重要，重要的是在一间制陶作坊里，一件杰作接近完成——高度写实的一尊雕塑神像。工匠年近不惑，隆起的剑眉下是一双黑白分明的眼睛。常年与泥巴打交道，他的双手骨节突出，双臂略一弯曲，肱二头肌便像两座小山包一样隆起。街市上人来人往，店铺、客栈和各种手工作坊星罗棋布。但在许多个同样的制陶作坊中，他的技艺最为娴熟，因为他的模特竟然是不久前主持祭祀的巫者。此刻，巫已还原为王，正庄严地端坐在铺着兽皮的木台上。王的姿势是工匠确定的，王也乐意接受，因为他们都认为，截取的这个

"片刻"最为传神、最有威仪。

工匠在完成最后一道工序——为陶人镶嵌眼睛。透过稀疏的树叶，阳光在地面上铺了一层碎金。微风一吹，碎金晃动，变换出不同的形状。本来，工匠可以用两颗美玉做眼球，但是为了更加逼真地还原巫者的神韵，他用了两粒陶制的球。眼睛镶好后，陶人立即被赋予了灵性，如同一尾放归江河的鱼，扑棱棱游向生命的深处。王对工匠的技艺十分信任，他知道，这尊神像烧制后将有等同于他的身份与威望。王并不衰老，但是在缺医少药的远古，为了氏族部落平稳运行，及早预备一个"备胎"并非多虑。他仙逝后，后世王侍神时，这尊陶人将被敬作神，平日则会置身于为它专门建造的房间里，以先知先觉的化身听取人们商议大事。在先民的观念里，死者始终与生者同在，王生前为王，死后就成了神。工匠制作的这尊陶人，鼻孔、嘴、肚脐、耳朵都是通透的，为的是便于逝者的灵魂出入。

应该是一个秋天。萧萧远树疏林外，一半秋山带夕阳。匠人选择这样的日子为王制作神像，是因为这是烧制陶人的最佳季节，既没有盛夏的酷热，又没有冬日的寒冷，有利于陶人干燥，而干燥的过程直接关系到烧制效果。王起身整一整帽冠，走到泥塑前眯起眼睛端详了一阵儿，面露愉悦。他走出作坊，门外，挺拔的胡杨树上拴着一匹深褐色的蒙古马，筋骨适度，健硕精悍。王一翻身跃上马背，挽住缰绳双腿一夹，蒙古马昂起头一声嘶鸣，绝尘而去。工匠则对着王远去的背影长揖而拜，他是因为王认同自己的劳动心怀感激。个体之于历史似乎渺小，但渺小的个体却常常在历史的竹简上刻下深深的标识。显赫者被史书记载，卑微者为岁月尘封。工匠洗去手上的残泥时，绝对没有想到，五千多年后，他制作的这尊陶人将成为中华文明探源工程的重要收获，被炎黄子孙作为共同的先祖祭拜。

同时期的陶人非此一尊。不过，只有它幸运地一路从远古走来昭告世人：中华文明在五千年前已经成形。陶人所具有的社会功能，标志着当时的社会管理规范而有效；陶人所体现出来的制作水平，又折射了当时生产力的发展水准。敖汉旗博物馆的考古人员为了体味先人制作陶人的情景，曾经费劲巴拉复制了一尊，但其神韵却远远不及出土的陶人，说明我们先人的艺术感受力已经达到了相当高的水准。田馆长告诉我们，连最为挑剔的西方学界也认同了这一点。这之前，他们曾经认为红山文化没有进入成熟的文明社会，理由就是还缺少艺术。没有艺术，谈何文明？"中华祖神"无疑是价无可估的艺术瑰宝，它的出土令西方学界一片轰动，中华五千年文明史确是名副其实了。

4

我有一个疑问："中华祖神"为什么会在敖汉出土呢？

田馆长笑而不语，他领我在博物馆参观。馆中陈列着敖汉出土的各种文物上千件，其中不乏国宝级文物。依次排开的展柜有如一条蜿蜒的长龙，跟在他身后，我仿佛走进了一条时空隧道。老田在一排展柜前停下，说你且仔细看看这些出土的玉器。

我知道，华夏文明因玉而始。远古时期，"巫以玉事神"；进入封建社会，"君子以德比玉"。作为重要文化载体的玉，见证了中华文明五千年的历史发展全程，儒家的仁、义、礼、智、信等传统理念，比附于玉物理化性能的各个特点，又使玉蕴含了深刻的中国传统哲学思想和人文理念。因此，季羡林先生认为，如果用一种物质代表中华文化，那便是玉。我素来敬玉，却不知道玉是红山文化的重要组成部分，在敖汉出土的各种精美玉器大都在八千年以前，敖汉原是中国玉文化的重要发祥地。

此刻，这些出土的玉器就无声地躺在旗博物馆镶着玻璃的展柜里。

远古和现实，只隔着一道五毫米的玻璃。你把脸贴近展柜，玻璃会映出你的双眸。你敛声屏气，先民用简单工具打磨玉器的情景会一一浮现在眼前：他们长发披肩、腰系兽皮，或蹲或坐，神情专注地执于一念。冬雪秋风、春花夏雨，锲而不舍。一件件玉器制成了，其精美的程度简直让你疑为天人之作。

五毫米——五千年，历史真是诡异。细想，长与短、动与静、真与伪、美与丑、大与小、冷与热，以至战争与和平、摧毁与构建，但凡事物的两极，其实常常存于一念。一念，刹那之间，二十念才为一瞬，时间的长度实在微不足道。但是无数个付之于行的一念，成就了五千年的中华文明史。合上，是一座厚重的大山；展开，是一幅感人的长卷。

展柜中有三条出土于五千多年前的玉猪龙，猪首龙身、雕刻精美。由此我想到龙。

龙是一种图腾。最初的龙应该是一个模糊概念，出于对自然界风雨雷电的恐惧与敬畏，远古的先民认为这一切应该由一个神秘的庞然大物所主宰。龙，隆的谐音。先民由自然界的隆隆雷声引发联想，便以"隆"称谓这个庞然大物，后来有了文字，即以龙名之。但龙是什么样子，没有人知道。远古的图腾会对应于自然界客观存在的动植物，古谚曰：猪乃龙象。猪与原始农业相伴相生，龙则是农业文明的产物和象征。玉猪龙出土，说明早在远古两者就有了某种渊源。而且，它的形态与商代甲骨文的"龙"字完全吻合，证实了玉猪龙是中华龙的本源，敖汉也是龙崇拜的最早发端地。

田馆长告诉我，兴隆洼文化遗址发掘的人猪合葬墓距今八千年，反映了敖汉先民对猪的图腾崇拜。同属于兴隆洼文化遗址范畴的兴隆沟遗址，还发现了野猪的头骨和用石块与陶片摆放出来的S形躯体，距今也有八千年历史，被专家认为是最早龙的雏形。龙的起源与崇龙习俗的形成，在敖汉旗境内有相互衔接的考古实证资料。

言及于此，老田双眸发亮，笑道，刚才你问我，为什么"中华祖神"会出土于敖汉？现在我可以回答你了："敖汉"是蒙古语，翻译成汉语就是"老大"，它有各个不同时期的文化遗址四千多处，既是中国玉文化的发祥地，又是龙文化最初的摇篮。而且在八千多年前，敖汉先民就已经开始了粟的培育与种植，开启了农耕文明的序幕。前推一万年，人类的繁衍生息没有断层、没有缺环，在同时期的文化遗址中极为罕见。"中华祖神"出土在这样厚重的土地上，不是顺理成章吗？

我频频点头。古老的敖汉就像有着仙风道骨的智者，一路击节而歌，展示着新石器文化的灿烂、青铜文化的辉煌以及契丹文化的绚丽。

要离开敖汉博物馆了，老田恭恭敬敬走到"中华祖神"面前，双手合十，深情祭拜。我心头一动，也依他的样子，默然肃立。

红丝绒底座，长方形玻璃罩，高五十五厘米、红陶烧制而成的"中华祖神"就端坐其中。它已经这样端坐了五千三百多年，一次次日出日落，一年年季节交替，历史湮没了多少鲜活的故事，岁月填平了多少记忆的鸿沟？旌旗变幻，在时光的叹息中，一顶顶皇冠落地；壮士悲歌，在先人的奋斗中，社会一步步前行。因为有了文明之光的烛照与引领，中华民族得以破茧成蝶、浴火重生。此时，春光明媚，蓝天高远，明亮的展厅被落地窗、大理石和各种豪华灯具装饰得尽显现代与时尚，作为中华五千年文明的历史见证，它又以残破黏合之身，让今天细细抚摸身上的每一寸肌肤，去解析人类繁衍生存的密码。

于是，我面向神秘的"中华祖神"深鞠一躬，并在心中默默祈祷：

愿天佑中华，生生不息、万世永续！

云中月

上篇：出塞

1

公元前33年。长安。未央宫前殿。

铜号齐鸣，编钟悠扬，间有笙弦鼓乐之声。几十名歌伎罗裙轻飘、扬袖而舞，如花蕾于风中绽放，似绿柳在湖面依垂。

汉元帝一抬手，执事宦官捯着小碎步来到御座前，躬身等待吩咐。

大殿上，汉朝的文武百官分列两侧。龙椅右侧的条案后，坐着一位远方来客，四十多岁，身着雪豹皮缝制的精美皮袍；脸呈青铜色，五官棱角分明，如刀刻一般；一头长发披在浑厚的肩头，拴着蓝宝石的几根丝带系在发丛中；额头正中悬有一枚弯月状饰物，黄金打造，烁烁闪光，看上去，有一股不怒自威的王者之气。只是，黑发中有银丝掺杂，脸庞上有风沙留痕，那是岁月雕刻的沧桑。

他身后站立几名武士，身着牛皮制成的甲胄，上面镶有铜饰。

"呼韩邪单于，中原歌舞，欣赏否？"元帝含笑发问。

被唤作呼韩邪的壮汉忙放下酒杯，起身而立，右手放在胸前，略一躬身，道："天朝歌伎，矫若惊龙、妖歌曼舞，藩臣有幸与陛下同观，享受王侯般礼遇，体会大汉之盛世繁华，心甚愉悦。"

汉元帝面带微笑，伸手拿起御案上的酒杯，酒杯呈青铜色，杯上雕有飞龙："既如此，朕当与单于满饮此杯，以庆贺汉匈结成秦晋之好。"

呼韩邪俯身端起条案上的酒杯，一饮而尽，然后抹抹嘴，虔诚地表示："皇帝陛下，从此，上谷以西至敦煌的边塞，藩臣愿世世代代替陛下守卫，保证边疆没有烽火盗贼。汉朝可撤走防边官兵，让中原百姓安享和平之乐。"

撤去防边官兵当然不妥，不过，呼韩邪与汉朝交好的诚意还是令元帝感动。他正值壮年，自带男人魅力，加之心情甚佳，显得神采英拔："单于美意，朕心领了。"说罢，向宦官颔首示意。执事宦官心领神会，手握拂尘，冲殿外高声传旨："宣王嫱，进殿——！"

歌舞骤停，在悠扬的编钟乐曲声中，一个仙女从天而降。

王嫱，字昭君，湖北秭归人。她的现身，《后汉书·南匈奴传》记载如下："昭君丰容靓饰，光明汉宫，顾景裴回，竦动左右。帝见大惊。"

不仅皇帝，所有的宾客、大臣都被昭君的美震撼。仿佛尘世的门被砰然推开，一瞬间，高贵和美丽如流光乍泄，弥漫在整个大殿。

昭君身穿淡青色助蚕服。汉朝，皇后的礼服称蚕服，昭君受封长公主，稍逊一筹。衣饰简约，披在肩头的绶带却极华贵，红底彩绣，另加四条颜色不同的飘带，彰显着身份的尊贵。高高的发髻上，横插一根金簪；玉一样的脸庞，淡抹几分胭脂。双唇点绛，如樱花绽放；明眸似水，若静夜星辰。

汉元帝已经石化。他没有想到后宫还有如此国色，而毕生难遇的佳人竟被自己随手一点，送去了匈奴。顿时，失落如同殿外的冷风，铺天盖地；他的心变成一片风中的枯叶，没着没落。

执事宦官躬身启奏："公主将行，请陛下赐酒，以壮行色。"

元帝这才从断片中回过神儿，走近昭君完成接下来的程序。只是，眼睛直勾勾不能转动，已没了坦然自若之气。眼前哪里是一位美人，分明是天地灵气孕育的一尊女神，她的美是一首隽永的诗，让人一睹便回味无穷，难以忘怀。

昭君向元帝深施一礼。情窦初开的少女，哪个心里没有住过一个如意郎君？况且，还是大汉天子，风流倜傥，才艺过人。今天，终于见到了皇上。只是，见面即是转身，转身便成永别。到达彼岸的过程漫长而艰辛，登岸的那一刻，守候自己的竟是不期而遇的路人乙，真是令人唏嘘。

昭君读懂了元帝眼中的悔意，她接过御酒，跪地而饮，然后望着皇上，目光坚毅而决绝："陛下和亲匈奴，以结两族之好。臣妾蒙沐天恩，无以回报，故自荐求行。愿皇上保重龙体，昭君当尽心竭力，不负皇恩，不辱使命。"

"蒙沐天恩，无以回报"，这八个字，像灼热的烙铁一样炙烤着元帝的心，令他倍感煎熬。他想收回成命，可是，昭君似乎不恋汉宫；再说，堂堂大汉天子，怎么能为一个女子失信天下？内心挣扎片刻，还是俯身轻轻扶起昭君，牵着她的手，神色庄重地交给了呼韩邪。

呼韩邪已经喜不自胜，大汉对自己果然不薄，竟让自己抱得如此佳人，忙屈身半跪，向元帝致谢："陛下，至此，汉与匈奴合为一家，世世毋得相攻相诈！"说罢，挽起昭君的手，走出大殿。殿外，丹枫黄菊、高槐疏柳，装饰华贵的香车已在等候，见昭君走来，宫人掀开珠帘，躬身侍立一侧。

昭君欲登车，又停下脚步，面南而立，向家乡的方向屈膝叩头。

这一叩，前路远，情难收，女子一去不回头，儿想母亲梦中会，母亲念儿望星斗；这一叩，白日斜，别离愁，巾帼也为社稷谋，转身无悔入胡地，风中卓然一红柳。

2

很久以来，人们总是把"昭君出塞"描绘成一次无奈的远行。

晋代的石崇最早发声："我本汉家子，将适单于庭……哀郁伤五内，泣泪沾朱缨。"其后，文人骚客多渲染昭君远嫁、离宫辞汉的悲伤，有诗作直接以《昭君怨》《明君怨》为题；迨至唐代，诗人们虽将咏史与抒怀结合，但仍被凄凉之风笼罩。比如，李白叹息昭君："生乏黄金枉图画，死留青冢使人嗟。"杜甫在《咏怀古迹》一诗中更是直言："千载琵琶作胡语，分明怨恨曲中论。"

唯独名声不显的明代诗人高壁，写过一首《昭君曲》："奉诏事和亲，从容出禁宸。缘知平国难，犹胜奉君身"，一改凄凉之风，格调高远。高壁与昭君相距一千多年，昭君当时的认知是否达到了"缘知平国难，犹胜奉君身"的高度暂且不论，"奉诏事和亲，从容出禁宸"的潇洒应该与事实契合。

我相信，走出掖庭的昭君神色坦然，挥一挥手，没有带走一片云彩。那是挣脱束缚，追寻心灵自由的一次飞翔。

人在深宫，残月如水，高墙断归程；独占床帏入梦，只有多情流水、伴人行。十六岁入选掖庭，二十一岁出塞和亲，这中间一千多个日日夜夜，晨昏交替、暑去寒来，越到后来，昭君越是留恋入宫前的时光。青山绿水，翠竹清泉，家乡的香溪河上常常弥漫着一层水雾。时有箫声传来，如歌如诉，她猜，吹箫人该是一个英俊少年吧？不然，箫声怎么能那么洒脱，如一抹流云般悠然飘来？那时，她情窦初开，微风吹闺阃，罗帷自飘扬，心中已经开始幻想白马王子。可是，时光如枯叶般一片片飘落，她才发现，现实是一条锈迹斑斑的铁链，已经无情锁死了自己的人生。皇帝身边嫔妃如云，光等级就分十四个，掖庭宫女连最末一档都沾不上。昭君也梦想得到皇上宠幸。奈何，身旁多少如花女，从一头青丝熬到两鬓霜雪，孤灯苦守几十年，容颜在岁月的河流中悄然泛黄，连皇上的面都没有见过。她从小喜欢月亮，家境殷实的父亲曾为她建造望月楼，楼高盈丈，绿柳周垂。月亮出来时，她会登上顶楼，托腮遥望月宫。月宫中有斩不断的桂树，有痴情的吴刚，也有寂寞的嫦娥。那时，她只是憧憬月亮的高洁，被困掖庭后才明白，即便美丽如嫦娥，高贵像月宫，也抵不住孤独与寂寞。它是一把刀，能把岁月切割得体无完肤。后悔吗？早知深宫寂寥，不如行走人间，当然后悔。不过失落再多，也要留下一处空场放飞梦想，只等机缘。

终于，公元前33年，汉元帝下旨，选宫女以公主名义出塞和亲。

和亲的人为什么是昭君？流行的说法来自晋代葛洪的《西京杂记》：画师毛延寿奉旨绘制宫女图像，宫女争相献金。昭君性格高洁不肯行贿，故被画师丑图，因而无缘被元帝宠幸。匈奴主动求亲，元帝便信手将昭君许给了呼韩邪。敦煌残卷中有一首题为《王昭君》的叙事长诗，记叙了昭君出塞前与元帝的一场对话。见到昭君美若天仙，元帝心生悔意；昭君并不留恋汉宫，毅然请行。元帝伤感地解释，因为宫中美人太多无法遍观，所以我让画师画出图形按图招幸，没想到他竟敢丑化你，欺骗了我，将你误许单于。

不光敦煌残卷，有关王昭君的故事几乎都延续了这种叙事。

真的吗？毛延寿胆儿也太肥了吧？王昭君貌若天仙，有沉鱼之貌，毛延寿难道不知道，一旦事情败露就有欺君之罪？为一笔贿银以生命做赌，性价比明显不合适。再有，只要智商在线就不难做出权衡，丑化昭君不如如实绘制。以昭君的颜值，只要真实描摹，被皇帝宠幸的可能性极大。一旦两人走到一起，无论是风流倜傥的皇帝还是清高自持的昭君，都会感念他的牵线之功。与其拿着贿银心惊胆战，莫如借风行船。而且，元帝让画师绘制宫女图像以备御览的说法也不太靠谱。翻看画像并不比目睹真人简约，画像再逼真也少了活人的神韵。元帝本就风流，抽出两个时辰，让宫女在眼前一一走过，或是命掖庭令选几个美女亲自面试，比拿着画像一张张翻阅，哪个更便捷？不言而喻。

最为关键的一点，元帝对这次和亲高度重视，特意下旨改"建昭五年"为"竟宁元年"。竟，同境，以示边境永远安宁；为和亲而改换年号，在汉的历史上仅此一例。呼韩邪对和亲的结果也极为满意，册封王昭君为宁胡阏氏，意思是"使匈奴民族安宁的王后"。如此重要的国之大者会构建在一张丑图上吗？

所以，我认同《后汉书》的说法：昭君是主动"向掖庭令请行"。

掖庭，指皇宫中的旁舍，为后妃和宫人居所。金铺玉户，青琐丹墀，连门槛都用黄金镶嵌，墙壁也用花椒水和泥涂抹，加上宫人用胭脂，空气中总有暗香浮动。选入掖庭的宫女锦衣玉食，仿佛被幸福包围；其实，内心早就在孤独中沦陷。未来是一缕光，她们根本无力冲破眼前浓重的雾霭。

昭君则是宫女中的另类，她敢于对所处的生存状态说"不!"获悉消息后肯定立马报名。她知道，这是汉朝与匈奴和亲中断百年后的首次和亲，意义重大。这之前一个世纪，双方一直处于战争状态。命运很神奇，与它擦肩而过，它就如清风过耳；伸手揽其入怀，自己的人生密码就会改写。

昭君自请和亲，还有一个重要细节：为让呼韩邪单于满意，也可能是为表达汉朝诚意，元帝赦令"以宫女五人赐之"，她"乃请掖庭乞求行"。昭君知道，五女的地位相差不多，为一击即中，还精心做了打扮，故"光明汉宫"。如果《后汉书·南匈奴传》中这一记载可信，更加可以佐证昭君和亲出自本心。

比起叱咤风云，引领历史潮流的巨人，昭君本来微不足道，"当时若不嫁胡虏，只是宫中一舞人"，很可能终老掖庭。汉武帝之后有一个陋规，皇帝驾崩，宫女会被送到帝陵陪伴骸骼。命运好的幸蒙恩赦，在青春将逝的时候或被遣散，或被赐婚，最好的归宿也不过是成为某一王侯、某一商贾或某一士人的妻妾，默默无闻度过一生，不会在时间的长河中泛起一个气泡。可是，当昭君在历史的重要节点坚定地迈出了这一步，她就不再是一个小小的宫女，而成了一名时代的使者，承担起一个王朝、一个帝国、一个民族所赋予的神圣使命。

不是所有的等待都会迎来璀璨的瞬间，昭君将命运握在自己

手中，她的人生才成了历史册页中的荧光贴，提示后人这里曾经
有过的绽放。

3

有一句谚语：在播种番茄的地里，你无法收获一个香蕉。

既然昭君出塞是悲凉的远行，顺理成章，这次和亲就成了中
华民族一次难以洗刷的屈辱。

事实果真如此吗？

我们知道，汉朝与匈奴的和亲始于高祖。公元前200年，刘
邦率三十万大军出击匈奴，在平城白登山中伏，被困七日，大败
而归，不得不采取和亲政策，以忍让换取边境的暂时安宁。那时
的和亲确是耻辱，有一件事足以证明：刘邦死后，冒顿单于致书
吕后，说我是个孤独之君，你也是个独居的寡妇，不如咱俩走到
一起，找点乐子，这家伙毫不遮掩，公然让吕后提供"上门服
务"。面对如此屈辱，汉朝无力兴兵讨伐，吕后只得亲自致信冒
顿，称自己年老色衰，配不上大王您。然后送上厚礼，躲过一场
一触即发的战争。

唐代诗人戎昱直言："汉家青史上，计拙是和亲。"另一位唐
代诗人苏郁更是对和亲不屑一顾："君王莫信和亲策，生得胡雏
虏更多。"连陆游也叹息："双驼驾车夷乐悲，公卿谁悟和戎非！"
陈子龙更是愤怒："我本弱女子，被选当雄兵。男儿畏强虏，辛
勤独远行。"陆游和陈子龙，一个是南宋的爱国诗人，一个是晚
明的反清志士，他们借昭君出塞一吐的是心中块垒，表达的是自
己对所处时局的不满，并非为求证昭君出塞的是非。

中国自古就是一个多民族国家。除汉族外，还有所谓东夷、

南蛮、西戎、北狄，烽火不断，民族矛盾史不绝书。为了谋求国家的长治久安，汉朝长期把"和亲"作为"抚绥四夷""安边结托"的手段。匈奴是中国北部的少数民族，崛起于战国末年，逐水草而居，民风彪悍，食肉衣皮，长于弓箭，娴熟骑射，时常侵扰中原。秦始皇统一中国后，为防范匈奴，将秦、赵、燕三国原建的旧城墙连接起来，并向东西方向拓展，修建了堪称世界奇迹的万里长城，但依然阻挡不住匈奴的入侵。平城之败，汉朝开始对匈奴奉行和亲政策。止戈罢战，休养生息，国力得到恢复，"文景之治"就发生在这样的背景下。

汉武帝登基后，经过几十年韬光养晦，汉朝成为一头醒来的睡狮。它不再一味忍让，而是发动了几次反击匈奴的重大战役。汉朝势力跨过阴山，横扫大漠，辐射到万里长城之外，逐渐实现了与匈奴之间的强弱转换。真正结束敌对关系的标志是，汉元帝时，汉军击败了呼韩邪的政治对手，帮助他统一了匈奴。呼韩邪前后三次来汉，觐见称臣，并请求做大汉女婿，愿意带着辽阔的蒙古草原归顺大汉帝国。

这次和亲彰显的是大汉国威，怎么能说是汉朝的屈辱呢？

呼韩邪明白，长期与国土丰饶、已然强大的汉朝为敌，显然不利于匈奴自身的生存和发展。于是，审时度势，顺应历史发展潮流，开创了我国少数民族政权接受中央政府领导的先河。

他握住长刀的手粗硬有力，不难想象，那锋利的刀锋下有过多少虎狼殒命，壮士断头。而此刻，他的目光坚毅而温情，那是经历无数次战场厮杀后才会具有的目光。他不怕利刃出鞘，那是罩在勇士头上的光环，却也憧憬炊烟袅袅；经历了太多的战场厮杀，得到的只是草原的荒芜和望不到头的死亡。他想结束这一切，让战乱像漠北的狂风一样远去。

汉元帝对呼韩邪的诚意也回馈了一腔真诚。

回望历史，汉元帝同样认识到，匈奴桀骜，想靠武力彻底征服几乎不可能。拼举国之力击败它固然可以，但连年用兵会导致国力损耗，生灵涂炭，得到一轮明月，失去满天繁星，不值。所以，他对呼韩邪的和亲请求才由衷地欢迎。可贵的是，他没有恃强抬价，而是优礼有加，对求亲一方给予了充分的人格尊重。见到昭君，他被她的美貌惊艳，情动于心，凭实力完全可以设法毁约，另选他人出塞。多少王侯将相，不恋江山恋美人，元帝却没有由着自个的性子来，而是以国家和民族利益为重，忍痛割爱。望着昭君的背影，他的心中一定会充满惆怅和失落。情随香车走，风景心中留，谁知人中龙，亦有难言愁？

汉元帝有点奇葩，他本职工作稀松平常，却是一位"音乐达人"，击鼓吹箫，弹琴鼓瑟，"蹦迪K歌"无所不好，而且玩得都挺嗨。只是缺乏政治谋略，这是一个王者致命的短板。如果他不是皇帝，而是某地文联主席应该很出彩。但是，平心而论，在与呼韩邪和亲一事上，元帝信守承诺、处置得当。这之后，汉朝与匈奴之间的友好关系延续了半个多世纪，用爱放飞的和平鸽几乎飞遍了塞北的每一片草原，昭君厥功至伟，元帝也担得起一个大大的金手指赞。

4

如果这次和亲的主角不是王昭君，会带来汉匈五十多年的和平吗？

历史不能假设。不过，它在经过的路上会留下标识，让我们可以审视各种可能：从高祖到武帝初，汉朝与匈奴和亲的几十年间，匈奴入侵多达二十多次，北方人民深受其害，怨声载道。当时的情况是，在和亲的蜜月期，匈奴会有所收敛，像一头狗子一样面露憨态；蜜月过后仍然如狼似虎。文帝十三年，匈奴铁骑甚至一举打到长安郊外的甘泉宫。

直到昭君出塞，战争的烽火才真正被和平的炊烟取代。

元代诗人吴师道诗言："平城围后几和亲，不断边烽与战尘。一出宁胡终汉世，论功端合胜前人。"

昭君不同于以往的和亲，她以微笑和真诚走过了那条充满艰辛的路。

表面上，"和亲"尊贵无比，甲士护卫、旌旗漫卷，装满嫁妆的车仗可长达十余里。不过，毕竟是去"蛮夷"之地，远离中原的富庶与文明，难免带有凄婉的色彩。和亲的主角本该是公主，即皇女。当年吕后得知刘邦要让自己的女儿远嫁和亲，哭天喊地，女儿也寻死觅活；刘邦无奈，才从自家兄弟的女儿中选了一个代替远嫁，虽然不是正牌公主，毕竟流着刘氏血脉。

宫女"顶包"和亲唯昭君。历史就是这样，看上去如地火穿行、摧枯拉朽，但是在某一重要的时间节点，会被默默无闻的小人物引领。与之相比，那些叱咤风云、睥睨天下的英雄豪杰也为之逊色。这次和亲看似偶然，而昭君敢于向命运说"不"的性格和超高颜值，又使她的和亲之旅成为必然。那一段岁月的脉络如同一朵艳丽的金莲花，在时光的深处傲然绽放。

如果这次和亲的主角是公主而非昭君，至少在三个方面缺乏优势。

首先，昭君以"良家子"身份入选掖庭。所谓"良家子"，即出身良好、家世清白。来自乡间的昭君，有着良好的家庭教育，能够体恤底层人民甘苦。据说，由于赋税沉重，家乡父老时常在晚上耕地犁田。这时，昭君会登上望月楼，祈祷月亮能把明亮的清辉洒向大地，为劳作的乡亲们照亮。她深知和平是百姓由衷的祈盼，战端一起，赋税就会加重，百姓就会流离失所，所以主动请缨，以一身而维系汉匈和睦。公主呢，生于深宫，锦衣玉食，没有底层人民的生活体验，不会切身感受到百姓对和平环境的殷殷祈盼，尽管有皇家血统，也很难像昭君一样，心中涌动交好两族、造福百姓的使命感。事实上，自高祖始，送出联姻的公主不知几何，真正谋得半个多世纪和平的唯有昭君。

其次，文人骚客笔下的出塞和亲，历来是悲情之旅。确实，和亲是由繁华坠入荒蛮的一次转身。匈奴等少数民族贵族的生活虽然富足，较之汉宫还是不能同日而语。武帝时，远嫁乌孙国王的细君公主就因为生活不习惯而苦不堪言。武帝知道和亲是苦差事，不时会给乌孙国一些接济，细君公主依旧难以融入落后的部族生活，几年后即亡故，留下了一咏三叹的《悲秋歌》。相比，作为宫女，昭君的转身比宗室女要容易得多，物质生活上的落差也不难承受。一到大漠，她不是很快就融入了匈奴人的生活吗？

最重要的一点，昭君是主动请行。后来的诗词歌赋把昭君描写成忧思不乐、心有怨旷的弃女，源于她对元帝有情有义的主观臆断，这实在毫无道理。元帝拥有一座茂盛的花园，昭君知道，自己只是旮旯里一朵被遮蔽的玫瑰，漫说根本没有机会被皇帝注意，注意到又如何？连汉武帝的皇后陈阿娇都被打入冷宫，昭君焉敢奢望？或许高壁是对的："缘知平国难，犹胜奉君身。"昭君早就有了清醒的认知，"平国难"未免言过，这次和亲与国难无关。不过她清楚，和平的使者远胜于君王的宠妾，所以才不惧荒漠，不恋汉宫。

历史是一部长剧，命运的导演设计了昭君的出场，她则以优秀的个人素质，一亮相，就把剧情推向了一个高潮。

下篇：守望

5

天地广袤，苍茫一片，如同一面未曾翻动的书页，无声记录着远古与未来，征战与和睦，朝代与更迭。

"冰河牵马渡，雪路抱鞍行"，是昭君出塞的真实写照。告别长安，历经一年多艰难跋涉，行程数千里，辗转到达漠北的单于庭。千里远行，不同的心境会有不同的解读。被迫出走，远方就是一片凄凉的荒原；主动和亲，"队队毡车细马，簇拥阏氏如画"，塞外再苦，也是令人向往的人间四月天。

大漠朔风，黄沙衰草，昭君寂寞时会掀开窗帘向外张望。

她看见一队队士兵，从豪华的迎亲车队旁经过。士兵们身披皮革与青铜制成的盔甲，盔甲上镶嵌着鹿纹铜饰，刀剑和战锤在落日的余晖中烁烁闪光。荒芜的坟茔也时常会映入眼帘，像大地的一个个鼓包，在原本平展的大地上隆起。那里面掩埋着无名的尸骨，有汉人也有匈奴人，可以想见，这里曾经发生过残酷的杀伐。双方的战阵，像两朵浓重的乌云聚集，像两股湍急的海水交汇，片刻，便在一片惊天动地的喊杀声中融合在一起。海水退潮，乌云散去，留下的是一地残缺不全的尸体。他们或者神色狰狞，或者虽身中数剑，仍然保持着搏杀的姿势。而后便被葬于此地，长年累月，化作一具具枯骨。运气好的能留下一块石碑，证明他们曾在世上走过一遭；运气不好的，坟头早被战马踏平，他们的喜怒哀乐和舍生忘死，在历史上不留一丝痕迹。

这一路，风霜雪雨，豺狼虎豹自不必说，或许也有过刀光剑影，只是这一切都隐没在了时间的黑洞里。当昭君终于踏上茫茫草原时，她的双眼被泪水模糊了，有走出艰辛的欣慰，有对未知生活的憧憬，也有难以言说的情愫。剑未出鞘，身子已入江湖。只不过，她手中秉持的不是寒光闪闪的利刃，而是由中华文明淬火的高贵。她不是叱咤疆场的女将，也不是运筹庙堂的权妇，她只是一个弱女子，像一朵花，颜值是上天的赐予，浓郁的花香才是她内心真情的流露。

昭君请汉朝送来种子、农具和纺车，指导匈奴人播种、织布、浣纱、种植花草树木；荒凉的塞外大漠，开始有了一排排砖瓦结构的房子；有了纺织、种植等先进的生产方式；有了晒盐烧卤、春耕秋收和贸易往来。她还用中原的药材为匈奴人医病。这之前，人们生了病，都是请巫祝施法，类似于中原的跳大神，把生命交给虚无缥缈的鬼神裁决。一有空闲，昭君会为匈奴人讲解中原的风土人情，教他们认识汉字，学习中原礼仪，把中华的先进文化带给他们。

自己呢，住帐篷、吃烤肉、饮马奶、习胡俗、学习匈奴语，穿兽皮缝制的衣裳，骑着马儿在草原上驰骋，像鸟儿归巢，一头融入了匈奴社会。

秋天的晚霞是最美的。上天像一位绝妙的画师，将赤橙黄绿青蓝紫巧妙地搭配组合，你看它是苍龙在天，就有神兽出没于霞光之中，活灵活现，风吹来，可以听见它的喘息；你看它像仙女相聚，就有霓裳飘逸于蓝天之上，色彩斑斓，不断变幻出一幅幅动人的场景。

丁零，丁零，远处传来一串清脆的驼铃声。像是大地吟唱的摇篮曲，守护着草原的宁静与安详。

嗒嗒嗒，一匹白马驮着一位身系红色披风的女子疾驰而去，不远处有骑兵护卫。她或许一身胡服，或许身着汉装，都像天边的晚霞一样美不胜收。见到满载物资的驼队，她勒紧缰绳，伴随一声长啸，翻身下马，右手放在胸前，弯腰施一个胡礼："客商们，看你们满载而归，与汉人的边地生意可好？"

驼队的主人和伙计也纷纷屈身行礼，他们知道女子的身份，她是汉地飞来的吉祥鸟，云中穿行的白玉盘，因为她，匈奴人的生活才像一幅细腻的画卷，被和谐与美好勾勒："托宁胡阏氏的福，我们用马、牛、羊、骆驼和猎取的野兽毛皮，在边地向汉人换回了绸缎、茶叶、瓷器、粮食和耕地的工具，日子像被用蜜过滤了一般，这一切都离不开您的恩泽呀。"

昭君听了，莞尔一笑，让美好与牧民不期而遇。

在胡地名师指点下，昭君还弹出了一手好琵琶。她爱依着马背弹奏，一袭红袍，一把琵琶，一匹白马，衬一天晚霞，她的琴声如飘撒的花瓣，散落在美丽的草原上，直到晚霞让位皓月。对于昭君，琵琶已经不再是简单的乐器，而是她的信仰——"汉武雄图载史篇，长城万里遍烽烟。何如一曲琵琶好，鸣镝无声五十年。"倘若你此刻身处草原，举头望月，穿过悠长的时间隧道，依然可以听到来自历史深处的那一缕琴音，不是"琵琶弦中苦调多，萧萧羌笛声相和。谁怜一曲传乐府，能使千秋伤绮罗"的忧伤之曲；而是顾盼自雄、天雷滚滚的亢阳之声，云起雪飞、珠落玉盘。"含情欲语独无处，传与琵琶心自知"，每一个音符，都传递着昭君对生活的责任和担当，对未来的憧憬与渴望。

昭君或许没有意识到，自己做的一切，虽然细碎、平常、看似微不足道，却正在撬动历史，为所经历的时代着色；她只是懂得，播撒一粒种子不会收获一个春天；只要持续耕耘，埋在土中的种子就会不断发芽、开花、结果，终有一天会连成一片，长成一道美丽的风景。

上帝为每个人发的牌各有不同，关键是自己要把手中的牌出好。

6

毛姆说，赢得人心的方法只有一种，让自己变成值得别人爱的人。

努力让自己完美，自然是人生的至高境界；如果未事雕琢，就已经成了众人心中的女神，岂不是更令人憧憬的人生标高？王昭君做到了，凭她的颜值和聪慧，设法搭上汉皇的龙舟绝非奢望，何必苦守六年？见到元帝时要想留下，也只需一个乞求的眼神。不过，史料中有关她的记载没有一个字与逢迎、谄媚有关。"问余何意栖碧山，笑而不答心自闲。桃花流水窅然去，别有天地非人间。"她的胸怀和格局一点不比诗仙逼仄，如果只可仰望而不能抵达，即便它是一尊神像亦无需膜拜。所以，她毅然离开了甘泉宫，披挂起人们的惋惜、不解和惊叹，走向大漠朔风，走进黄沙衰草。在五光十色的尘世中，彰显着自己的本真——由内而外的高贵、善良和通达。

这天早晨，天空仿佛被拉链锁住，白云、飞鸟、蓝天无迹可寻，只剩下灰蒙蒙一片；太阳也像一盏低度白炽灯，在云层后发出惨淡的光。

呼韩邪兴冲冲走进王庭，说："阏氏，我带你出去散散心。"

昭君望一眼帐外，神色诧异："单于，今天的天气有些沉闷，不如我给你弹一曲琵琶，可好？"

呼韩邪微微一笑，道："正是因为这样的天气容易使人压抑，我担心你心境不好，所以安排了一次活动，希望能给你一个惊喜。"

见丈夫一脸真诚，昭君不便推托，跟着他走出王庭。

帐外，威武的骑兵已列成一队。秋天的草原空旷而辽阔，偶尔有几只苍鹰在灰蒙蒙的天空飞过，像是一个个滑动的音符。卫士手持旌旗，吹着号角，在前面开路，他们的腰间挂着长长的弯刀，刀鞘撞击马背，发出咚咚的声响。

昭君骑上马，问："我们夫妻游玩，何须这么大阵仗？"

单于也一跃跨上马背，答："雄鹰必须有蓝天衬映，骏马必须在草原驰骋，你是宁胡阏氏，理应有这样的阵仗。"

昭君身着胡服，一袭墨绿色锦缎长袍，袍上绣着凤的白色图案，腰间的玉带和脚上的皮靴都是白色的，头上戴一顶圆锥形高尖帽，帽子四周装饰着绿色的珊瑚玛瑙珠，正中缀着一颗硕大的红宝石，很是耀眼。帽顶缀有红穗，像一团燃烧的火苗，随着马的起伏，在空中飘动。

在骑兵的护卫下，他们纵马登上一座山顶。

草原在微风中泛起波浪，犹如绿色的海洋；洁白的羊群像云朵一样在天之尽头飘移，依稀有马头琴声传来，悠扬而深情。忽然，远处的山上竖起一面旌旗，又竖起一面、两面、三面，无数面旌旗舞动起来；紧接着，旷野里响彻悠长的号角，此起彼伏。一队队骑兵像是一支支箭矢，从一道道山谷与河谷中射出；转眼，变成一条条摧枯拉朽的洪流，汇合在一起，又海啸一般向着她所在的山顶涌来。骑士们高举钢刀、弯弓，发出一片惊天动地的呐喊。

昭君颇为惊愕，问："单于，可有征战？"

呼韩邪笑答："哪里。所有的一切只是为了让你高兴。"

"让我高兴？"昭君疑惑地望着丈夫，不明就里。

丈夫脸部的肌肉在微微颤动。这场面，是他熟悉的精神图腾，没有什么比战马的嘶鸣更令他血脉偾张了："是啊。你由汉宫初抵匈奴，敝衣粝食，生活不适。匈奴乃不毛之地，没有什么东西可以使你快乐。我希望你能尽快融入我们的族群，特意安排了征战的场面。也许，铁骑汇成的洪流可以使你忘记忧愁。"

来到塞外，如同一朵庭院中的牡丹移居风沙漫天的大漠，昭君有过失落："父兮母兮，道里悠长，呜呼哀哉！忧心恻伤。"不过，托名昭君的这首《怨词》极可能是民间拟作，而非昭君自写悲情。退一步，即便真迹又有何妨？举目无亲，言语不通，情感上一时落寂乃人之常情。好在，呼韩邪对她的爱像夜空中的星河，绽放出漫天流星雨，她满足了，"汉恩自浅胡恩深，人生乐在相知心"。人生如旅，有一处风景为你盛开；有一个男人为你守望，夫复何求？

可是，今天丈夫的举动让她忧虑。于是深施一礼，语气变得异常庄重："单于深情，昭君刻肌刻骨。只是，昭君乃汉家公主，非妲己、褒姒，无须单于会马山麓水滨以博一笑。如此兴师动众，号角破空，岂非坐实红颜祸水之说？若是那样，昭君有负圣恩，死无可赦，也辜负了您的爱，言何快乐？单于能勤于政事，永结汉匈之好，才是昭君最大心愿；快乐也会像太阳一样，天天伴随我。"

望着妻子真诚的目光，呼韩邪心生感动。昭君的话平实、普通，却像奶茶的香气一样，淡淡地，沁人肺腑。

心如止水，无视表面繁华；行事沉稳，洞悉世间变化。

呼韩邪如果是一团风，昭君就是一条清澈的河，能滤去丈夫的躁动与戾气。

7

皓月当空，星光闪烁。草原的夜是一幅泼墨山水，浓淡相宜。

突然，风暴不期而至。一时，狂风呼啸，黄沙弥漫，一顶新扎的帐篷在朔风中颤抖，仿佛惊涛中一只漂浮的小船。帐篷里，书案上的蜡烛倒了，火势渐起，疲惫的旅人不知死神将至，睡梦中，还沉浸在与家人团聚的欢乐中。不一会儿，兽皮搭成的帐篷便像一条火龙腾空而起。

建始元年（前32）二月，汉朝出使匈奴，告知汉元帝刘奭病逝的消息，顺便看望远嫁的昭君。不想归汉途中，一行七人遭遇风暴引发火灾皆亡。

消息传回单于庭。呼韩邪惊悚地站起身，挂在腰间的玉剑咣当一声，他忙伸手按住——这是元帝赠送的礼物，白色素面，长约十厘米，宽约六厘米，呼韩邪非常喜爱，自汉归来后一直佩带："怎么会发生这样的事？"

昭君也万分惊愕。汉使带来元帝驾崩的消息，也带来中原人民对她的问候。前些日子，她还和汉使一起追念元帝，共话汉匈两族的友谊，突然间就天人两隔，魂归塞外，真是让人悲伤。尤其令她忧心的是，积极和亲的元帝不幸归天，新皇登基，汉使一行即在火灾中遇难，如果处理不好，这场火就有可能燃至长安。一旦刀兵相见，不知又有多少冤魂将无栖身之所。

昭君问："事情已经发生，单于打算如何处置？"

呼韩邪长叹一声，眉峰蹙起，一脸悲容："汉皇让你做我的阏氏，赐我以锦缎、金银、粮食、物品和玉剑，就是希望永结匈汉之好，发生了这样的事情，我深以为憾。为了避免不必要的猜忌，我想，应该立即上书汉皇，详报汉使在匈奴的一切往来，并致哀悼。"

昭君上前一步，握住丈夫的手："单于体察汉皇苦心，据实上陈，昭君甚慰。按汉朝规制，遇到这样的灾祸，汉皇要素服数日，而后祭祀亡灵，大赦天下，并赐钱帛予家属。汉皇做的，单于要一一仿效，此外，还要公开祭祀。"

呼韩邪连连点头："好，我马上遣使上书汉皇，其余各项皆依阏氏。"

汉使遇难，有人趁机散布流言，说悲剧之所以发生，是因为汉匈相克的命数无法改变。黄龙元年正月，单于朝拜汉皇，十二月，汉皇在未央宫驾崩，寿四十三岁；竟宁元年正月，单于又去朝拜汉皇，五月，汉皇在未央宫驾崩，寿四十二岁。同为天子，汉皇怎么当得起单于一拜？

呼韩邪听到这些传言很是不安。在汉朝帮助下，他统一匈奴各部，为维系汉匈的睦邻关系主动和亲，汉匈之间呈现出多年少见的和平景象；眼看族群繁衍生长，牧民安居乐业，却出现这样不和谐的声音，还是在草原贵族间流传，不及时制止势必会引发仇恨。如果有好事者挑拨离间，还有兵凶战危之虞，自己精心呵护的和平局面岂不是要毁于一旦！

呼韩邪越想越气，一挥手："去，将五阏氏唤来。"

在两名侍女的搀扶下，五阏氏进门向单于施礼。

呼韩邪怒目而视："贱人，是你鼓噪，说近来草原风灾、旱灾接踵而至，神巫观象，皆源于宁胡阏氏？汉皇驾崩，遣使来报，本是尊重匈奴的礼仪之举。你又借汉使不幸遇难，无事生非，妖言汉匈命数相克，必有征战。你是看不得天下太平、百姓安康吗？"

五阏氏早对昭君心生幽怨，本来，她因为年轻一直受到呼韩邪宠爱，昭君来后夺了她的风头，她便不时散布一些流言，诋毁昭君。此刻，见呼韩邪生气，辩解道："宁胡阏氏来到草原，确实发生了不少蹊跷之事，我不过是在姐妹间发了一些感慨而已。单于和亲求和，想安息一阵子固然不错，只是我担心安息得久了就不再想着醒来，一头睡狮与一只羔羊何异？单于天纵英才，理当如雄鹰一样搏击长空，怎么能像雏鸟似的依附他人？"

呼韩邪大怒："汉朝助我统一匈奴，两族交好，边境的炊烟才代替了烽火，人们的欢声笑语才代替了征战杀伐。你不思感恩，却搬弄是非。昭君来到草原，兰心蕙质，做了多少造福我族的事，有目共睹，百姓皆称她是天神派来的使者，你却污她是灾难之源，如此贱妇，留之何用？来人——"

几名铁甲卫士闻声而入。

呼韩邪用手指着五阏氏，命令："挖舌黥面，驱出王庭！"

昭君忙起身阻拦："且慢，单于心存感恩，爱憎分明，以百姓福祉为重，实汉匈之福，昭君这里谢过了。不过，有的人可以同利却难以齐德，因为德行是天神赋予天之骄子的福报，非凡人所能及。况且，五阏氏初心也是为了单于，虽见识短浅，其情可囿，请单于念她年轻，宽恕她一次吧。"

王庭也有后宫斗，有女人的地方就会有攀比、有嫉妒，免不了暗室欺心，尔虞我诈。正史没有记载昭君怎样凌风出尘，野史中却不乏剑拔弩张的描述，都是书写者的随心所欲吗？未必。可以想见，半个多世纪汉匈相安无事，昭君用自己的人格和智慧不知化解了多少风波。历史皱褶中的细节远比我们描述的精彩，可惜，被堆积如山的时光落叶掩埋，难以复原。

历史因此而神奇，也因此充满未知与诱惑。

8

公元前31年，昭君遭遇命运的迎头一击：呼韩邪病逝了。按照匈奴风俗，她要成为大阏氏之子——复株累若鞮单于的阏氏。

有些事情，只有不同没有对错。淮河以南的橘子移植到淮河以北，就变成苦涩的枳，因为它的生存环境发生了变化。

父死，妻其后母，在推崇伦理的汉朝是伤风败俗之举，在以游牧为生的匈奴部落，由于生产力落后，面对恶劣的生存环境和为争夺生活资料而不断杀伐导致的人口锐减，人口繁衍就成了族群延续的命门，有生育能力的女人是稀缺资源。父死，子妻后母；兄亡，弟娶嫂子，成为特定社会文化环境中的部落习俗。

昭君上书乞归，汉成帝刘骜回复："宁胡阏氏从胡俗。"

这样的结果已有先例。这之前，细君公主和亲乌孙国，国王死后，细君公主被要求改嫁他的孙子。这种伦理的落差实在太大，细君公主也曾上书乞归，得到的回复是：顾全大局，遵从乌孙习俗。

请归不允，普遍的解读是，昭君被幽怨与痛苦煎熬，无奈屈身。

真是这样吗？屈身是一种妥协，妥协不一定痛苦。我总觉得，昭君上书乞归是一种姿态，她受过良好的家庭教育，应该了解"子妻后母"的胡地习俗，来到塞外更应该知道这一习俗的不可抗拒。前面有细君公主的先例，她如果不打算遵从，早该有所打算，不必等到丈夫逝去才手足无措。以昭君的智商与见识，不会不明白，有着皇家血统的细君公主都乞归不成，汉皇怎么会因为一个小小的宫女而改变既定国策？昭君在，汉匈就是至亲，双方可相安无事；昭君归，匈汉就可能疏远，危险就会在前路潜伏。对于一个心系社稷的君王来说，只要智商在线，这并不是一个两难的选择。

明知不会奏准，昭君为什么要执意上书？

为求自保。毕竟她是汉人，如果丈夫死了，欣然下嫁亡夫的长子，即便是胡人，也难免不会用汉人的道德标尺评判，这不利于她在胡地站稳脚跟；中原的封建士大夫阶层也会指斥如雨。在这些人眼中，昭君一入掖庭便是皇上的女人，即使不能从一而终，也不能出走胡地，先嫁其父，后嫁其子。

其实，比起宋、明，汉朝并不那么看重女人贞节。虽然汉武帝确立了儒家思想的主导地位，但并没有形成强有力的社会规范。在汉代，帝王的妃妾能出宫嫁人，女子可以自由选择婚姻，甚至追求有妇之夫。光武帝刘秀的姐姐湖阳公主丧偶后，看上了大司空宋弘，人家已有妻室，无奈公主一往情深："宋公威容德器，群臣莫及。"于是，刘秀起劲儿为姐姐撮合。汉武帝刘彻的生母王娡，在嫁给汉景帝刘启之前也嫁过人；公主改嫁、再嫁，甚至三嫁，亦不乏其人。皇室至尊至贵，引领社会风尚，可见汉朝的风气相对开放。

所以，昭君的内心会有抗拒，但是，不会决绝。

这是因为，呼韩邪病逝时，昭君刚来到草原两年，一旦归汉，肩负的汉匈友好使命就会前功尽弃。对于一个有担当、有情怀、有理想的女子，这无疑是对生命意义的剥离；如果信念在岁月的风尘中褪色，即便归汉，生命托举的也只能是失落与哀伤，昭君肯定不愿意。再说，她与呼韩邪已生育一子，回归意味着母子分离，感情上昭君也难以割舍。

最重要的一点，她和复株累若鞮单于年龄相当，情趣相投。据说，大阏氏就曾和昭君打趣，嗔怪月老错牵红线，说昭君本该是她的儿媳而不是妹妹。昭君自请和亲，说明她是有着叛逆性格的女性，如果封建贞节观念在她心中是越不过的坎，上书请归不成，可以一死明志，怎么会很快投入新的爱巢，生育了两个女儿呢？事实应该是，昭君从情感上根本不排斥复株累若鞮单于，这是她人性中最隐秘的部分，只是我们一直不愿面对。

昭君遵守胡俗，不会在乎身后的道德评判。听从内心的呼唤，抱定结好两族的初衷，才能穿越繁华与迷雾，让自己的生命绽放如花。十六岁入宫，二十一岁出塞，二十三岁再嫁，三十四岁守寡，育有一子二女，儿子不幸夭折，女儿受她影响，始终活跃在促进汉匈友好的舞台。这是简单的人生履历吗？不，它是一幅绚丽的生命长卷，每一抹色彩都是用生命涂就。

昭君卒年，众说不一。

那该是一个皓月当空的夜晚。月色如水，像一层轻纱笼罩着大地。在漠北的单于庭，昭君或倚床榻，或立窗前，深情凝望着远天的明月。辞世的瞬间，她的魂魄便升入夜空，飞入了心心念念的月宫。昭君的一生似乎与月亮有着不解之缘，《汉书·元后传》说她是"梦月而生"的"月亮女儿"；父亲专为她修建望月楼；有野史借昭君之口说过，"母亲生妾时，梦月光入怀，复坠于地，后来生下妾身"。按《易经》说法，太阳是阳之精，为帝之象；月亮是阴之精，为后之象。昭君"梦月入怀"，本该为帝后，但复坠于地，只能远嫁匈奴。

这当然是民间传说，不足为信。不过，把月亮比喻为昭君倒也贴切。

月亮不同于太阳，它皎洁明亮，阴柔娇美，却时常被云雾遮蔽。在掖庭，昭君曾被孤寂围困，是她自请和亲，冲破束缚，把一片皎洁的月光洒向塞外；来到匈奴，她也曾遭遇各种谣言和诋毁；再嫁复株累若鞮单于，失节的指责更是如浓重的乌云一样几乎把她吞没。只是，她从来没有沦陷，即使命运端给她的是一杯苦酒，她也一饮而尽，在杯中重新斟满真诚与纯美。云中月，云中月，云中皓月洒清辉，清辉如银照大地，千古正气始回归。

在浩瀚的历史天幕上，昭君就是云中那一轮皓月。

一叹千年

1

侠骨柔情，在血一样的余晖中绽放，有如昙花，一瞥惊鸿。

没有先兆，也不合时宜。沙场上，战马如飓风刮过，扬起的满天烟尘还未消散，荒草萋萋，秋风瑟瑟，残阳惊恐地坠入地平线，正准备与月亮完成昼与夜的交割。

曹操抚弄琴弦。一曲《短歌行》，缓时，如清风拂面；急时，似电闪雷鸣。有晚霞从窗棂跃入，映出他鬓角的银发。连年征战，曾经年少轻狂的洛阳北部尉已经变成世人忌惮的大汉丞相。群雄逐鹿，烽烟四起，按说，这位一心要平定天下的乱世英雄，此时该与谋臣运筹于帐中，遣甲士驰骋在沙场。孰能料，他硬如弯弓的心弦，在这样一个黄叶飘落的秋日傍晚，竟被一双纤纤玉手拨动。

"蔡邕有女，名文姬，今在何处？"曹操问近侍，琴声依旧。

蔡邕乃东汉名臣，年过不惑，长髯盈胸，虽是朝官，平时却喜着儒装。他师从文宗大师胡广，十四岁即学业初成。好辞章、精音律、善古琴、通晓天文、长于碑刻、工于篆隶，实乃一代天骄。女儿蔡文姬降生时据说有亮光闪过，一只凤凰从产房啼鸣而出，这固然是人们对一代才女的美好附会，但蔡文姬天资聪慧却是不争的事实。牙牙学语时，便可跟读《诗经》；七岁即精通音律，蔡邕抚琴，小文姬隔窗根据音色，就能断定第几根琴弦折断。蔡邕视女儿为掌上明珠，每有客来必让她诵诗弹曲，一时，惊艳四方。那时曹操二十二岁，任洛阳北部尉，虽然官职不高，却满腹经纶，登高必赋，有一股王者之风。

曹操佩服蔡邕的才华，蔡邕欣赏曹操的抱负。两人惺惺相惜，亦师亦友，皆是当时文坛顶流。每有闲暇便聚在一起，牵几片朝霞，掬一捧月色，三百诗经做柴，半阕楚辞点火，指点江山，睥睨天下。宏论迭出，析春秋大义；逸兴云飞，诵时代华章。

父亲与曹操品茗对谈时，小文姬每每静坐一旁，如入兰室，心香暗生。

其时，汉少帝年少，外戚与宦官鹬蚌相争，陇西豪强董卓以勤王之名得渔人之利，据兵擅政。曹操心生怨懑，刺董不成，隐姓埋名遁出京城，欲展鲲鹏之志；这之前，蔡邕因竖宦专权、党人被污，上书天庭痛责群阉而遭嫉恨谗毁，虽免死，已被贬丢官。

董卓筑鲍鱼之肆，却想引入兰花之香，频诏隐居的蔡邕入朝为官。

蔡邕本来已绝意于仕途，他习惯了徜徉山水之间，寄情笛琴诗书的日子。但是，再优雅的灵魂面对强权也插翅难逃，几次婉拒不成，蔡邕在董卓的逼迫下，只好回到云波诡谲的庙堂。董卓横行无忌，对能给他带来巨大人望的蔡邕却礼遇有加，数日之间周历三台，从祭酒升为侍中，俸禄由六百石涨到两千石，跨入汉朝高干之列。迁都长安后，又被奉为高阳侯。不过，蔡邕深知官场险恶，他目睹董卓擅权乱政，知道此人难以长久，曾想弃官逃走，又怕累及家门，只得让蔡文姬随乳母回到乡间，以免一旦遇祸而殃及爱女。他就像一只巢中的夜宿鸟，探出头向天边张望，从稀薄的晨光中已经看到了即将到来的乱云飞渡。

生活中一个不经意的转身，也许就是人生的诀别。

客居乡间的蔡文姬不久即闻噩耗：父亲被王允诛杀。

事情是这样的：董卓的所作所为，引发朝廷大臣普遍愤慨，一个叫王允的司徒，用美人计干掉了董卓。在之后的祝捷酒宴上，蔡邕下意识一声叹息，引发王允猜忌，认为这是对诛杀董卓心存怨恨，大怒，欲杀之。蔡邕对自己深受董卓厚待也心存愧疚，他不想辩白，尽管朝中大儒皆为之求情。蔡邕只是泣血请求王允，愿意被挖去双膝，脸上刺字，以换取能让他续写《汉书》。不料，这一卑微的请求彻底触发了王允的杀心，他害怕蔡邕在历史的竹简上刻下自己的专横，执意要杀死这位名满天下的文坛顶格。其狭隘和残暴与董卓相比，不过是五十步和一百步的区别。中国专制王朝政治谱系的肮脏与龌龊，纤毫毕见。

蔡邕没有想到，自己的一叹竟要以命相抵。

蔡邕学富五车，通晓事理，他的一叹，绝非是因为董卓被诛心生愤懑。他岂能不知道董卓专权祸国，民怨沸腾？然而，在战乱频发、刀兵四起的乱世，杀了一个董卓就能国泰民安吗？以蔡邕的才学，见识不会这么短浅。其后，群雄争霸，杀戮不断。三国归晋后，晋武帝曾进行过一次人口普查，据《晋书》记载，全国此时只剩三百万户，人口一千余万。也就是说，三国时代的战乱导致全国人口损失五分之四，锐减四千万。蔡邕当时的一叹，有对后世的茫然与无措，谁能说，这不是一位理性知识分子对时代良知的拷问呢？当然，蔡邕的一叹，也折射了他内心的无奈、自责与伤感。蔡邕风华绝代，但毕竟深为中国传统文化浸淫，董卓对他优渥备至，作为"士为知己者死"的封建士大夫，他也不可能对董卓被诛，像秋风卷走一片落叶一样，淡然无视。

蔡邕无力逆天改命，只能仰望星空，掬一捧热泪，为苦命的女儿祈祷。

只是，蔡邕西行未远，蔡文姬的命运便骤然改变。董卓死后不久，部下李傕、郭汜起兵，一直对中原虎视眈眈的南匈奴也趁火打劫。年仅二十四岁的蔡文姬还没有从丧父的悲哀中走出，就被南匈奴所掳。一朵雍容华贵的牡丹，本该在深宅大院里绽放；狂风吹来，却坠入了塞外的滚滚黄沙，一去大漠十二年。十多次寒暑交替，四千多次日月轮转，她回归中原的念头虽然没有熄灭，却如风中残烛，流下的是滚烫的泪，燃烧的是生命的年华。她不知道，在时代的暴风骤雨中，一簇遭受霸凌的秋菊能否等来绽放的日子。

所幸，有一位少年时的熟客一直牵挂着她。

曹操听部下报告了蔡文姬的下落，知道在"董卓之乱"中，她被南匈奴掳去，已为左贤王生下两个儿子，不由双眉微蹙，沉思不语。少顷，猛地一拨琴弦，咔一声，弦断音停。他起身踱到窗前，屋外已是凉露惊秋，落叶遍地。这位多情的当朝丞相，极目北望，一字一顿道："传我的命令，遣屯田都尉董祀为特使，前往南匈奴，持金以礼，赎回蔡文姬。"

大漠孤烟，抹不去你眉间一点朱砂；宁负天下，不负佳人，只是为了汉家繁华。

2

苍茫的暮色中，有一棵枯树，虬曲盘结。

它的头顶，是布满铅灰色云朵的天空，辽阔而深沉，像是暴风雨来临前的大海；脚下，是暗绿色草地，像一张硕大无朋的地毯，由近向远铺展，直到与天际相会。天地连接处，是地平线。那棵树就突兀地伫立在那儿，孤独、压抑，令人心生悲凉。

慢慢走近，不是树，是双臂张开，仰头问天的左贤王：一个皮肤黑黄粗糙的壮年汉子，身着绣有鸟兽图案的金红色锦袍，一把利剑挂在一掌宽的腰带上。长满草原一样茂密的络腮胡，眼睛不大，平时目光如剑，给人一种无形的震慑。此时，他神色凄楚，像是遭遇了电闪雷击。失望与无奈落满一地，只有不舍挂在枝头，在风中摇曳。

接待汉家使者的宴会正在单于的穹庐里进行。丝竹管弦，歌舞升平。

为赎回一个弱女子，大汉丞相遣来一个豪华的团队，奉金千两、持璧十双，还有整整一车漂亮的绸缎，礼品贵重得让人难以说"不"。礼品的后面，是中原最强大的军事集团，谋士过百、战将千员，上百万大军枕戈待旦。一声号角，舞动的旌旗就可以遮天蔽日。大单于乐得顺水推舟，他知道，敬上加了盐和糖的奶茶，无疑是最好的选择。

作为当事人的左贤王，却无法一刀斩断十二年的日月。

左贤王痴痴望着东方。暮霭四合，天与地正在融汇，一会儿，就将被夜色吞噬。

　　缘生、缘灭，本是人生的一次邂逅；得到、失去，不过是命运的一次转身。生离死别，青山绿水依旧在；缘续缘断，依稀往事入梦来。十二年前，冷雨凄风，古道夕阳，蔡文姬就是从那个方向走进了他的世界；明天日出的时候，蔡文姬又将从那个方向淡出他的生活。他有些愧疚，蔡文姬已经为自己生了两个儿子，可是却从来没有得到正式名分。一朝分手，他突然发现，自己对这个汉家女的爱与依恋并不亚于任何一个王妃。得到时不觉得珍贵，懂得时已经无法继续拥有，世事无常，何不且走且珍惜？一旦海水涨潮，留在沙滩上的脚印就永远不复存在了。在觥筹交错的酒宴上，左贤王觉得孤独；来到空旷辽阔的草原，又深感悲伤。他明白，悲伤的尽头是不舍，而所有不舍，必须用决绝的利剑斩断。他要在心中完成一次艰难的告别。这一刻，只有他自己，只有被他捧出来祭拜苍天的那一颗心。

　　忘不了第一次见到蔡文姬的情景，心弦一颤，疑为天人。尽管三千青丝散落于肩，一袭青裙污痕斑斑，但蔡文姬依然娉婷婉约，依然娇艳俏丽。蛾眉一弯，淡淡入鬓，秀目两只，幽幽似水。大家闺秀的端庄与高贵如日东升。见惯了粗犷与豪放的左贤王未曾想到，人世间还有这样一种美：静似秋水，贵如皓月。

　　遭遇左贤王，于蔡文姬幸亦不幸？

　　一个弱女子被匈奴所掳，如柳絮逐风，被马蹄践踏本是大概率事件，当然是不幸；可是，遇见了左贤王，她的生命才得以保全，千古流传的《悲愤诗》和《胡笳十八拍》才有可能问世。于蔡文姬，于中华文化的延续与光大又是万幸。其实，路本无对错，错的只是选择。可是，如果面前只有一条路，还会去纠结能不能遇见姹紫嫣红的风景吗？蔡文姬接受了威猛的左贤王，这是生命的又一个渡口，她不想还未登船，就在命运的旋涡中沦陷。
她是蔡邕的女儿，满腹才华还没有被历史签收；她是大汉的才
女，一腔抱负还没有得以施展。妥协不是苟且，等待是另一种形
式的抗争。人生最重要的，不是肉身所处的位置，而是灵魂朝拜
的方向。

历史的一次误打误撞，蔡文姬和左贤王共同生活了十二年。

这是一个女人生命中最美好的年华。本该是岁月静好，一缕
幽香潜入夜；本该是青春花季，一路笑靥化春风。可是，蔡文姬
却把它交付给了塞外的寒风、冷月、冬雪、残阳。大漠深处风沙
弥漫，狂风骤起的时节，如果不特意加固，连人居住的穹庐也会
被风沙卷起。到了冬天，滴水成冰，迎风而立时不及时眨眼，上
下睫毛就会被冰霜冻在一起。只有春、夏两季，草原才是上天勾
勒出的一幅山水长卷。绿草无边、白云片片，星星点点的羊群，
像散落在绿色地毯上的芍药和银莲花。这时节，蔡文姬会带着两
个幼子走出穹庐，在草原上练习骑射。儿子太小，还骑不上马
背，健硕的公羊就成了替代。蔡文姬会一边看着儿子在仆人的保
护下练习骑射，一边捧出父亲留下的焦尾琴。那是父亲的最爱，
据说蔡邕到一位朋友家做客，忽听灶台响声异常，急步上前，抢
出了被当作柴烧的一块桐木——制琴的上等材料。蔡邕用它精心
制作了一把琴，因为琴尾还留有火烧的痕迹，故名焦尾琴。

这是蔡文姬一天中最快乐的时光。

草原辽阔，有雄鹰飞过，会在一望无际的蓝天上留下一道道
划痕；蓝天如海，瞬间又平复如初。望着雄鹰远去的方向，蔡文
姬的思绪也长出了翅膀，飞回中原风光旖旎的山水之间。这时，
她会让儿子坐在身边，掬一泓盈盈月色，或剪一片灿灿余晖，抚

琴而歌。琴有七弦，它没有二胡的如泣如诉，没有古筝的沉稳优雅，没有琵琶的激越流畅，却委婉缠绵，如山间小溪，细腻而含蓄。如果再有一支箫应和，会更加幽怨迷离，古雅通脱。每每一曲未了，思念像草甸上不知名的野花，已开了一地。有没有遗憾已不重要。重要的是，日子像一只梭，编织着生活，编织着岁月；儿子便是缠绕在梭上的线，渐渐缝合了她情感的伤口，看上去，如花盛开，暗香浮动。

情爱错付，离别时必有残忍一刀。

如果错付的情爱是因为时代牵制，内心更会翻江倒海。怨恨上苍？是的，上苍不公，挥手掘出一条天河，便阻断了一个人的来世今生。如果机缘巧合，命运搭起一座桥，过，还是不过？那边，是心心念念的故土，儿时的梦像一只风筝，从未在心灵的天空坠落；这头，黄沙蔽日、朔风刺骨，却也有难以割舍的浓浓亲情。

走出穹庐，蔡文姬看到了伫立在空旷处的左贤王。牛皮靴、合裆裤，髡发齐眉。平时，那两道浓眉叛逆般向上扬起，粗犷、豪横；而此刻却蹙在一起，像是解不开的麻团。她知道，和自己生育了两个儿子的这个男人，心中有苦，苦不堪言，可是他无法诉说，只能让痛苦化作愁云，在心灵的天空弥漫。他貌似强大，强大的后面驻守的也是不堪一击的灵魂。不然，犀利如鹰的双眸为什么会有泪花闪烁？情难剪、意难收，悲伤故独语，心痛唯自受。目断天边飞雁，唤回，唤回？甘愿做楚囚。

虽然相遇、相伴，蔡文姬却没有更多的留恋。怨与恨，已经被日子渐渐消融；情与爱，却没有在岁月中同步成长。她目睹过胡羌的血腥，所到之处杀戮成性，"马边悬男头，马后载妇女"。

面对左贤王，她一咬牙，可以毅然转身，挥一挥手，不带走一片塞外的云彩，可是刚才，年幼的儿子走上前，抱住她的脖子小心翼翼问："母亲，您打算去哪里啊？"别看儿子还小，却也明白，一走就是永别。"母亲啊，您平时对我们温柔宠爱，现在怎么突然不仁慈了呢，我们还是孩子啊，您难道一点也不顾念吗？"儿子的话像一把利刃，直戳心口。小孩子哪里懂得母亲的纠结，他们只知道母亲要离开自己，却不知道她一路走来所经历的屈辱。

蔡文姬无言以对。可以用语言解释的是误会，无法用语言抹平的是伤口。

原以为，心中的期盼已被时间缴械；当大汉的使者举起回归的旌旗时，蔡文姬才知道，内心的执念永远不会改变。归汉途中，蔡文姬牵挂着儿子，写下了千古绝唱《胡笳十八拍》。那一路，她的情感波飞涛涌、辗转回旋，几度被思念淹没；她用血泪凝成的诗篇，如一颗璀璨的恒星，升起在命运的天空，光照河山。

从此，一颗心，留一半在大漠，带一半回中原。

3

文姬归汉后，与曹操第一次会面的细节已经沉淀在历史的皱褶里。

话剧舞台是这样还原的：蔡文姬求见曹操，两人见面没有寒暄，有的只是蔡文姬的委屈与愤懑。因为这之前，曹操听信副使周进谗言，误认为文姬与董祀关系暧昧，董祀与左贤王有私，从而下了对董祀的诛杀令。文姬此来，专为说明事情真相。

这是为了强化戏剧冲突的艺术演绎。我想，曹操既以隆重的阵仗迎回文姬，就没有理由再等故人来求见。十二年念念于心，他肯定会在第一时间召见心中的女神。相拥、相泣或许有些夸张，但久别重逢的激动是有的。有人比喻，往昔的一切是一把折扇，合上时风收云敛、波澜不兴；一旦打开，就如扇面上的山水小品，风生水起，扑面而来。在湍急的时光旋涡里，他们历经坎坷有幸重逢，彼此早已称出了对方在自己心中的分量。

已经近二十年，两人天各一方。二十年，物是人非。

曾经的翩翩男儿，青衣白马，心雄万夫，如今鬓染微霜，仗剑走天涯，成了叱咤风云的大汉丞相；昔日的金钗少女，一点朱砂点眉中，两眼顾盼漾春风，现在也变成了眼里装满故事，脸上尽是风霜的中年女子。人生无常，世事难料，谁说明天只是一个虚幻的梦？该来的，总会像山水一样显现；该去的，一定似清风一样无形。沉淀在岁月深处的青春记忆，是流沙中的一颗颗金粒。只是没有生长的情爱，会在时间的沙漏中流失。它使芳华不再，留下不一样的风景，让人徘徊，让人沉思，让人触景生情。

我一直疑惑，曹操重金赎回佳人，仅仅只是感念与蔡邕的情谊吗？仅仅只是爱惜蔡文姬的才华，想为后世留下一脉文香吗？曹操与蔡邕的友谊绝非世俗理解的那样浅薄，他们的对谈中有思想引领、心曲交融，如同茅台酿制，端午踩曲、重阳投料，九次蒸煮、八次发酵，勾兑出来的已是高纯度的精神美酒，没有任何功利与世俗的杂质。在暗锤打人、尔虞我诈的官场，珍贵得如同风姿绰约的五角枫。蔡邕不幸罹难，曹操把对老友的怀念移情其女，顺理成章；曹操乃乱世枭雄，亦是治世能臣，"建安文学"的奠基者，对文化传承念念于心，满腹才华的蔡文姬自然不会脱离他的视野。战事稍定，想迎她回归也在情理之中。

但是，风流洒脱的曹操对才貌俱佳的蔡文姬从来没有情动于心吗？

昔日为蔡府座上客时，曹操年及弱冠，那时的蔡文姬十一二岁，多情的曹操对乖巧懂事的小师妹自然欣赏。这种欣赏是加了茉莉的花茶，袅袅清香中不会没有爱慕的成分。只是恰逢乱世，烽烟四起，胸怀大志的曹操顾不上儿女情长，他要持戈横扫天下。加之，蔡文姬年龄尚小，蔡邕也没有流露过招他为婿的意思。还有，曹操是气质男，颜值却一般，出身也不高贵，内心多少有点自卑。于是，在历史的风云际会中，两人擦肩而过。只是，曹操从来没有忘记过这个小师妹，即便在金戈铁马的征战中，心中也会时而闪过她的倩影。如果完全没有情爱的成分，一个男人的思念怎么会像燃烧的地火，经久不息？

曹操终未迎娶蔡文姬，有一个心结或许无法消除。蔡邕年长他二十二岁，但毕竟亦师亦友，纳蔡文姬为妾，是否有悖蔡邕初衷？斯人已去，他不愿意让世人议论。还有一个原因毋庸讳言，此时的曹操妻妾成群，皆是倾国倾城的美色。而蔡文姬年近不惑，容颜消退，如果纳之为妾自己又不能专情，蔡文姬肯定会更受伤害。重金赎回而不能使她快乐，亦非曹操所愿。他特意为蔡文姬挑选了青春年少、玉树临风的董祀为夫，有弥补心中亏欠的情愫，是真心希望蔡文姬的婚姻生活能够圆满幸福。

背负希望上路，期待花开满地。谁料想，刚一出发，行囊中就塞满了落寂。

董祀正值芳华，不免心高气傲。而从塞外归来的蔡文姬已经生育了两个孩子，是一位三十六岁的中年女子，塞外的风沙也使她面带沧桑。经历迥异，志向不同，又加上年龄上的差异，两个人的婚后生活并不和谐。董祀不喜欢蔡文姬，但囿于曹操的威慑不敢公开抗拒，只能以冷漠来排遣心中的幽怨。蔡文姬冰雪聪明，她何尝不明白曹操的用心，又怎能不洞悉丈夫的心境呢？她已经三次嫁为人妇，东汉末年的封建礼教，虽然不似宋、明时期严苛，但是她也无力再面对一次婚姻的颠覆了。她心力交瘁，被命运多次揉搓的蔡文姬，已经将恬静平淡的家庭生活，视为灵魂栖息的生命之树。她努力逢迎、讨好丈夫，是因为她知道，来之不易的这次婚姻，其实是一挂美丽的冰凌，不知什么时候就会碎裂一地。

一场意外的劫难，使他们的爱情起死回生。

董祀获罪。

获罪原因众说不一，史无可考。总之，曹操下令斩杀。

这一天，曹操正在宴请公卿名士，有侍卫报，蔡文姬门外求见。曹操一听，兴致盎然地一挥手："诸位，蔡邕的女儿乃当今才女，受其父教诲，诗词歌赋无所不精。今日有缘，大家正好借此机会一见。"众人大喜过望。蔡文姬幼时即声名远播，闻曹操厚礼重金迎回，想必日月轮转，学识见涨，都想一睹佳人风采。可是，令曹操和众人没想到的是，站在面前的蔡文姬，没有了昔日的端庄。那个一袭纱裙及地，三千青丝盘成一个芙蓉髻，脸颊粉黛轻施，唇上朱红略点，一双明眸似两潭清水的大家女子不见了。取而代之的蔡文姬，双足赤裸，披头散发，两眼无光，神色凄然，像一个被命运绊倒的弃妇，跌跌撞撞跪在曹操面前。

曹操大惊，叫着她的乳名，上前搀扶："琰儿，这是何故？有话起来说。"

蔡文姬伏地不起，一仰头，目光凄楚，泪水盈盈："文姬拜见丞相，向丞相请罪，有罪之人不敢修饰仪容，还乞丞相宽宥。"

　　曹操略一迟疑，正色问："文姬夫人，此话怎讲，你何罪之有？"

　　蔡文姬神情悲切，掩面而泣："我知道，丞相已经定了董祀死罪，董祀乃文姬夫君，他获罪，文姬焉能无事？况且，文姬已事三夫，这一段婚姻又为丞相所赐，如董祀获罪西去，文姬焉可独存？求丞相念在与家父的情意上，免去董祀死罪。"

　　曹操听了，心弦一动。早听说董祀对蔡文姬冷落，心中已是不悦，没想到得知董祀将死，蔡文姬的反应竟如此强烈。细想也是，董祀一死，她又成了一只孤雁，在风雨飘摇的时局中何以自立？不免动了恻隐之心，叹息一声，道："可是，降罪的文书已经发出去了，奈何？"

　　蔡文姬见到事情有了转圜的可能，泪眼中迸射出希望之光："丞相，你马厩里的好马成千上万，勇猛的士卒不可胜数，还吝惜一匹快马来拯救一条垂死的生命吗？"

　　下面的桥段野史有记，正史无考，我倒是愿意相信它的真实。

　　曹操有心放水，但为了堵住众人之口，令天下折服，就说："这样吧，文姬夫人，你如果能在七步之内成诗一首，我便赦免董祀，如何？"

　　蔡文姬心神初定，她的五言诗自成一格，婉约细腻，张口即出。于是站起身，稍一思忖，悲声诵道："唇亡齿怎暖，树死藤何依？鸳去鸯空穴，月孤日单啼。"

　　曹操听了，颔首重复："'鸳去鸯空穴，月孤日单啼。'好，好诗。虽是即兴之作，却也情真意切，艳丽而不失质朴。都说文姬夫人文章锦绣，日臻化境，果然言之不虚，老夫再次领教了。"

说着，招手唤过侍卫："选快马速传我的命令，赦董祀不死。"

蔡文姬闻言，梨花带雨，向曹操深深道了一个万福。

曹操抚髯一笑，伸手示意，说："大事已定，文姬夫人可随侍女去后堂更衣梳妆，我还有要事与你相商。"梳妆完毕，曹操请文姬用茶，自己也端起香茗，掀开杯盖轻啜一口，又用回儿时的称呼："琰儿，蔡府原有许多藏书，不乏孤本，可惜尽皆毁于战乱。你博闻强记，不知还能回忆起多少？"蔡文姬略一思忖，胸有成竹地回答："家父留给我的藏书大约有四千余卷，我读过且熟记的应该有四百余篇，默写下来不难。"

曹操闻言，喜不自胜，把茶杯在茶几上一蹾，激动地起身，拱手一揖："太好啦！琰儿，你专心默写，有何需要只管说，我焚香更衣，静待拜读。"

4

陕西。蓝田。一处景色秀丽的清幽之地。

兴平二年（195）某天，迎来两位远方游子，男子正值青春年华，青衣布履，玉树临风；女子年龄稍长，虽是布裙荆钗，却气质高雅。他们诛茅为屋，邀虹为伴。远处有青山环绕，近处有小溪潺潺。日出，一声鸡鸣，牵出淡淡晨曦；日落，几声犬吠，送走天边晚霞。

避开尘世的喧嚣，蔡文姬和董祀来到这里，珍藏了一段美好的岁月。

那一次董祀被赦免，蔡文姬从相府回到家中，凭借非凡的记忆力，默写出四百余篇散失的典籍，曹操读后大为惊叹。这些典籍文辞秀丽、严谨，无懈可击。有些典籍，他以前也在蔡府读过，和自己的记忆高度契合。曹操很是高兴，文姬此举无疑延续了华夏文脉，具体篇目虽史书无载，但她能熟记、背诵，亦足见其经典性，如果散佚失传，将是对中华文化的重创。更何况，蔡文姬写出了《悲愤诗》和《胡笳十八拍》。他诵读后，心中如同掠过一道闪电，知道这两部作品将会光照大千，以辉日月。令曹操遗憾的是，其后，蔡文姬执意要放弃优渥的生活，和丈夫董祀去营造一段只属于自己的时光。

付出总有回报。每一次努力都在浇灌希望，经过岁月打理，就会长成你想要的样子。

蔡文姬曾经不相信这个道理。她有过彷徨、失落，再嫁董祀后，甚至担心自己年老色衰而被董祀嫌弃。她不是王者，骨子里却潜伏着王者的清高。谁承想，自卑也像洪水决堤，漫灌了一位旷世才女内心的傲娇。

三次婚姻，哪一次是高处绽放的烟火，真正华美了爱情的天空？

与名门之后卫仲道的结合，虽是父母之命，却一见倾心，两情相悦。明天如花，摆放在人生的渡口。本想长相守，一世花开，谁料想，仅一年卫仲道就因病离世。花自飘零，一场痴情一场梦。从此天人两隔，泪流尽，梦成空。委身左贤王，是她屈辱的回忆，也是幸福的犒赏。在强权面前，个人的意愿根本无从展示，是屈辱；由女人变为母亲，尽享儿子带给她的天伦之乐，又是上天所赐的犒赏。这两段为人妇的经历，无论悲喜，蔡文姬都处于被动的地位。只有与董祀的结合，由她主宰了婚姻的峰回路转；一场劫难，让爱情起死回生。而在逆转的过程中，蔡文姬扼住命运的咽喉，活成了人生中最棒的自己。

董祀情动于心，是因为蔡文姬的做法超出了他的生活经验。

他不能想象，一个高贵、典雅的大家闺秀，为将他从鬼门关救回，竟能披头散发、赤足踏雪闯入相府。他知道，王命已出，行刑在即，自己断无生还之理，如果蔡文姬不以此坦露心迹，表示出椎心刻骨的悲伤，怎么能打动曹操的铁石心肠！山一程，水一程，都是岁月；哭一阵，笑一阵，才叫人生。他感受到了蔡文姬的真心与痴情，那是一张美丽的网，让他的心甘愿坠入。他决意从此执子之手，共赴时光。有一句诗，或许可以描摹董祀彼时的心境：春水初生，春林初盛，春风十里，不如你。

经历过生死检验的爱情，没有言不由衷的敷衍，没有山盟海誓的承诺，如同被岁月风干的玫瑰花瓣，夹在风轻云淡的生活册页里，色泽虽浅，馨香永远。

归隐山林，应该也是蔡文姬对生活的期许。

历尽千般坎坷，他们要远离过往的喧嚣与浮华，只将阳光和风雨收入行囊，到一个鲜为人知的地方，搭一间只属于俩人的茅庐。幸福本来非常简单，就是和心爱的人，每天重复做着相同的事：清晨观日，夜半听雨；松花酿酒，春水煎茶。一起看逝雪无痕、落花无声；一起听溪水长流、鸟虫鹤鸣。过去，置酒高台邀宾客，推杯换盏微醺后，有佳人歌启朱唇，有同好共写诗文，是幸福；如今，半壶浊酒，醉了天涯路，一张古琴，泊了彼此心。那一种恬静，那一种理解，那一种心心相印的满足，又何尝不是幸福？在平淡的日子里，他们感受着生命的质感与真实；用两颗彼此相拥的心，为生命的每一个空格精心着色，直至把生命变成一幅气韵生动的山水长卷。

　　不过，有一个问题一直令我困惑。

　　蔡文姬是东汉第一才女，"建安七子"亦难出其右，其诗风和书法影响到诸多大咖。恰如曹丕所言，别人行文用墨，蔡文姬写诗用血。没有那样坎坷的经历，没有那种情感的撕裂，断不会有《悲愤诗》和《胡笳十八拍》这样的泣血之作。"且则号泣行，夜则悲吟坐。欲死不能得，欲生无一可。"这样的诗句，用意向和灵感可以想象得出吗？不！蔡文姬生于名门，长于温室，可是一朝风云际会，她却要同成千上万的难民一起，奔走在夜色之中，逃避于刀剑之下。一个弱女子，在刀光剑影中的无奈、恐惧、迷茫和绝望，在她的诗中体现得淋漓尽致。她怒问苍天："今别子兮归故乡，旧怨平兮新怨长！泣血仰头兮诉苍苍，胡为生兮独罹此殃！"苍天无法回答她，只能把她抛进历史的长河，任其自生自灭。旷世才女的尊严与自信，大家闺秀的傲娇与高贵，被时代的车轮无情碾压。但是，她像昆仑山上的一棵草，迎风而立，不屈不挠，活成了乱世风云中一道独特的风景。在历史演进的过程中，她是孤独的舞者，不是路旁的看客，即便明珠暗投，也努力让自己的这一束光穿透历史的阴霾。

　　按说，蔡文姬生活安定后本应佳作迭出。这既是她本人的心愿，也是曹操的期许。可是，她传世的作品仅为《悲愤诗》和《胡笳十八拍》，且都是作于颠沛流离之中。和董祀隐居后，像一片雪花落入茫茫大山，正史上再无迹可寻，也再没有一首新作传世。文学是一个精灵，一旦注入灵魂，终生便难以摆脱。我不相信，一个情感丰沛的诗人，会沉溺于生活的日常而放弃文学梦想。蔡文姬的生活库存远没有用尽，内心情感也没有彻底喷发，满腹才华显露的只是冰山一角。这期间，她应该创作了大量诗文，或许是担心毁于战乱，没有公之于世？倘若这一束文化瑰宝失传，无疑是中华文学史上一次最昂贵的"锦衣夜行"，令人唏嘘、遗憾。但愿它已经被蔡文姬藏于名山，会在未来的某一天成为重要的考古发现。

莫笑我痴。不是吗？有海燕翱翔的大海，它的美丽才更值得期待。

据说曹操领军征战，曾经路过蓝田。得知蔡文姬隐居于此，率轻骑数百，一路绝尘，来到她栖身的茅庐。见景色清幽，不免目酣神醉，叹道："择一处岁月，听秋雨靡靡，看白雪飘飘。涨水时节，播百尾鱼苗；花开之日，看蝶舞蜂飞。文姬夫人，日子安好乎？"

尝尽人间甘苦，走过山高水远的日子，蔡文姬尽显从容与淡定。她深施一礼："多谢丞相挂怀。东山高卧，霞友云朋，小女子心之所愿也。"曹操朗声大笑："超然物外，笑看云卷云舒，老夫真是羡慕文姬夫人。"他看了一眼侍立于侧的董祀，眉峰一扬，双眼露出希冀之光："什么是日子，日子就是郎呼妾应，柴米油盐；日子就是夫唱妇随，心曲相伴。"蔡文姬稽首："丞相真乃当世英雄，亮剑，可以一扫天下；俯首，立马洞悉人生。琰儿当谨记斯言，亦不会忘记丞相的嘱托，愿意为华夏文化的延续略尽绵薄。"

曹操闻言，抚髯诵道："对酒当歌，人生几何！譬如朝露，去日苦多。"万千情感，一语尽出，有禅意、有谶语，亦有不尽的感慨与期望。遥望着天边的火烧云，良久，才收回目光，深情地望一眼曾经的琰儿："我有嘉宾，鼓瑟吹笙。明明如月，何时可掇？文姬夫人，山高水长，老夫就此作别；日月轮转，但愿后会有期。"说罢，一拽缰绳，战马扬起前蹄，发出一声嘶鸣，疾驰而去。

目送马队如风一样遁去，蔡文姬长抒胸臆，怆然一叹，悠长而丰盈。

这一叹，山河空远，落花伤春，往事已随风雨去，唯要怜取眼前人；这一叹，岁月稠，心有爱，含悲含泪含期待。同是人间惆怅客，共盼月下花自开；这一叹，人生负壮气，韧性如磐石，醉了残月，醒了旭日。

这一叹，穿云破雾，在历史的时空中回荡千年。

废墟中站立的女神

我在三亚，寻觅一位巾帼英雄的足迹。

阳光、沙滩、碧海蓝天，地处祖国南端的鹿城美可入画，与美景同样令人难忘的是这位奇女子的双眸。站在"天涯海角"的冼夫人雕像前，我久久注视着她的眼睛，清澈、坦荡，穿云破雾。我在想，顺着那目光走进去，该是星空和宇宙吧？不然怎么解释，一位青年女子会有那么广阔的胸襟！

此时，她纵马横刀，甲士簇拥，就伫立在二十一世纪的清风斜阳中。弯月眉、丹凤眼，翩若惊鸿；青锋剑、明光甲，一派王者风范。

三亚是隋文帝册封给冼夫人的汤沐邑，晚年她奉旨巡抚岭南诸州时，应该来过。那时的她已不再年轻。满头青丝早被白雪覆盖，一世芳华也有皱纹爬满，只是眉宇间仍然充溢英雄气，披甲乘马，万众仰慕，一路祈福之声。

"飞地"回归

一轮皓月，悬挂在波涛汹涌的南海夜空。它在莲花般的云朵中穿行，像娇羞的女子，时而扯一片白云当作面纱，时而又直面宝岛，窥探着人间的故事。

这是梁大同年间。一千四百多年前的岭南秋夜，与今天并无二致。

高凉太守冯宝在正厅来回踱步，少顷，转过身，望着正在案前端坐的爱妻：“夫人，设郡开衙，兹事体大，你意已决?”

冼英起身推开窗户，倚窗而立。周围的一切已被夜色覆盖，只在淡淡的月光下显出依稀的轮廓。有星星映在她的双眸中，灵动而深邃。

秦始皇问鼎中原后，豪横，借着酒劲儿击节而歌：“功盖昔尧舜，谁可与我同?”他觉得大秦帝国的版图如果没有美丽的南海做外徼，就像精美的茶具缺了华丽的托盘，便遣帝国铁骑两次南征，浴血奋战、死伤惨重，终于把海南岛揽入怀中。只是，越人是最早生活在海岛上的族群，他们的先人夹着一根浮木，或者抱着一个葫芦，游过波飞浪涌的琼州海峡，面对的是大自然的无情挑战。和大型凶猛动物对阵，他们无疑处于劣势；与台风海啸周旋，人更是不堪一击。但是，他们筚路蓝缕，终于在这座风雨飘摇的孤岛上繁衍下来，也锻造了坚韧、彪悍的民族性格，桀骜不驯，野蛮好斗。一百多年间，烽火时有点燃，纷争从未止息。至汉元帝时，因为越民一直不服教化，岛上林深树密，用兵又极其困难，君臣经过商议，权衡利弊后取得一致意见：“骆越之人，父子同川而浴，相习以鼻饮，与禽兽无异，本不足郡县置也。颛颛独居一海之中，雾露气湿，多毒草虫蛇水土之害，人未见虏，战士自死。又非独珠崖有珠犀玳瑁也，弃之不足惜，不击不损威。其民譬犹鱼鳖，何足贪也。”于是撤郡设县，名为遥领，实际放弃了对海南岛的治权。大陆的文明之风无法南渡，海南岛从此成了一个混沌未开的弃子。

冼夫人忧心如焚。特别是一向桀骜不驯的海南岛俚人，有感于冼夫人的威望，有一千多峒主动归顺后，她更希望孤悬海外的海南岛与大陆融为一体。

冼英本是岭南百越一支实力超强的部落首领后人，自幼不爱红妆爱武装，在处理行政事务、随父兄兵马出行中表现出了非凡的政治智慧和人格魅力。传说她与强人比武斗法，一剑劈开一块巨石；和南越王赵陀议论时政，"智辩纵横"；德威遍布岭海之间，年纪轻轻就被各部族推举为大首领。这之后，冼英与高凉太守冯宝相遇，一个是智勇双全的部族领袖，一个是心怀抱负的体制内公务员，两人步入婚姻殿堂时绝对不会想到，他们的联姻会改写历史。

冼夫人深吸一口气，语气决绝："海南岛孤悬一隅，王治不到，乱象纷呈，礼法无存，百姓苦不堪言。设置崖州，让海岛重回中原，王土因此完整，百姓亦可安乐，此正当其时，还望夫君助我！"

冯宝对妻子敬重有加，只是担心她妄言朝政会引起梁武帝不快，态度有些犹豫，看其心意已决，便一击条案，亲自执笔，以冼英之名完成了请置崖州的奏表。

在奏表中冼夫人表示：妾是百越之女，现为俚酋，倚王思化，略知礼义。孔子说过，道得众则得国，失众则失国。妾既为太守之妻，又受王封，时刻把国家放在心上，唯恐伤民众而损王德，唯恐羡浮名而招民怨。唯愿岭南荒梗能袭华风，椎跣变为冠裳，侏离化为弦诵。妾冒死请命置崖州，并置治于珠崖岛上，止数百年之颓废，复大块之光被。天使至是，妾当竭尽所能，拱卫侍抚于始末。如右,妾百死顿首。

朝廷经认真权衡,批准了冼夫人奏请,设置崖州对海南岛实施管辖,并册封她为宣义绥安护征将军,平定崖州,各州军马听调不误。这个梁武帝,文韬武略、多有建树,康熙老倌评价他是创业英雄。只是晚年迷信佛法,政事废弛,在清谈玄想中误了国事,以至有了后来的侯景之乱。他的一生是一出并不精彩的戏,不过在落幕前做出的这个"pose"却十分了得。自汉元帝放弃治权到梁武帝重新收回,海南岛在历史的天空中飘荡五百多年后,再次回归中原管辖。冼夫人如愿以偿,喜悦像阳光一样洒满了她的脸庞。

冷兵器时代,近身肉搏,刀刀见血,杀人如同砍瓜切菜,男人尚且胆寒,何况女儿?然而从那以后,冼夫人几次驰骋在平叛的沙场,出生入死、毫无惧色,保护一方平安、维护国家统一,成了她自觉的人生诉求。

让我们从历史的行车记录仪中闪回一组镜头:

太阳西斜,鲜亮润泽,像一枚泛着油光的咸鸭蛋黄;云朵披上了金辉,如少女般联袂而行。高州的城墙上旌旗飞舞,手持刀剑弓弩的守城将士严阵以待。忽然,有军士报,有一支队伍熙熙攘攘向城下开来。

守将打眼一看,甚觉奇怪,这队人马千人有余,不像平素出征的战队,旌旗不绝,军容严整,而是肩扛手推、懈怠松散,一路说说笑笑。

"站住!你们是何方人马?到我高州意欲何为?"

领头的青年女子金甲银盔、一身戎装,只见她一抖马缰,白色的战马仰头发出几声嘶鸣:"我乃高凉太守冯宝之妻冼英。太守闻刺史传见甚是欣慰，本欲亲自拜望，因染微恙未能成行，心中惭愧，特遣我持厚礼前来参见。"

守将一听，忙报与刺史李迁仕。李迁仕对冼英早有所闻，又见过冯宝派来通报情况的使者，于是走上城楼，见是一个飒爽英姿的女将，身处C位、自带气场，手下的人全是挑夫、杂役，便一脸欢喜，命令守城士兵大开城门迎接。

其时，河南王侯景发动叛乱，史称侯景之乱。高州刺史李迁仕派人招冯宝至州府议事。冯宝要去，夫人冼英阻止，她怀疑李迁仕想挟持丈夫一起叛乱。冯宝惊诧，问："夫人何以见得？"冼英答道："广州都督命李迁仕发兵，李称病不出，暗中却大量聚兵制械。你现在前往州府，他必然将你扣为人质，逼你起兵。你且勿动，待看清形势后再作打算。"

几天后，李迁仕果然反了。冼夫人闻知他已派出主力参与叛乱，便说："李迁仕留守高州，防卫力量不足。我们应乘虚攻城，消灭乱贼！"冯宝知道妻子忠义，拟率兵前往，又被冼英拦住，说："你这样去必有一场恶战，不如智取……"

冯宝依计而行，才有了城下骗开城门一幕。

冼夫人率众进城后，化装成挑夫、杂役的士兵迅速取出暗藏的兵器抢占城池。李迁仕猝不及防，根本抵挡不住冼夫人的凌厉攻势，带着残兵败将弃城而逃。冼夫人挥师北上，与征虏将军陈霸先的勤王之师会合。战马嘶鸣、旌旗招展，冼夫人乘马引领三军，两旁是出生入死的战将，身后是英勇善战的士兵。朝霞如火，染红了她的战袍，也把一缕金辉洒在她青春勃发的脸上。

力专百粤群氛净，心护南朝一寸丹。冼夫人尽心守护着岭南和海南岛的每一寸土地，守护着祖国版图的完整。

套用一位诗人的诗句：这时候，我们会开始流泪／海南岛的文明史，终于掀开了／最为激动人心的篇章！／书页的这种哗哗的翻动／恰如潮水永远的轰响。

文明的曙光

距天涯海角不远处，有个水南村，可并行几辆汽车的柏油马路贯穿东西，两旁是青砖勾线的民居和店铺。如果不往深处走，很难寻觅到"稻田流水鸦濡翅，石峒浮烟鹿养茸"的古韵。水南村已有两千多年历史，唐朝的鉴真和尚、宋末元初的黄道婆及诸多朝廷贬官都在这里居住过；据说冼夫人当年巡视崖州时也曾在此小居，虽正史无考，经过口口相传，已经储存在民间记忆中。

上马杀敌，下马成佛。冼夫人在海南岛大局初定后，变身一只辛勤的蜜蜂，四处采集花蜜，为百姓酿造生活的醇香。冼夫人明白，刀与剑可以让一个人抵达人生的顶峰，停留在那里靠的却是智慧和人格魅力。

书声琅琅，从一间间瓦舍飞出。这是冯宝和冼夫人开设的书馆。海岛的孩子们由此知道了中国是一个多民族国家，崖州是其中一个郡；知道了许多名字，灿若星辰，闪烁在浩瀚的历史天空。

泥土芳香，在一片片田野里弥漫。见识过太多飞禽猛兽的俚人，经中原移民传授，第一次把牛轭套在牛脖子上，右手扶着犁梢，左手牵着牛绳，像驰骋沙场的将军，气定神闲地把握着犁头入土的深浅。清脆的吆喝声，是一声声掠过春天的鸽哨，催开了满山遍野的木棉花。

纺车飞转，像一曲曲深情的咏叹调。利用海南特有的棉花资源和民间古老的纺织技术，冼夫人教会俚人纺线织布。一尺尺花色各异的布匹，白的像云，红的如火，色彩相间的似天边的晚霞，镂月裁云、璀璨夺目。

同时，冼夫人不断从中原引进移民，促进民族融合；下大力量教化俚僚首领了解和学习汉风，认真执行朝廷颁发的各项法规，约束族人尊重汉官；留下本族中通晓大义的人在崖州各地为官，协调和处理汉官与少数民族首领的矛盾；对汉官中的专横舞弊，则上奏朝廷予以惩处。

她深知俚僚有"好相攻击，侵掠旁郡"的积习，于是督促俚僚都老、酋长、峒主和大小首领商议合约，和睦相处，并善待家丁及男仆女婢。

德行，是世间最珍贵的财富。它的潜在价值远远超过金钱和权势，它可以弥合敌意造成的裂痕，填平偏见形成的沟壑；它是一个人立身处世的世界观，也是一种信仰，如一柄倚天长剑，使持有它的人无往而不胜。冼夫人德化诸蛮、泽被众庶，令海南岛气象为之一新，岛上俚人心悦诚服。

冯宝是汉人，虽出身中原王族，但在岭南没有根基，治权根本得不到俚人信服，政令难以贯彻；冼夫人以百越大首领的身份约束各部落族人，特别是能够以身作则、秉公废私，朝廷地方行政长官的权力和岭南百越部族大首领的德望相得益彰，"自此政令有序，人莫敢违"。

冼夫人的哥哥冼挺曾被梁朝任命为梁州刺史，他仗势欺人，不断掠抢周边地区。冼夫人告诫哥哥，恃强欺弱，只能招致怨声载道，部族之间的旧怨与仇隙得不到消除，一旦无法遏制就会如涨潮的水一样，将他淹没。桀骜不驯的冼挺听不进别人的不同意见，却被妹妹的德望所感召，从此保境安民，迷途知返。

梁太平二年（557），梁朝灭亡，陈霸先崛起于乱世。冼夫人为了维护国家统一，毅然率众归顺了他建立的陈朝。其后不久，广州刺史欧阳纥谋反，欲挟持阳春太守、冼夫人幼子冯仆参与。冯仆陷于贼巢，令人出城将情况禀告娘亲。

正厅上，冼夫人来回踱步。一缕斜阳照在她的鬓角上，映出一根根华发。此刻，她肝肠寸断，一个两难的选择摆在面前：或者追随欧阳纥一起造反，事成之后加官晋爵；或者拒绝欧阳纥胁迫，那样儿子就可能被叛军诛杀。无情未必真豪杰，怜子如何不丈夫？何况她是有着七情六欲、慈母心怀的女人呢？那一刻，她一定想了许多，丈夫冯宝已经离世，她对幼子冯仆寄予了很大希望；母子连心，想到儿子在叛军之中命若累卵就心如针刺。她知道，欧阳纥和李迁仕挟持自己的亲人，都是为了拉她下水反叛中央政府。可是如从叛贼，版图就会再次分裂，人民就会再次遭殃，怎么办？

侍女把一杯香茗递给她，想说些什么，嘴唇动了动，终无言立于一旁。

冼夫人坐回案前。亲情与大义、个人与国家摆在天平的两头，如何取舍，真是难为了这位不惧生死的巾帼豪杰。沉吟良久，她一蹾茶杯——瀑布的目标如果是江河湖海，即使面临百丈深渊，也依然会呼啸前行："令各部落酋长速来议事，所辖士卒整装待命！"

她的声音不高，却像一柄利剑，可以刺穿一切。

经过艰难的抉择，冼夫人回信告诉儿子："我已忠贞事两朝，不能惜汝而负国。"然后调集所部兵马，和陈朝大军一起平息叛乱。令人惊诧的是，叛军慑于冼夫人声威，竟然没敢拿冯仆怎么样。白袍胜雪、剑如寒风，冼夫人一身英雄气，不盈一握，可聚千钧之力，旌旗指处，叛军已闻风丧胆。

陈朝不堪扶持，在陈霸先死后，于589年灭亡。

冼夫人在岭南闻讯异常悲痛，率众面北而跪、长哭竟日。为避免版图分裂、百姓遭受战乱之苦，带领岭南百越和海南岛俚人归顺了隋朝。

隋文帝本来担心岭南趁机起事，见冼夫人主动归顺，深感其诚，在她奉旨安抚了动荡的岭南诸州后，把临振县（今三亚）册封给她做了汤沐邑，所收税赋用来补贴她的梳妆费用。隋文帝知道，没有冼夫人尽心治理，海南岛不可能真正置于隋朝的行政管辖之内，即便设置郡县，也只是徒有虚名。东汉的马援何等人物？曹雪芹有诗赞曰："马援自是功劳大，铁笛无烦说子房。"连一代人杰张良都不在话下。三国时的吴主孙权更是何其了得——"千古江山，英雄无觅孙仲谋处"。他们或亲征，或遣猛将渡海讨伐，一时，鼓声鸣海上，兵气拥云间。结果呢？即便武力征服了海岛，人心也难以真正归附。到了，"停杯投箸不能食，拔剑四顾心茫然"。海南岛遍地是宝，乃南中国的海上门户，海上丝绸之路的重要枢纽，庙堂之上当然了然于胸，汉元帝当年放弃它的理由，不过是为朝廷的脸面找的台阶。

自开天辟地，女娲造人只是神话，大羿射日不过是传说，穆桂英驰骋疆场、抵御外虏，无愧巾帼须眉；花木兰替父从军、戎马边陲，真乃女中丈夫。而冼夫人为了民众福祉和版图完整，本该醉心女红的年纪，她持戈披甲，平息叛乱；本该儿孙绕膝、尽享天伦之乐的时候，她跋山涉水，宣示王命。凭一己之力，挽狂澜于既倒，系"飞地"于中原。冼夫人在社会发展进程中所起的作用，刷新了中华巾帼英雄的天花板——引中原之风注入海南蛮荒之躯，割除旧染，重启新机，将海南岛纳入国家治理体系并真正归服于王化。

有了冼夫人，文明的曙光开始显现在海南岛上空。

唯用一好心

如果视权力为个人王冠，一心追求王者荣耀，冼夫人一生中有过N次割据称王的机会。

侯景之乱，烽烟四起，梁朝危在旦夕，实际控制的疆域只有千里远近，民众入户籍者不足三万户。冼夫人则因为智勇兼具被岭南百越尊为大首领，海南岛也有上千峒俚人归顺。一峒是一个村落，少则数十人，多则数百人、上千人，以平均每峒二百人计，就是二十万人。再加上她和冯宝的武装，并有权节制几州兵马，自立为王轻而易举，即便趁乱起兵，问鼎中原也不是毫无可能。然而，冼夫人没有这样做，为了维护版图完整，使百姓免遭连年战乱之苦，她挥师平叛。难怪梁武帝看完冼夫人"珠崖置州"的奏表后，一把鼻涕一把泪地感叹："身在江海之上，心居乎魏阙之下。贤哉，护国夫人！"

第二次是梁朝灭亡，陈霸先建立了陈朝。次年，冯宝亡故，岭南大乱，一些部族首领纷纷起兵割据。岭南百越的酋长和海南岛的俚人首领，齐刷刷把目光投向冼夫人，只要她振臂一呼，就会从者如云。

冼夫人依然心如止水。她先是以百越大首领的身份，说服起兵的俚人首领放弃割据的想法；又果断让自己刚九岁的儿子冯仆，亲率岭南百越部族的酋长和海南岛俚人首领，前往京城拜见刚刚创立陈朝的皇帝陈霸先，表达岭南和海南岛人民愿意归顺，维护国家统一的意愿。见到冯仆，陈霸先大为感动，他明白冼夫人这是遣子为质，以示其诚。当初设计击溃李迁仕后，冼夫人与陈霸先有过交集，认为他是一个有抱负、有才干的英雄，愿意辅助他成就一番大业。

本来波谲云诡，冼夫人挥手催升一朵祥云，岭南和海南岛因此无战事。

第三次，陈朝短命，岭南百越及海南岛的郡县一致拥戴冼夫人自立为王，请求她凭借南岭屏障与隋朝对抗。冼夫人对陈霸先以诚相待，对他创立的陈朝早亡无比悲伤，却不愿意看到战乱给人民带来苦难，不愿意中华版图再次分裂，毅然派遣她的孙子冯魂去迎接隋朝兵马。隋军入穗那天，月明星稀、夜半无风，寂静中有蛙鸣声声。冼夫人凭栏远眺，一定百感交集。昨夜斗回北，今朝岁起东，日月交替，旧符已换，她神色黯然，目光有些空洞，心中的悲痛与企盼唯苍天可鉴：个人荣宠如烟云，唯愿民泰丰。

割据称王、睥睨天下，曾是一般草莽英雄的梦想。看斑斑青史，多少自诩为王者的人，视权力为烈酒，一饮而不惜天下醉。生灵涂炭是他们佐酒的菜肴，赤地千里是他们置酒的托盘。而在冼夫人心中，权力只是实现理想的工具，如同锄头之于农民，铁锤之于工匠。她从未想过要成就所谓个人的霸业，虽然王冠如同枝头熟透的柿子，抬手可得。她要的是中华版图的完整和百姓的安居，就像一只在天空中飞翔的鸟，没有什么可以束缚它的翅膀，无论是低空掠过，还是在高空盘旋，只希望身下是一片人世的乐园。

有一种说法：死一个人是悲剧，死一百万人就是简单的数字统计。冼夫人自然不会如此铁血。连年征战，成千上万死去的族人、士卒，都是父母生父母养的血肉之躯，他们的音容笑貌在历史的卷宗中踪迹难寻，在家人的心中却鲜活可感。一声娘、一句儿牵肠挂肚；一次离别、一个转身刻骨铭心。愚昧蛮荒，使海南的许多部族长期停留在刀耕火种的年代，衣不遮体，食不果腹。对于许多肉食者，那不过是掠过冰面的寒风，不会掀动一点感情的波澜；但在冼夫人的心中，芸芸众生虽卑微如草，但每一个人都是尘埃里的花朵，有属于自己的芬芳。把一缕缕芬芳汇聚在一起，就可以绿了自己的心田，美了人间的牧场。

冼夫人的三次选择，皆在一念之间。她的一念，首先基于一个女人本真的善良，这种悲天悯人的情怀经连年战乱被进一步激发，保境安民成了她朴素的人生诉求；跟随父兄的各种历练，又使聪慧的冼夫人独具慧眼、识时通变。同时，丈夫出身中原王族，世代为官，大一统的中国传统政治理念肯定会对妻子有潜移默化的影响，因为这一政治理念与统一多民族国家的认同密不可分。一个人的命运常常由一念决定，历史的走向常常为某人的一念左右，成佛成魔由此分野。理性的一念不是虚幻的冥想，而是思想纵深和灵魂宽度的瞬间绽放，看似偶然，折射的却是一个人在重要转折关头的眼光和智慧、心胸与格局。

一念虽短，照亮的是幽远的历史天空。

我们来还原一个时光深处的场景。那一天，也许是朝阳初升的上午，也许是晚霞燃烧的傍晚。满头白发的冼夫人拄着一根硬木雕花拐杖，来到冯府正厅坐在红漆木椅上，面前摆满梁、陈、隋三朝皇帝赏赐的礼品，她让儿孙们一一瞻拜、铭记。然后站起身，语重心长地告诫他们："汝等宜尽赤心向天子，我事三代主，唯用一好心。今赐物俱在，此忠孝之报也，愿汝皆思念之。"

时时可死，步步向生——冼夫人活出了这样的境界。为了心中的理想，她时时准备赴死，又步步死里求生。不独立、不称王，明识远图，贞心峻节，志不可夺，唯义所在；自知天不假年，还将初心谆谆告诫于子孙，九十一岁高龄死在视察海南各峒的路上。当华美的叶片落尽，生命的脉络才历历可见。冼夫人把自己的一生活成了一束光，穿云破雾、流光溢彩。可以说，是冼夫人和她的后世子孙撑起了海南一方蓝天，尽管其间一百多年大陆战乱不止，海南岛在冼夫人及后人的治理下却安定祥和，如一朵美丽的雪浪花，绽放在碧波万顷的南海。

什么是英雄？人虽淡出江湖，江湖中却不绝他的传说。只求个人的霸业难以封神，为了众生的福祉才能为世人所倾慕，即使有一天英雄迟暮，不再站在高山之巅，依旧会为人们所铭记，所传颂。现在，海内外有两千多座冼夫人的纪念庙宇，为历史上个人庙宇之最，仅海南岛就有五十多座。离开人世一千四百多年的这位奇女子，虽然已经在时光的轮回中安睡，却被老百姓真心封神。虔诚的祭拜是对伟大人格的呼唤，也是一种精神的延续。什么精神？苏轼早有概括："三世更险易，一心无磷缁。"一个人的肉身被塑成金像膜拜，精神被当作信仰传承，这就是永恒。它可以使生命穿越时空，生生不息。

　　爱默生有一句名言：人是站在废墟中的神。他所说的神，应该是指那些身处复杂环境，却具有坚强意志和远见卓识，能够推动社会发展的人。他们善于在历史的进程中把握航向，在粗糙的底板上绘制蓝图，初心即立，矢志不渝。

　　——冼夫人，就是废墟中站立的神。

大唐一只孔雀飞

1

我要写薛涛。朋友说，一个放荡的风尘女子，写她作甚？

说薛涛风尘，例子可以信手拈来。她在人生舞台的第一次"亮相"就暗藏玄机。那天，落日像喝高了的醉汉，被远天的树梢挂住，缓缓下坠；云朵褪去白天的纱裙，换上了琥珀色晚礼服。朝廷小吏薛郧坐在自家庭院里，被悠然的风景陶醉，望着院中饱满的梧桐，不由吟出两句诗："庭除一古桐，耸干入云霄。"随后，望着身旁的女儿。那时，薛涛才八岁，眉宇间却有一种超越年龄的惊艳与美丽，俊眉修眼、顾盼神飞。见父亲看她，立马接续："枝迎南北鸟，夜送往来风。"女儿才思敏捷，文采卓越，令薛郧惊愕不已，转念，又被一片乌云笼罩：良家女子、大家闺秀，或工于女红或痴迷书画，本该是绽放在幽深庭院中的牡丹，怎么张口即出"枝迎""夜送"一类暗含风尘的联想？

结果，薛涛十六岁时加入乐籍，成了一名乐伎。你说，奇也不奇？这两句诗竟然如同谶语，曝光了一位奇女子的人生走向，成了她终身无法抹去的胎记。

后人一般把薛涛沦陷乐籍，归结为其父因触犯权贵被贬谪成都，不久后病亡，原本生活优渥的薛涛生计无着，迫于无奈的被动选择。

果真如此吗？让我们还原一个历史皱褶中的场景：新任西川剑南节度使韦皋听闻薛涛诗名，招其来见；款步轻移的少女被帅府的豪华与奢靡震撼，见到这位成都地区的最高行政长官，满眼都是崇敬；身经百战的大叔望着比自己小三十四岁的小萝莉也暗自惊叹，世间原来还有这样一种美——皓齿蛾眉，吹气如兰，如春风拂面，令人心旷神怡。待见识了薛涛即兴挥就的七律《谒巫山庙》，竟有"惆怅庙前多少柳，春来空斗画眉长"的佳句，书法飘逸流畅，诗情大气洒脱，更是觉得她的美有学识加持，惊艳如花而又不失端庄，不由发问："你愿意留在我的府中吗？"阅人无数的韦大叔，已经从小萝莉的双眸和诗句中，读出了她希望得到赏识的渴望，对帅府生活的向往。果然，薛涛点头应允，没有犹豫，也没有纠结。韦皋抚髯一笑："甚好。只是，府中没有女官之职，你只能充为乐伎，可否？"乐伎，在唐朝是从事歌舞与演奏的艺人，地位低下。尽管一身珠光宝气，描着青黛和花钿的妆容，却没有人身自由，不能与良人结婚，是主人可以随便赠送、买卖的奴仆。薛涛聪慧早熟，自然知道沦为乐伎意味着什么。但是，她面对的是一位奇男子，上马可以领兵布阵，下马能够吟诗作赋，地位显赫，声名鹊起，在风雨飘摇的中唐是一位国民男神。此时的薛涛芳心初绽，她羡慕帅府的奢华，更无法抵抗韦皋散发出的男人魅力，在生活与情感的旋涡中沦陷就是必然。

十六岁，已经到了嫁人的年龄。以薛涛的颜值、才华、家世，想嫁个好人家并非难事。我猜，她对夫唱妇随、举案齐眉的生活日常肯定并不向往，她不愿意让青春消散在屋顶的炊烟中，那不是她想要的生活。她希望生命像昙花一样绽放，哪怕是在风雨晦暝的暗夜。"枝迎南北鸟，夜送往来风"，才是她对未来的潜意识规划；涛，大的波浪，一个充满动感的中性名字，同样预示着她的人生不会是小桥流水、静影沉璧。何光远在《鉴诫录》中说薛涛"性亦狂逸"，也证明，她加入乐籍并非生活所迫，而是性格使然：要拿青春赌明天。

那么，韦皋既然钟情于薛涛，为什么不直接纳其为妾呢？以薛涛当时的心态和处境，应该不会拒绝。只有一个原因：薛涛的父亲是朝廷小吏，门第低微，不足以和封疆大吏通婚。陈寅恪说："盖唐代社会承南北朝之旧俗，通以二事评量人品之高下。此二事，一曰婚，二曰宦，凡婚而不娶名家女，与仕而不由清望官，俱为社会所不齿。"另外，乐伎可以呼来唤去，更能满足男人的占有欲。在酒宴诗会上有这样一位文采出众、乖巧可人的佳丽即兴赋诗，饮酒唱和，能为主人挣得不少面子，如果她的身份是妾而不是伎，节度使颜面何在？

其实，无论怎样风光，薛涛在韦皋的心中都不过是一件玩物。

因为是玩物，在感情上就只是占有而不是爱。她被韦皋罚往松州充当营伎，从云霄转瞬坠入泥沼，什么擅自替韦皋收受了下属礼品，什么"因醉争令掷注子，误伤相公犹子"，统统都是托词。也许，真正的原因只是在和文人雅士吟诗唱和时，薛涛的某句言词或举止令韦皋萌生了醋意；乖乖，仅是醋意就可以构成对薛涛的灭顶之灾！边关军营，闪耀的是刀光剑影，百战沙场得以生还的将士总要找一个情感出口，营伎的境遇可想而知。没有了花前月下的诗酒唱和，有的只是战马的嘶鸣、滴血的伤口和将士粗鲁的笑骂声。像一只娇嗔的百灵坠入鼓噪的鸡群，薛涛当然无法融入，于是写诗请求韦皋放她一马。韦皋对薛涛只想稍加惩戒。她正值芳华，如花绽放。狐裘羔袖，依然相思入骨；若曲阑深处重相见，垂泪偎人哭；便依旧，风轻云淡，岁月如初。将士们也明白，她仍然是大帅的女人。所以，在"家书抵万金"的战乱中，薛涛和韦皋的通信渠道畅通无阻。在一封军情战报的后面，薛涛附上这样的诗句："黠虏犹违令，烽烟直北愁。却教严谴妾，不敢向松州。"她描绘了西北边陲硝烟弥漫的战乱景象，用"犹"与"却"字巧妙呼应，流露出对韦皋的幽怨：狡猾的敌人可以违背你的意志，一个弱女子稍不如意就被你严厉制裁；"不敢"二字，把这种无力的抗争推向极致。

帅府中，韦皋悠闲地读着战报。围剿吐蕃的战事正按照他的筹划推进，大军夺城拔寨，捷报频传，一场盛大的庆典已经等待他去剪彩，心情愉悦，仿佛脚踏一朵祥云。接过侍卫递上的香茗，他看到了这首诗，眉头不由微微一皱，威严的目光中流露出某种轻蔑。他用杯盖轻轻拂去表面的浮沫，喝了一口，"呸呸"吐出两片茶叶，神情有点儿狡黠。他读出了诗中的娇嗔，也读出了薛涛的幽怨；那幽怨像茶杯中生成的热气，浸洇在字里行间。不由"哼"了一声，风尘女子，以妾自称，还是不知道自己的斤两。

韦皋随手把薛涛的诗扔在一旁，吩咐："传令，犒赏三军将士。"

将军铁血。他知道，娇嫩的花朵抵抗不住风雪的侵袭；吹角连营，哪有地方安放一位少女的美丽？薛涛必定会向他摇尾乞怜，跪在他的脚下，仰头面向他，梨花带雨、逞娇斗媚。那是他想要的画面：女子的卑贱托举起男人的傲娇。

果然，薛涛很快写来了《十离诗》，把自己比作了犬、笔、马、鹦鹉、燕、珠、鱼、鹰、竹、镜；而韦皋则是自己所依靠着的主、手、厩、笼、巢、掌、池、臂、亭、台。因为犬咬亲情客、笔锋消磨尽、名驹惊玉郎、鹦鹉乱开腔、燕泥汗香枕、明珠有微瑕、鱼戏折芙蓉、鹰窜入青云、竹笋钻破墙、镜面被尘封，引起主人的不快而厌弃，实属咎由自取。

失魂落魄的小女子，沧桑写满脸上，泪痕刻在心中，以凄凉作曲，用幽怨填词，徘徊于灵魂的旷野。"静恍恍没一个人来至"，只有她，孤身单影，发出泣血的吟唱。

这一次，韦皋的眉头舒展了，他会心一笑，发出一纸赦书。

2

八岁写下落满风尘的句子；十六岁沦入乐籍，爱上年长自己三十余岁的大叔韦皋；被罚边关充任营伎，为了重回灯红酒绿的生活，出入高档私人会所，写出令人唾弃的《十离诗》，自轻自贱，置尊严于没有阳光的暗室。薛涛风尘吗？说她风尘，未尝不可。

可是，在人生的岔道口，还伫立着另一个薛涛：痴情如花盛开，即便凋谢，也愿意落在采折她的心上人手中，一往情深、无怨无悔。是的，薛涛从来没有缺失过对真情的渴望。"绿英满香砌，两两鸳鸯小"，是她向往的爱情童话；沦为乐伎后，"双栖绿池上，朝暮共飞还"仍是她的爱情理想。可是直到四十一岁遇见元稹之前，她从来没有过真爱，有的只是虚与委蛇，敷衍应酬；

有的只是醉酒当歌，人生几何。韦皋不过是她情窦初开时的一次情感迷失。尘埃落定，留下从头到脚的薄凉。

元和四年（809），韦皋已暴病而亡，薛涛的心窗再一次被悄然打开。一个叫元稹的诗人从长安走来，披两肩月色，裹千里长风。他时任监察御史，赴蜀办案，忙里偷闲结识了薛涛。从此，住进她的内心。

在蜀三个月，三十岁的元稹得空便去约会薛涛。一场轰轰烈烈的姐弟恋，像盛夏疾来的暴雨，从天而降，没有预兆。薛涛的笑，是一朵朵飘飞的蒲公英，可以降临到每一个踏春者的头上；她的心却像一坛尘封的老酒，只能向一个人吐露芳香。她的格局很大，心房中却只留下了一个人的位置。生活真的很奇妙，有些人遇见，擦肩而过；有些人遇见，一眼万年。那一段日子，两颗心被爱的甜蜜浸泡，像一粒在岁月中尘封多年的莲子，吐出嫩芽、长出了绿叶。薛涛甚至没工夫去想，暴雨过后，风会不会飘忽不定？

元稹风流倜傥，可惜，他不是爱情圣殿的居士，而是脚步不能久留的香客。

诗名甚隆、风流成性，才子、渣男，元稹就是这样一个高贵与卑劣的混合体。这不是责难他，而是为他正确地下定义。他经历过的女子，如果以花作比，初恋的莺莺是一朵淡雅的秋菊，纯情、浪漫而不失田野的清香。他为此写下《莺莺传》，描绘了那一段缠绵悱恻的爱情，令人唏嘘。与妻子韦丛的结合则是才子佳人的标配。作为大家闺秀，韦丛如淡雅的百合，端庄、贤良、淑德，夫唱妇随、举案齐眉。美丽的爱情虽然随风逝去，却让元稹留下了"曾经沧海难为水，除却巫山不是云"的千古绝唱。遇见薛涛，他的感受非同以往。这个女子看人的目光中有温情，温情后面也有风霜；她虽曾是当红歌伎，却有一股王者之气，像高贵的牡丹，妖艳中有令男人仰视的高傲。正是这种高傲，让元稹着迷。只是，他不是园丁，不会为成就一个爱情的传奇去倾注心血。再美的风景，他也只是过客；可以抒情，可以感叹，甚至赋诗，但是让他驻足就免了。谁知道，人生的下一个拐角还会遇到怎样的风景？爱情不过是一个转门，永远从一个忠实的诺言，走向另一个忠实的诺言。

只是苦了薛涛。发出感天动地的誓言，元稹一个转身，像刮过田野的风，了无痕迹；留下薛涛，心如刀刺，架在时光的炭火上烘烤。

酒入愁肠，化作相思泪；痴女情深，向天问长风。辗转得知，元稹回到朝廷后被宦官欺凌，唐宪宗袒护阉人，将元稹贬谪为江陵府侍曹参军。薛涛忧心如焚，什么叫真爱？就是收拾起自己的忧伤，化为倾城一笑，献给那个正被命运揉搓的人。谁是谁生命的转轮？前世今生，最难写的一个字是"情"，爱由情起，只为抚慰一颗受伤的心灵。

薛涛上路了。行囊中装着折叠好的傲娇，还有一个旷世才女的真情。

从成都到江陵，在交通不便的古代，该是怎样一条艰险的路？每一步都要用双脚去丈量，每一里都要靠毅力去跋涉。这中间，有小城、集镇，也有旷野和山川；有秋风、夏月，也有风雨和泥泞。危险时时在道路两旁的草丛里潜伏，如果没有一腔执念，柔弱的女子怎么敢逆风而行？痴情，可以穿越世俗；千里远隔的永远都不是路，是心。元稹本该翘首以待，将一路风尘的女子相拥入怀；可是，丧妻单身的元稹并没有让薛涛的美梦成真。封建社会，男子可以三妻四妾，所谓"一发妻、二平妻、四偏妾"，即一个发妻，两个平妻，其余为妾。元稹信誓旦旦离开成都后，有过迎娶薛涛的机会，即便囿于薛涛的出身，以平妻身份娶进家门应该不是难事。高傲的薛涛也准备接受这样的现实了，名分虽然重要，但是比名分更重要的是，她能与心中的情郎朝夕相处。那是她祈盼的幸福之风，可以吹皱心中一池春水，让生命像一棵冬去春来的青藤，攀附着心中的祈盼向天而歌。谁料想，才女的深情，再一次换来情郎的决绝转身。初到江陵时，薛涛"何处江村有啼声，声声更是迎郎曲"的喜悦和期待，变成了离开江陵时的惆怅与绝望，一首《牡丹》，道尽了一个女人苦恋而不得的痛：

> 去年零落暮春时，泪湿红笺怨别离。
> 常恐便同巫峡散，因何重有武陵期。
> 传情每向馨香得，不语还应彼此知。
> 只欲栏边安枕席，夜深间共说相思。

痴情的薛涛走了。什么叫痴情？就是一次次被骗，又一次次憧憬。带着元稹新的承诺，薛涛离开了江陵。其实，她已经明白，美丽的承诺不过是阳光下的肥皂泡，虽然罩着五彩的云霓，可是飞不高也飞不远。只是，恋爱中的女人智商为零，她们对信息的过滤往往忽略真相，依据的是一厢情愿的内心期待。浣花溪畔，薛涛形单影只，她在等候来自江陵的消息："西风忽报雁双双，人世心形两自降。不为鱼肠有真诀，谁能夜夜立清江。"

是的，如果不是芳心已许，谁能夜夜伫立清江？薛涛知道，随着时光的流逝，失望会像衰老一样，不可抗拒。但她心有不甘，祈盼江陵吹来一缕清风，能再一次舒展她的容颜。即便岁月在眺望中老去，只要能证明：与元稹不仅是人生初见。

日子随风而逝，薛涛没有了往日的顾盼自雄。女人的容颜，不过是荷叶上滚动的露珠，等不及阳光出来，便会化作一缕水汽。"消瘦翻堪见令公，落花无那恨东风。侬心犹道青春在，羞看飞蓬石镜中。"这是薛涛写给好友段文昌的诗。那年，段文昌入蜀任节度使。徜徉于天府之国的山光水色间，想邀薛涛同游。薛涛称病没来。她恨无情的东风吹落了绽放的生命花瓣，本来以为青春尚未走远，可是看看镜子里的那个人，已经羞愧难当。这或许是薛涛的真实心态。自从那次飞蛾扑火般千里赴约，她不知在江边迎来了多少个日出，送走了多少次月落。因为付出太多，所以纠结；付出不是赊欠，却比赊欠更加撕心裂肺。后来，薛涛得知心中的情郎已经再娶了一位门当户对的女子，顿时，心如枯井。本来，她希望成为这场浪漫爱情的女主，曲终人散，才发现自己不过是一个串场的替补。遇人不淑、所托非人，夫复何言？"直道相思了无益，未妨惆怅是清狂。"后来，元稹暴卒，薛涛沉默不语。诗坛大佬辞世，悼诗、悼文如雪花飘洒，薛涛作为当时的"诗坛一姐"，唱和、应酬之作不绝于笔，而对元稹之死却不置一词。是放下了吗？大悲莫过无声。此时的无言，说明薛涛情缘未了；因为未了，所以缄默。从此，她把相思掩埋，在爱的轮回中心如止水。

兰质蕙心、情深义重，薛涛是高山上一朵冰清玉洁的雪莲。

3

一天天秉笔夜谈，一次次隔空相遇，我好奇：从风尘乐伎到"诗坛一姐"，薛涛怎样完成了跨度如此之大的人生逆袭？

我问薛涛，薛涛凝神沉思，含笑不语。

不错，中唐的政局已如秋叶泛黄；可是，诗坛依然花团锦簇。继李、杜之后，刘禹锡、白居易、元稹、李贺、孟郊、柳宗元、韩愈，接过盛唐的诗歌旗帜，他们每个人都是驰骋诗坛的骁将，迎风一舞，便会搅动一天风雷。而且，在中唐璀璨的文学天幕上，还有众多的女诗人如星闪烁，"诗坛一姐"却非薛涛莫属。她独步中天，睥睨天下，被众多大佬簇拥。

薛涛的诗确实不同凡响，且试举一例：一次欢宴，大家以"风"为主题吟诗唱和，众人无不口吐莲花，妙语迭出。不过，基本是"北风卷地白草折"式的直抒胸臆，或"八月秋高风怒号"式的借景抒情。轮到薛涛了，佳人起身。楚腰纤细，发如垂柳随风动；广袖逸飞，疑似天人落凡间。转瞬之间，一首绝句脱口而出："猎蕙微风远，飘弦唳一声。林梢鸣淅沥，松径夜凄清。"风本无形，而在薛涛的笔下，蕙草可嗅、琴弦可听、林梢可视、小径的凄凉可感。慧心如兰，让她的诗情如山泉流淌；才识高远，又使她的视角别具一格。一首小诗，竟被她烹制成了一道感官的饕餮盛宴。

明代文学家胡震亨评价薛涛："工绝句，无雌声。"说薛涛擅长绝句，写诗沉博绝丽，有须眉之气。她有一首《赠苏十三中丞》："洛阳陌上埋轮气，欲逐秋空击隼飞。今日芝泥检征诏，别

须台外振霜威。"首句引的是一个典故。汉顺帝时期，皇帝派遣
了八位钦差大臣巡行天下，惩罚奸佞，众人皆领命而去，唯有最
年轻的张纲叹曰："豺狼当道，安问狐狸?"他认为，当时最大的
奸臣是权倾朝野的外戚梁冀，于是将车轮埋于都庭，回洛阳起草
了弹劾梁冀的奏章。中丞，御史中丞，类似于今天的最高人民检
察院检察长。薛涛以洛阳埋轮的典故，称赞苏十三的正直，期待
他今后如鹰击长空一样，对贪官污吏严惩不贷。豪情充溢，正气
凛然，豪放洒脱，哪有半点娇柔缠绵的女儿之态?

　　薛涛以自己的诗才，与鱼玄机、李冶、刘采春并称唐代四大
女诗人。《全唐诗》收录薛涛的诗89首；与之相比，鱼玄机51
首、武则天46首、上官婉儿32首、李冶18首。韦庄编《又玄
集》的标准是"持斧伐山，止求嘉木；挈瓶赴海，但汲甘泉"，
薛涛亦榜上有名；晚唐诗人张为的《诗人主客图》一书，被人称
为中晚唐诗人的"琅琊榜"，因为他对这一时期的主要诗人进行
了分类和排序，薛涛作为唯一的女诗人入选，且位置显赫，与贾
岛并列。而且，白居易、刘禹锡、武元衡、杜牧与薛涛都有直接
的诗歌唱和。唐朝是中国文学史上诗歌的蜜月期，《唐诗纪事》
记载过一则逸事：诗人李涉路遇强人，没想到竟是一名文艺青
年，还是他的粉丝。得知李涉身份后，索要了一首诗便权当买路
钱了。那时节，以诗及第、以诗会友是流行的时尚，能吟诗作赋
会受到社会的普遍尊重。薛涛作为乐伎，凭借诗歌为时代所仰
视。像观赏一座秀丽的山峰，人们在惊叹它的奇绝时，也侧耳聆
听着来自峰谷的心灵之音。那声音清澈而深情，如玉指拂过琴
弦；动听而迷人，像落英漂浮水上。

　　那么，薛涛在争妍斗艳的唐代诗坛，何以"逆袭成功"? 回

答这个问题，我们需要认真检索，沦入乐籍对她人生走向的重大影响。

毋庸讳言，因为成了乐伎，薛涛才有了良好的诗歌创作环境。不错，薛涛八岁即通乐律，可即兴对诗，吟出"枝迎南北鸟，夜送往来风"的佳句，说明她具有良好的艺术感知。薛涛之父薛郧，史书上只有只言片语记载，其母的身世更是无从查考。但有一点是清楚的，薛郧学养不错，给了薛涛最初的文学启蒙。不过，生活中早慧而夭折的事例比比皆是。十六岁，是她人生的一个岔道口。向左，会有小家碧玉式的悠然，壶里乾坤观日月，坚卧烟霞听蛙鸣，却不会有风云际会，吟诗唱和；她转身向右，走进了显赫的大帅府。

唐朝，是一个思想极度开放的时代。"尚文好狎"，朝廷官员、文人雅士以"蓄妓""狎妓"为时尚。所以，身为乐伎的薛涛并没有感受到巨大的道德压力。节度使乃地方最高行政长官，他举办的酒会非常人可入，皆各界名宿、文坛顶流。有这样一位文采出众、俏丽可人的乐伎出入席间，主人会觉得很风光。韦皋的虚荣心确实得到了极大满足，笙乐响起，薛涛翩翩起舞，动若游龙；收起舞姿和古乐，即兴赋诗也不逊色于饱学须眉。颜值加上才华，是极品女子的高配。每次酒宴，为薛涛的才艺喝彩就成了"规定动作"。她得到了韦皋的宠幸，还遇到了刘禹锡、白居易、王建等一众诗歌大佬，可以与高手饮酒唱和，收获他们的称赞。这很重要，不可一世的拿破仑曾经说过，有些时候，胜利不站在智慧的一方，而是站在自信的一方。薛涛自信心爆棚，诗艺想不提高都难。

另外，假如薛涛没有沦入乐籍，就不会有两次充当营伎的重大挫折，不会有孤独终老的情感经历。罗曼·罗兰把痛苦比喻成一把犁，"它一面犁碎了你的心，一面掘开了生命的起点"。第一次被韦皋流放边地，薛涛才十八岁，她不知道因为什么得罪了心中的男神，面对军营的高壁深垒，浑身战栗，像一只待宰的羊羔，除了悲哀地鸣叫以求得主人的饶恕外，只能站在肃杀的夜风中听凭厄运发落。于是，留下了《罚赴边有怀上韦令公二首》，留下了《十离诗》。诗中，除了妄自菲薄的哀怨，就是摧眉折腰的乞怜。

韦皋暴病而亡，节度副使刘辟趁乱起事。薛涛不愿意看到蜀地的百姓蒙受战乱之苦，拒绝为乱臣所用，再次被刘辟罚往松州充任营伎。已是隆冬，朔风扑面，心中苦寒胜天寒。不过，上一次害怕去松州，因为那里是可怕的梦魇，令她魂飞魄散；这一次毅然赴贬途，因为那里是人生的炼狱，让她浴火重生。"万里惊飙朔气深，江城萧索昼阴阴。谁怜不得登山去，可惜韩芳色似金。"为了守护心中的信仰，薛涛的诗中已经没有了小女子的幽怨，有的只是一位女壮士悲壮的行色。后来，刘辟之乱被朝廷剿灭，薛涛兴奋之余赋诗一首，献给了平叛有功的新任节度使高崇文："惊看天地白荒荒，瞥见青山旧夕阳。始信大威能照映，由来日月借生光。"如同淬过火的金属，两次被罚边关，薛涛的诗多了坚韧和风骨，多了豪迈与深邃。这是苦难给她的人生馈赠，像金子一样珍贵，只有经过岁月的淘洗才能拥有。

薛涛才貌俱佳、心性纯正，却孤独终老，也是因为她终生未能洗刷掉身上的那块胎记。当过乐伎的人生经历，固然可以结识达官显贵、文人骚客，但在这些人的潜意识中，她始终被视为"贱人"。觥筹交错的喧嚣，化解不了他们心底的轻蔑。韦皋无疑是喜欢薛涛的,却只能令薛涛为伎,连妾的身份都不肯施舍;元稹一再山盟海誓,几次盘带突破,却在临门起射时,把婚姻的彩球踢进别人的球门,原因盖源于此。她的青春被一位大叔践踏,真爱被一个才子蹂躏,反倒让她曾经沧海,回归本真。纵情声乐,是她求生的伪装,内心守护的一直是女子的真情。感情上遭受重创,才使薛涛的诗作越发洞穿世事、成熟练达。

乐伎的身份,成了薛涛生活中抹之不去的胎记,让她卑贱、惆怅,终身未嫁,引发了无数后来人的叹息与同情;在掬上一泓同情之泪时,我们其实也可以换一个视角——

正是乐伎的经历,才成就了中唐一位卓越的女诗人。

4

卑微与高贵,势同水火,薛涛却把它们集于一身,像古希腊神话中的两面神雅努斯,一副面孔看着过去,那是告别;一副面孔望向未来,那是生长。

身份卑微时,薛涛也曾经把日常打点得活色生香。一次欢宴,开始行酒令,令格为:取《千字文》中一句,句中须带禽鱼鸟兽之名。薛涛虽是乐伎,却正受宠爱。何光远在《鉴诫录》中这样描绘:"涛每承连帅宠念,或相唱和,出入车舆,诗达四方,名驰上国。"那天,黎州刺史先行示令:"有虞陶唐。"他将"虞"误以为"鱼",众宾客忍俊不禁。酒令巡至薛涛,涛应令云:"佐时阿衡。"刺史挑剔道:"这四字中哪有鱼鸟?"要罚薛涛酒。薛涛狡黠一笑,说"衡"字尚有一条小鱼,使君"有虞陶唐",却无一鱼。刺史,乃一地最高行政长官,薛涛竟可随意取笑，还引得满堂彩，其风光程度可见一斑。

薛涛可以讥讽一州刺史，是因为有韦皋的权力加持。一旦失去罩在头上的光环，卑微就会像退潮后留在沙滩上的贝壳，一览无余。

两次充为营伎便是明证。松州，是薛涛的人生魔咒，也是她的信仰高台。

第一次被罚松州，她被痛苦和无奈裹挟。因为有韦皋的震慑，除了陪酒唱曲，以博将士一乐外，或许没有受到过多凌辱。毕竟，她和大帅有畅通的通信渠道，骁勇的将士即便觊觎她的美色，也不敢有更多的非分之想。因为不知哪一天，这位才貌双全的乐伎就会被大帅召回。即便如此，薛涛还是无法忍受军营的粗鲁与戾气，才有了《十离诗》。

第二次被罚松州，才是薛涛真正的梦魇。没有了韦皋的暗中加持，她的营伎生活惨淡无光。她无法逃脱，也无人可求，只能白天伴萧瑟北风，婆娑起舞；夜晚披清凉月色，献曲求生。史籍中，没有只言片语薛涛营伎生活的记载，但是我们可以想见她的卑微。孤芳残，谁见怜，女儿心事锁眉间。凄凉悲秋日，潇潇似流年。莫道男儿曾拔剑，巾帼亦敢向关山。她原本可以不来，那要以出卖气节为代价；她来了，被高贵引领，赢得了生命的一次涅槃。

如果在薛涛的生命中做一次切割，卑微与高贵，应该以哪里为界？

摆脱乐籍是一个重要标志。这要感谢武元衡，是他还了薛涛自由身。高崇文治军有术、理政无方，蜀地在他接任节度使后，乱象丛生，朝廷不得不派宰相武元衡来收拾这个烂摊子。武相很有畏难情绪，赴任的路上以蜀道之难比喻治蜀之难，发出感叹："悠悠风旆绕山川，山驿空濛雨似烟。路半嘉陵头已白，蜀门西上更青天。"愁得白发净生的武相，被薛涛的一首和诗驱散了心头愁云："蜀门西上更青天，强为公歌蜀国弦。卓氏长卿称士女，锦江玉垒献山川。"作为和诗，首句即武诗末句，赞同他对西川局势的悲观估计；第二句，欢迎作者到四川主政，自谦即便才疏学浅也要献歌一曲。"蜀国弦"是赞咏蜀地风光的乐府歌曲，"卓氏长卿"指卓文君和司马相如，言下之意，蜀地山河秀丽、人杰地灵，有着悠久而丰富的文化底蕴，你一定能治理好，带给百姓和平与富庶。武元衡暗自惭愧，一个乐伎尚有如此情怀，何愁蜀地不治？后来，薛涛请求脱籍，他一口答应，或许也与此有关。如此芳洁高雅的女子，怎么能一生沦为贱籍？华贵的雪莲，应该开在高山之巅。

浣溪湖畔，薛涛开办纸作坊也是一次重要的人生转折。

薛涛脱籍成了自由人后，为什么要开办纸作坊？她告诉武元衡这个决定时，玉树临风的武相也一定发出过同样的疑问。不错，在唐朝，成都已是全国重要的造纸产地，浣花溪周边盛产竹、麻、椿、桑、木芙蓉等植物，选材取材方便快捷。但是，薛涛仍然有很多人生选项。我想，她之所以对造纸情有独钟，应该是心中的情缘使然吧？吟诗只怕语不惊，佳人思绪如云影。魂肠百转情难忆，无纸空有一腔情。纸，对于既是诗人又是书法家的薛涛来说，无异于灵魂救赎的诺亚方舟；她的情怀、她的悲伤，都要在纸上呈现。可是，成都的造纸业虽然繁荣，纸张的质量却不令人满意，规格混乱，着色单调。于是，声名鹊起的女诗人，一头扎进造纸作坊，变身成研发新纸的工艺师。她耗费心力设计出了薛涛笺，规格统一、纸质优良、颜色淡雅，还别出心裁地将小花瓣散在书笺上，一时红遍大唐。公子小姐、文人墨客的案头，无人不备。纤秀的薛涛笺，仿佛成了传情的枫叶，以至元人费著在《蜀笺谱》里说："纸以人得名者，有谢公、有薛涛。"谢公，即谢师厚，是当时四川的造纸名家，将薛涛与他相提并论，可佐证薛涛笺的声誉。明人何宇度在《益部谈资》里，说蜀笺"至唐而后盛，至薛涛而后精"。以此观之，薛涛笺哪里是普通的书笺，分明是一份人格独立的宣言。

抑或，应该把节点确定在薛涛身披道袍的那一天？

宝历三年（827），薛涛搬离已居住二十余年的浣花溪畔，在城内的碧鸡坊筑茅建屋，谓之"吟诗楼"。从此，薛涛"偃息其上"，常年身着一袭淡青色女冠服。

薛涛身着道袍，被一些论者误读为看破红尘、遁入空门之意。其实不然。李唐王朝认为老子李耳是其祖先，道教理论以老子的道家学说为支撑，老子因而被尊奉为道祖"太上老君"。在大唐，道服并非出家人专有，已经引领服装时尚，成了上流社会的一种日常着装；材质、颜色搭配得体的道服也成了某种身份的象征。薛涛偃息吟诗楼，着装女冠服，不是遁出红尘、归隐山林的宣示，而是在完成一场人生蜕变。道服宽松，寓意包藏乾坤、隔断尘凡，在薛涛看来，亦是与世无争的符号、心灵归隐的家园。她希望乐伎、幕僚、坊主的身份定位隐没于历史的天幕。康德说："人，实则一切有理性者，所以存在，是由于自身是个目的，并不是只供这个或那个意志利用的工具。"她要彻底抹去身上的胎记，活出属于自己的精彩，做一回真正的自己。事实上，偃息吟诗楼的薛涛，晚年生活并不寂寞，因诗名显赫，吟诗楼成为当时的"网红打卡地"，拜访她的人络绎不绝，饮酒唱和、高朋雅聚仍是她的生活日常。只不过，此时的薛涛，已不是彼时取悦男人的乐伎，而是被众人仰慕的"诗坛一姐"。

三个重要的拐点，三次华丽的转身。细细思忖，我还是认为，第二次罚边应该是薛涛从卑微走向高贵的标志。不错，那时她还是一名营伎，被人呼来唤去、任意凌辱，境遇比第一次松州之行更为不堪。然而，此营伎非彼营伎，那是她人生中最黑暗的时刻，也是她人生中最光辉的时刻；是她生命中最悲惨的日子，也是她生命中最高贵的日子：她已经从一个只图个人安乐的乐伎，变成了一个有着家国情怀的诗人。与《十离诗》对照，请看刘辟伏诛后，她写给平乱大帅高崇文的诗："惊看天地白荒荒，瞥见青山旧夕阳。始信大威能映照，由来日月借生光。"笔下生辉、大气磅礴，哪里像一个正处于水深火热中的小女子手笔？其气度、情怀也绝非《十离诗》可比。钟惺评价此诗："开口自然挺正，而有光融拓落之气。"

诚哉斯言。

5

薛涛的一生中，有过两个标签：孔雀和女校书。

先说孔雀。贞元元年（785），韦皋镇蜀之初，南诏国敬献孔雀一只。此时，薛涛刚被纳入乐籍不久，正被韦皋宠幸。朱唇轻启，韦皋便颠颠地按照她的意愿"开池设笼以栖之"。

大和五年（831）秋，孔雀死；次年夏，涛亦卒。

这期间，薛涛与之形影相伴，被人以"孔雀"名之。

在南诏国的文化认知中，孔雀寓意着幸福和吉祥，非长安天子，地方官吏极少有人能得到这样的馈赠。中原的文人雅士，也认为孔雀是充满异域风情的奇鸟，它的美丽、惊艳别开生面，开屏时带给人们的愉悦极有震撼力。由孔雀联想到薛涛极为自然，以孔雀代指薛涛，应该说并无轻慢之意，而是充满了羡慕与敬重。

可是，薛涛对这只孔雀的感情却很寡淡。她时而会到笼前观赏，见到她来，孔雀也会展开美丽的尾屏。但是，我们在薛涛的眉宇间却看不到欣赏与喜悦，有的只是若有所思的惆怅。特别是第一次罚边归来，她在这只孔雀前驻足时，眼神便越显空洞与茫然。薛涛的诗写的全是目之所及，而在她留存的近百首作品中，却未置孔雀一字。刘禹锡、白居易、王建都为这只孔雀写过诗，并在诗中将孔雀暗比薛涛。按说，薛涛应该赋诗唱和，才符合上流社会的社交礼仪。但是，薛涛仍漠然以对。

薛涛无意颠覆人们对孔雀的赞美与期待，也无法漠视自己内心的惊悚与不安。

孔雀开屏时散布的彩色斑纹，像密集的眼睛，让薛涛很不舒服。她觉得，那不是在展示美丽，而是在恐吓对手。孔雀以美为剑，让薛涛联想到了自己以才貌求生。看上去风光无限，其实，都是生活在各自的惊恐中。囚禁孔雀的笼子，更是让薛涛莫名地伤感。她想，即便是在野外，善走不善飞的孔雀，钟情的也是疏林草地，而不是广袤无垠的蓝天。被韦皋发去松州充当营伎后，薛涛就已经明白，自己的荣辱只在权力的一念之间。自韦皋以后，成都先后换了N任节度使，斗转星移，物是人非，庭院里的芙蓉花开了谢、谢了开，薛涛和这只孔雀一直未曾离去。她和它，成了韦皋留在世上的两件遗产。依窗凭栏，望月沉思，她有诉不尽的幽怨。万贯沽美酒，频频买醉归，只愿繁华落尽，傲然独立，看清世相真伪。

薛涛还被人称为女校书。校书是一种官名，职责为校理典籍、刊正错谬。虽然品级很低，只是从九品下，但要想担任此职须是进士出身，门槛极高。刘禹锡、白居易、元稹后来成为朝廷重臣，最初也是从校书郎起步。韦皋正式向朝廷打过报告，拟授薛涛校书一职，只是女人担任校书无先例可循，没有被批准。不过，薛涛却因此名噪天下，"女校书"之说响彻士林。

韦皋为什么要请授薛涛校书一职？我想，首先是薛涛的才华足以胜任，"扫眉才了知多少，管领春风总不如"。同时，也暗含补偿之意吧？营伎，陪笑将士，取悦男人；她的妖媚，在炮火连天的战场只是闪现在帐内的一点烛火；她的诗才，在刀光剑影的军中只是供人解忧的吟唱。乐伎本来已经使薛涛身份低贱，营伎更把她打入低贱的底层。韦皋不知道吗？当然知道，因为知道，他才不惮以对鲜花的肆意摧残，来为自己的阴暗心理买单。当他知道小女子对他并无半点感情上的亏欠后，恻隐心也会泛滥。还有一点或许不便言明：801年剿灭吐蕃的战争中，韦皋大获全胜，一举解除了大唐的西方边患，个人军事生涯达到顶峰。这旷世奇功的建立，不见得没有薛涛之功。她是乐伎，也是清客，长于音律歌赋，也见识独到。比如，曾任节度使的李德裕，当初为调运粮草时死伤大量士兵车夫烦恼，因为运粮道上毒瘴遍布。薛涛献计，一改从前线嘉州起运，到大渡河再行分发的旧制，转用其他地方粮食，十月份即开始起运，在毒瘴肆虐的盛夏到来之前已然运达，免去了运粮将士兵夫之苦。再比如，她很早就看出了刘辟的不臣之心，曾作诗提醒韦皋："露涤音清远，风吹故叶齐。声声似相接，各在一枝栖。"——蝉的叫声虽然相似，其实各有各的打算。剿灭吐蕃的战争中，作为清客的薛涛或许也有灭敌之策，只是囿于身份和性别，韦皋不便直接记录在功劳簿上。

有一种说法，武元衡镇守成都后，不但为薛涛脱了乐籍，还奏请朝廷任命薛涛正式成为校书。主要依据是，薛涛死后，墓碑上刻的碑文是：唐女校书薛洪度墓。而碑文是段文昌所撰，段乃新任西川节度使，一方诸侯，盖棺论定，所言绝非轻率；诗人王建，亦赋诗称薛涛为"万里桥边女校书"。

武元衡欣赏薛涛的才华，或有意授予薛涛校书之职。只是，韦皋当年平息了吐蕃之乱，作为封疆大吏，权倾朝野，他的奏请并没有被批准，武元衡久居官场，自然不会唐突行事。现存史料，也没有武元衡奏请获准的相关记载。

至于说，薛涛的碑文有"校书"之谓，并不足以为凭。段文昌视薛涛为红颜知己，他当年在韦皋帐下做幕僚时，就与薛涛互相欣赏，薛涛驾鹤西去，是他送了佳人最后一程。墓碑上冠以"校书"，不过是情谊的体现，表达的是对薛涛的尊重；毕竟，韦皋上奏朝廷请封薛涛校书一职虽被驳回，"女校书"的称谓已经不胫而走。况且，薛涛墓碑失佚，碑文已成了一种传说。王建的诗虽然流传至今，应该也是一种礼仪客套，以此为凭说薛涛已被实授，尚显武断。

其实，薛涛是不是实授校书并不重要，她的影响力早已溢出诗坛。

《宣和书谱》云："妇人薛涛，成都倡妇也。以诗名当时，而有林下风致。"说薛涛"虽失身卑下"，却态度娴雅、举止大方，有"竹林七贤"的气韵与风骨。对于男权社会中的弱女子，这评价无疑很高了。白居易、刘禹锡、段文昌、武元衡、李德裕不仅是诗坛大佬，还是位高权重的朝廷命官，官位、文采皆居顶流，而薛涛与他们吟诗唱和，毫无谦卑之态，收放自如、谈笑风生，说明她已经跻身顶级"朋友圈"，事实上成了士大夫阶层中的一员。

只是，无论薛涛愿意不愿意，她留给世人的印象总是与孔雀相连。那只孔雀在川东的幕府里生活得太久太久了，而在那几十年间，薛涛与它几乎朝夕相伴。她努力了一生，也未能真正抹去身上的胎记。不过，莎士比亚说过一句话：玫瑰即使换了名字，也依然芬芳。乐伎，是套在薛涛身上的马甲，无论能否脱去，她都是那个真情似水、慧心如兰的奇女子。在历史的天空中，曾经骄傲地飞过——

带着对人生的祝福，醉了半个大唐；留下深情的诗句，成为千古绝唱。

永远的精灵

投身革新

骠骑非无势，少卿终不去。

世道剧颓波，我心如砥柱。

——刘禹锡《咏史》

入夜。一轮明月，一天繁星，装点着古城长安的一帘幽梦。

嗒嗒嗒，一阵细碎的马蹄声划破街巷的寂静。白驹如云，在夜色中飘动，转眼间，停在一处青砖绿瓦的宅邸前。身着朝服、神采飞扬的骑手翻身下马，一双剑眉斜插入鬓，两只秀目炯炯生辉。或许是跑热了，他随手摘去官帽，拔出发簪，满头黑发便如瀑布般垂下，飘逸而洒脱。骑手迈上石阶，黑漆描金的大门吱扭一声打开，提着灯笼的门童揉揉惺忪的眼睛，噘着嘴嗔怪："夫人知道老爷回来，已等候多时，您怎么子夜方归？"

骑手嫣然一笑，拍拍门童肩膀，随手把马缰递给他。

这是贞元二十一年（805）七月的一天。骑手是时任朝廷屯田员外郎的"诗豪"刘禹锡，字梦得，时年三十三岁，生于河南郑州荥阳，乃中山靖王刘胜之后。

本来，大唐立国之初，如同一幅气韵生动的画卷，水软山温、绿意盎然，不想自安史之乱后，被两团墨迹洇染：宦官专权、藩镇割据，国运由盛转衰。至德宗一朝，阉臣不仅把持神策军，还担任各道监军使，军权在握，操纵朝政；藩镇则拥兵自重，各行其是，致使朝廷政令不达。太子李诵居储君之位二十六年，亲身经历过藩镇之乱，洞悉宦官专权和藩镇割据带来的种种乱象；初登大宝后，一心中兴大唐，起用了侍读王叔文等志在改革的东宫属臣，毅然推行新政，史称"永贞革新"。

刘禹锡少年时便名播士林。他诗歌的启蒙老师是诗僧皎然、灵澈，虽与释道两家多有交汇，但眼见国家动荡不安、百姓啼饥号寒，便将有入世之心、兼济大下的儒家作为栖身之所，胸怀春秋大义，志在经邦济世。当时的诗坛大佬权德舆曾慕名而至，意在当面测试其才，不想还梳着小角的刘禹锡随机解读了一首《毛诗》，鞭辟入里、切中肯綮，展示出的见识与胸襟，竟让这位青灯黄卷、苦读经典的文坛顶流为之一惊，啧啧叹道："异乎其伦！有宰相器也。"刘禹锡确实不负盛名，在科考极为严苛的中唐，三年连登三科，每次都是一击而中。须知，韩愈应试吏部取士科，三试无成，十年犹为布衣。进士及第后，刘禹锡出任太子校书，有机会接触到太子李诵和太子侍读王叔文，并以卓越的才华和忧国忧民的一腔热忱，被太子和王叔文青睐；升迁为监察御史后，加入以王叔文为首的政治集团，与同是监察御史的柳宗元等一起，成了"永贞革新"的重要推手。因为写得一手锦绣文章，许多重要公文都由他起草；接收的书信日有千封，也要一一回复。每天，与王叔文等人参议禁中，谋划新政，一项项革新措施上达天听，所有奏请几乎无一驳回。

"永贞革新"如一阵春风，吹开了弥漫在长安城头的一片片阴霾。

废除宫市。宫市，就是宦官假皇帝之名，以采办宫廷用品为借口，肆意掠夺街市商铺财物。白居易的《卖炭翁》有非常形象的描绘："翩翩两骑来是谁，黄衣使者白衫儿。手把文书口称敕，回车叱牛牵向北。一车炭，千余斤，宫使驱将惜不得。半匹红纱一丈绫，系向牛头充炭直。"黄衣使者白衫儿，所指就是太监，低价强买，令人发指。

驱逐五坊小儿。五坊，指专门替皇帝豢养雕、鹘、鹞、鹰、狗的机构，小儿则是指五坊内饲养这些小动物的太监。他们故意把捕网张在百姓的家门口或井架上，有人出入，就说吓走了供奉给皇帝的鸟雀，围住一顿痛殴，直到对方出钱赔礼了事。

遣散后宫宫女。据白居易说，"天宝末，有密采艳色者，当时号花鸟使"。到德宗年间，后宫宫女越积越多，她们在花季年龄被花鸟使猎获，离开父母，终老宫中，精神极度压抑。新政实施后，她们得以摆脱宫廷的精神奴役，回家和父母团聚。

同时，免去百姓所欠不合理的课利、租赋、钱帛；禁绝各种苛捐杂税和例外进奉；贬谪贪腐残暴、为害一方的京兆尹李实；放出掖庭教坊女乐……

新政颇得人心，国势为之一振，大唐的明天像一帧逐渐显影的照片，民安物阜。其实，老百姓的祈盼很简单。空中掠过一串鸽哨，他们就会放飞心中的祝福；地上绽开一束鲜花，他们就会播种美好的希望。成效初显，刘禹锡的热情亦越发高涨，夫人薛氏已生产多日，才抽空回府探望。

走进卧房，妻子正在等他，刘禹锡接过孩子，亲了亲那胖嘟嘟的小脸儿。春宵良辰，他也留恋温暖的爱巢，可实在是太忙了。第二天，太阳还没有爬上树梢，刘禹锡就策马赶回朝中。他志在"戮力上国，流惠下民，建永世之业，流金石之功"，不想成为一介只知吟风弄月、沉溺于温柔乡的腐儒，已经把兴利除弊的革新当作宏愿济世、兴国安邦的人生舞台。挽雕弓，怀天下，一片丹心为报国，不负人生好年华。

走进王叔文的办公室，众人正在议事。

王叔文起身为刘禹锡递上一杯茶，叫着他的字："梦得，你来得正好，弟媳生产本该让你在家陪伴数日，只是……"

柳宗元一旁插话："梦得兄志在安邦定国，侍读不必与他客气，还是赶紧商量大事。"

"子厚说得是。"王叔文一声叹息，目光中充满焦虑，"近日，大家听到一些流言，污蔑我等贪腐纳贿，欺君罔上，有些说法很是离奇，不知梦得兄有所耳闻否？"

刘禹锡闻言一愣，自革新以来，他案牍劳形，整日处理繁杂事务，确实不曾留意外界传言，见一向沉稳的王叔文也面露忧郁之色，心忽悠一沉。这之前，改革从废除宫市和驱逐五坊小儿等乱象入手，推进还算顺利。可是，一旦着手打击藩镇割据势力、消除宦官军权，就暗流涌动了，危险像夜色一样开始弥漫。只是，几个书生虽然预感到山雨欲来，却心存侥幸，没有议出有效的应对之策。

其实，"永贞革新"从一开始就罩上了一层悲壮的色彩。

顺宗李诵韬光养晦二十六年，做太子时建立了以王叔文为核心的革新团队。或许他身为储君时太谨言慎行，唯恐稍有不慎招致父皇猜忌，精神一直处于高度紧张状态；眼见朝政为宦官操纵，弊端丛生而不敢置一言，心情未免抑郁，还未登基就患了中风。虽然得以继承皇位，但亲政第八天才在朝臣的再三要求下被抬进紫宸殿，与百官见了一面。顺宗中风卧床，口不能言，革新的旗帜和精神领袖如一片枯叶，在风雨中飘摇；而王叔文团队中的大部分人是人微言轻的底层官吏，一旦顺宗不测，革新便会成为一场没有掌声的彩排。而且，权力是一柄双刃剑，它可以扫除前路的荆棘，让个人的意志如长虹横亘，也能将自己置于任性的樊笼而自伤。初衷与归宿如挽弓射靶，差之分毫就会远离靶心。可惜，王叔文缺乏足够的政治定力，树敌过多、权力滥用，云波诡谲间，形势开始逆转：先是反对革新的广陵王李淳被拥立为太子；接着，王叔文遭宦官势力弹劾，被免翰林学士之职，失去进出中枢的便利；革新的核心人物王叔文和韦执谊因观点不合反目成仇；另一个重要骨干王伾因急火攻心也不幸中风。危急时刻，王叔文的母亲又猝然离世，按照唐制，王叔文必须在家丁忧三年。

如一场绚丽的烟火，"永贞革新"刚刚绽放就在夜空中凋零。

李淳继位，对革新集团进行了拉网式清算。王叔文被贬为渝州司户，次年赐死；王伾被贬为开州司马，不久病逝。其余人先后被贬为边远八州司马，史称"二王八司马事件"。

告别浮华不难，五柳先生采菊东篱、遥望南山，竹林七贤酣歌纵酒、忘怀避世，也许心香一炷、浊酒半壶，浮华就如一朵白云会随风而逝；担负污名却让人难以承受。刘禹锡不明白，一腔热血只为定国安邦，何以换来一纸谪书，要跋山涉水，远赴荒凉？他悲从中来，写下了开篇那首著名的《咏史》。

"骠骑",指汉朝将军霍去病,"少卿"是任安的字。霍去病战功卓著,深得汉武帝宠信,众人多去攀附,以获取一官半职,独任安不肯;诗人表示,如今的世道有如流水直下,只有我的心像中流砥柱一样,不为所动。他引任安为同调,借咏史,抒发了永远不屈服于权贵、不向邪恶势力低头的凛然正气。

无奈的放弃,是夹在生命册页中永远的牵挂。

信念如虹

自古逢秋悲寂寥,我言秋日胜春朝。

晴空一鹤排云上,便引诗情到碧霄。

——刘禹锡《秋词》

秋色是一张网,捞去夏日的浮躁,留下山的明净和水的晶莹。

沅水像一条彩练,绕城而过,有渔歌唱晚;蓝天似一块碧玉,澄澈无云,有雁阵成行。到了落日时分,天高地阔,霞光如锦,远山如同披上袈裟,沅水也被洒满一河碎金。

临江长亭,一个身着官服的壮年人迎风而坐。在慵懒的夕阳中,我们看到一幅被时光雕塑的剪影,孤独、修长,在瑟瑟的秋风中摇曳。

"永贞革新"失败,刘禹锡被贬为朗州(今湖南常德)司马,南蛮荒地,百叶凋零。所幸,他与一个高贵的灵魂邂逅,躁动的内心得以安放。朗州,是当年屈原的贬谪之地,民风淳朴、楚俗不绝,有三闾桥连接古今,有招屈亭供奉忠魂。寻城南鼓楼旁一块高地,刘禹锡筑竹楼而居,新家距招屈亭仅咫尺之遥。这里，枫林间杂橘树，绿荫成瀑；鹧鸪呼唤百鸟，余音悠扬。自幼，刘禹锡熟读《楚辞》，对屈原的品德学识高山仰止，来到诗祖当年的放逐之地，他把心事写在琥珀色的云朵上。霞光中，一身华服，腰佩长剑，高冠上镶嵌着玉石的三闾大夫，穿越千年时空，踏云而来。他目光如炬，难掩其中的伤感；面色从容，也有缕缕幽怨锁于眉间。那是智者的风采，已被历史定格。

刘禹锡起身相迎，长揖一礼："先哲上下求索，精神光泽日月；《离骚》《九章》《天问》气往轹古，自楚以降，骚人无不受教。今日得见前辈，晚生足慰平生之愿。"

屈原抚髯一笑："梦得高评。读阁下诗文心怀戚戚，在此相遇，也是冥冥中的命数。"

刘禹锡再次揖首："晚辈无时不以先贤为楷模，虽贬边地，不敢忘民生之艰；职卑位贱，亦常忧国家之难。吾虽不才，但沾溉前辈余辉，亦知所为皆为国家、社稷和天下苍生，故不敢自毁自弃、自哀自怨。"

屈原慨然而叹："梦得卓然不群，《秋词》写得何等之好！华星秋月，作金石声。'晴空一鹤排云上，便引诗情到碧霄'，有了这样的格局与情怀，人生何负？"

两位诗人隔空对话，一腔真情融贯古今。刘禹锡思接千载、睹物思贤，在忧国忧民、永不言败的思想传承上，是屈原精神的完美后继。

我们知道，唐朝入仕要苦熬资历，经过时间过滤，能够出将入相时多已满头白发。如果醉心于仕途，刘禹锡有机会"弯道超车"。他三十出头便官至监察御史，虽然品级不高，但职责重大，纠举百官、巡按州县、察视刑狱、整肃朝仪，故有"八品宰相"之说。以他的才学和人脉,只要遵守官场潜规则,官位犹如挂在枝头的柿子,时候一到即唾手可得。恩师杜佑曾暗示他不要去蹚"永贞革新"的浑水,刘禹锡却像一只穿云破雾的海燕,划破夜空的闪电才是他想要的倚天长剑。革新失败,妻子曾指给他一条避祸之道:宦官薛盈珍和刘禹锡的岳父薛謇是同族,两家交好;薛盈珍因为拥立新皇有功权势显赫,找他疏通即可安全着陆。那时,暗结阉人以求闻达成为官场风气,刘禹锡听了,却一口回绝。人生中有些伤口总要自己包扎,他不齿为了个人仕途,玷污高洁的信仰。

从繁华的都市长安,到千里之外的贬地朗州;从权势显赫的屯田员外郎,到边远下州的小吏,这是多么巨大的人生落差!但在刘禹锡笔下,贬谪之路成了意兴阑珊的人生远足。途经洞庭湖,正值秋风瑟瑟、黄叶飘零的悲秋时节,任何一个失意文人落笔都会寒意盈胸、灰心槁形,而刘禹锡却以清灵的笔调,勾勒出一幅美丽的山水画卷:"湖光秋月两相和,潭面无风镜未磨。遥望洞庭山水翠,白银盘里一青螺。"把月下洞庭湖里的君山,比喻成白银盘里摆放的一枚青螺,这哪里是落魄贬臣的情感写真,分明是高洁志士的深情放歌。

人在春风得意时,出语轩昂,喷吐凌云之志不难;遭遇坎坷时,往往会"形骸堕醉梦,生事委尘土"。旷达如柳宗元,被贬永州后也写过《江雪》:"千山鸟飞绝,万径人踪灭。孤舟蓑笠翁,独钓寒江雪。"被称作是唐诗中最孤独的一首,优美的意境,遮掩不住文字背后的愁云惨淡。刘禹锡则不然,纵观他的一生,几乎不是在贬地谪居,就是在被贬谪的路上,但是他从不悲观。"极目青天日渐高,玉龙盘曲自妖娆。无边绿翠凭羊牧,一马飞歌最碧霄。"风雨袭来，他是雷电中高蹈的勇士；即便身陷沼泽，也努力让灵魂如彩云一样飞扬。

那么，面对仕途中的几次贬谪，刘禹锡皆以超然之心看待吗？

毋庸讳言，谪居贬地，刘禹锡的思想是苦闷的。烦恼像风筝一样，一直在他情感的天空飘浮，挥之不去，因为线的另一端系之于心。这很无奈，封建社会的文人皓首穷经、青灯黄卷，就是为了有一日入仕为官，一展平生之所学，这是他们的奋斗目标，也是他们的人生宿命。如同暗恋一位美人，朝思暮想、食不甘味，美人已经成了他们精神上的宗教。但囿于现实各种情况，只能远远凝视而无法上前表露情愫，内心的煎熬可想而知。突然有一天，美人妖媚一笑、招手相邀，他们会是什么心情？清高如李白，接到皇帝起用自己的诏书，不是也兴奋得"仰天大笑出门去"吗？

刘禹锡同样渴望"美人"青睐。他被贬谪后的激情之作，虽志趣高远，却是苦闷的另一种宣泄。无论《秋词》，抑或《咏史》等诗作，虽然闪烁着永不言败的情怀，但怀才不遇的苦闷也洇染其间。不过，苦闷不等于悲观。悲观是心灯将灭的前兆，苦闷则是展翅欲飞的蛰伏。刘禹锡的豪放是诗人性情，如同江河，走投无路时会化身壮美的瀑布；他的苦闷则像一只疲惫的鸟儿，寻找枝头栖息是为了再一次起飞。豪放与苦闷，是刘禹锡情感的两条直线，在一个共同的点上交会：经世致用、保国安民。诗人的卓尔不群在于，他不愿以"罪臣"的身份被恩赦，这是他的风骨。在给皇帝的奏章中他曾放言："臣有微才，所以嫉臣者众，竟生口语，放肆加诬。"初贬朗州，他创作了大量诗歌，除了豪情如火的激昂乐章外，就是痛斥各类奸佞小人的政治讽刺诗，说他们是"利嘴迎人"的群蚊，是"舌端万变乘春辉"的百舌鸟。睥睨一切，傲骨铮铮。其后，新皇登基曾大赦天下。刘禹锡渴望回归朝堂，因为他知道，那里才能使他的人生价值得到最充分体现。写信求助时任宰相杜佑，希望施以援手，帮助自己逃离这个"猿哀鸟思，啁啾异响"之所。言辞恳切，但无半句忏悔、一丝媚态。杜佑欣赏他的才华，认同他的初心，无奈新皇成见已深，回天无力。刘禹锡苦苦等来的不是赦免的诏书，而是另一道冷酷的皇命：他和柳宗元等人"纵逢恩赦，不在量移之列"。刘禹锡闻诏，痛之入骨。借酒消愁，愁似江水流。荒蛮之地花不开，弦断音息泪已稠，泪已稠，志难休，寒鸦飞去，心凉透。直到元和九年（814），因为朝廷青黄不接，人才几乎断档，在朗州已谪居九年的刘禹锡才等到一纸诏书：赴京听用。

初冬的南国，一片萧条之色。气候虽不似北方凛冽，却也山寒水冷，让人尽生凉意。挂在枝头的落日表情慵懒，像打不起精神的醉汉，脸颊红得有些失真。

刘禹锡携一家老小，踏上归途。一路，荒败如昨，凄凉依旧。

九年的光阴，三千多个日日夜夜。多少次晨昏交替，他与屈原隔空对谈，信念如虹，横跨在两位诗人心间，使生活尺璧寸阴，不曾苟且与虚度；多少回春去秋来，他用脚丈量朗州的贫瘠，共情底层人民的乐观与艰辛。他把自己的心血付与了朗州的父老，把自己的诗情写在了朗州的山水之间。青春可以输给时光，生命可以输给时光，唯信念可以逆着时光生长，永远不老。

一路北上，初雪已降。飘飘洒洒，像吹落的梨花瓣，又似飞舞的白羽毛。落在脸上，有如姑娘的纤纤玉手，柔若无骨，令人心怡。来时已近冬日，归去又是雪落时，刘禹锡不禁感慨冥冥中是否藏有玄机，为什么萧瑟总是难以离他远去？不过，与来时的苦闷相比，他对未来还是充满着憧憬。像一只蛰伏已久的雄鹰，它期待有一方展翅翱翔的蓝天。

经过两个月艰辛跋涉，刘禹锡来到长安近郊时已是早春二月。恰逢大雨，他只好借宿在京城附近的驿站。晚上，风急雨骤，星月无光，刘禹锡听着屋外的风雨声，想到将近十年的贬谪生涯总算结束，柳宗元、韩泰等同时被贬的同伴也将不日来京，旧日的朋友又可以一起把酒言欢，不禁心潮起伏。往事思悠悠，风声雨声锁小楼。昨日悲歌今夜泪，贵贱原在一转头。刘禹锡辗转反侧，难以入眠，起身借着烛光，成诗一首：

雷雨江湖起卧龙，武陵樵客蹑仙踪。
十年楚水枫林下，今夜初闻长乐钟。

刘禹锡以诸葛亮隐喻"永贞革新"中被贬谪的俊杰，又一次昭示了自己绝不自毁自辱的铮铮风骨。武陵，即朗州。他自称朗州樵客，说已追随神仙踪迹而高蹈物外，多少有些壮志难酬的负气。蛰居谪所，无日不思北归；没有一天，他不盼望听到长乐宫报时的钟声。

只是刘禹锡不知道，这迟来的钟声是迎客的礼乐，还是又一次送别的叹息。

肝胆相照

马嘶循古道，帆灭如流电。

千里江蓠春，故人今不见。

——刘禹锡《重至衡阳伤柳仪曹》

一抹斜阳，拉出两条瘦长的身影。

春雨如油，淅淅沥沥下了半宿，像是春姑娘的一脉情愫，洇开了季节的诗意。远处的油菜花开了，黄澄澄的，荡起层层金波；路边的树也开满了各式的花儿，红的、白的、黄的、紫的，风把淡淡的花香在雨后的晨雾中传递，像是捧出了一坛清香的米酒。

湘江渡口。两个青衣布帽的中年男人正在依依惜别。

"与兄相伴，愚弟甚悦。一路吟诗唱和，受益匪浅。现到衡阳，弟将乘船沿湘江向西南进发，就此一别，不知何时才能相见？"

"此次返京，贤弟清风高谊，归途还帮我照顾老母、幼子。寻遍记忆，唯有贤弟，可以容下完整的愚兄了。"男子望着同伴，神色伤感，眼里有泪花涌出，在朝阳的映照下，一闪一闪的，像钻石一样晶莹，"柳州也是蛮荒之地，衰草寒烟、百业凋敝。贤弟身体衰弱，这一去，负重含污，真是让为兄牵挂"。

他们是柳宗元和刘禹锡。几个月前，二人同时赴京听诏，本以为会结束漂泊生涯，留在京城一展平生抱负。不想，刘禹锡在候诏闲暇，游览了玄都观里的桃花，并题绝句一首："紫陌红尘拂面来，无人不道看花回。玄都观里桃千树，尽是刘郎去后栽。"

最后一句，被朝中的好事者解读为怨气未平。宪宗和时任宰相武元衡，本来对刘禹锡等"永贞革新"的参与者就心存芥蒂，听了小人蛊惑，再次将他们外放。刘禹锡境遇最惨，被贬谪到最为边远荒寂的播州（今遵义）去做刺史。播州，有"鬼州"之谓，飞鸟不至，在世人眼中乃瘴气弥漫、非人所居之城。刘禹锡要和年已八旬的老母同往，一路山高水远、风雨雷电，他的高堂如何能够承受颠簸与瘴气之苦？

柳宗元本来期待新的诏令，憧憬着未来如花盛开，不想意外"躺枪"，要重新踏上贬谪之路，心中的落寂可想而知。不过，他一点儿也不怨刘禹锡。两人是同榜进士，只因为在人群中对视一眼，便永远走进了对方心间。他们是诗文上的同调、政治上的挚友，"永贞革新"中并称"刘柳"，激扬文字、挥斥方遒，都怀有为国为民的一腔赤诚。如果说，真情是医治苦闷的良药，他们就是彼此最好的医生。这次进京应诏的结局，虽然令人失望，但是柳宗元担心的不是自己，而是刘禹锡。一路走来，共同经历了多少风雨？不经意间回头一望，在人生的每个拐角处，逗留的都是一份难得的真情。

星夜无眠，柳宗元依窗眺望西南的夜空，心乱如麻。一入黔境，触目皆是奇异高耸的山峰，连鸟也只能从山的低缺处飞过。有时，从这山望那山不过一箭之地，但中间每每被百丈宽的峡谷深壑相隔。想到刘禹锡和老母要行走在这样崎岖的险途上，柳宗元的心就如针刺一样疼痛。夜风吹过，他抹去眼角的泪水，忽然冒出一个想法：自己的贬地柳州，自然环境和交通情况较播州要好许多。对，何不上书皇上，请求两地互换？他知道，这个想法可能触犯龙颜，但为了挚友，即便因此获罪也在所不惜。

什么是朋友？不要奢望身后人群簇拥，那是你高光时刻才会有的人生假象。红尘中，繁华落尽，什么时候不是一地鸡毛？一路走来，不管经历的是风雨还是泥泞，路过的是坎坷还是陷阱，回头一看，人群已散，而一直守护着你的那个人，才是朋友。风中，你们是并排的红柳；伞下，你们是相依的身影。有过泪，有过笑，有过伤，也有过痛。

宪宗也被柳宗元的情谊感动了。他没有想到，倾轧的官场还有这样的友谊，如同高山上的雪莲，冰清玉洁。经御史中丞裴度奏请，朝廷同意改贬刘禹锡为连州刺史。连州与柳州在同一纬线上，因为刘禹锡要到洛阳去接母亲，便与柳宗元约好一个地点碰面，然后一同南下，既可互通心曲，又方便照顾刘母。

同行月余，今日分别在即，两人的手久久握在一起。

杨柳依依，晨风袅袅，仿佛也不忍看到他们离别，八十多岁的刘母颤巍巍地走过来，拉住柳宗元的手，刘禹锡的几个幼子抱着柳宗元的腿，舍不得他走。柳宗元泪水涌出眼眶，良久，才一步一回头地走向渡口。刘禹锡惆怅不已，突然紧追几步，忍住就要夺眶而出的泪水，说："贤弟，让我也送你一程。"两人相视无言，默默来到江边，柳宗元抬起泪眼，深情道："梦得兄，此次来京，见也匆匆，别也匆匆，就此一别，不知何时再能相见。刚刚吟成七律一首，赠兄，以寄别情。"说着，咏出了那首深情的《衡阳与梦得分路赠别》：

> 十年憔悴到秦京，谁料翻为岭外行。
>
> 伏波故道风烟在，翁仲遗墟草树平。
>
> 直以慵疏招物议，休将文字占时名。

今朝不用临河别，垂泪千行便濯缨。

刘禹锡听罢，已是泪眼婆娑，离愁别绪，在心头翻滚。放眼望去，雁阵北归，自己虽然心系长安，却只能奉旨南行；与好友的分别，又令人肝肠寸断。此刻，湘江边上，山岭逶迤，猿猴出没，频传哀鸣，触景生情，也吟成一首七律回赠。诗中，他把好友比作享有清誉的柳下惠，自叹两次外放连州，三次遭遇贬谪，不如深得汉宣帝重用的黄丞相：

去国十年同赴召，渡湘千里又分歧。
重临事异黄丞相，三黜名惭柳士师。
归目并随回雁尽，愁肠正遇断猿时。
桂江东过连山下，相望长吟有所思。

两人诗词唱和，难舍难分。直到南下的船要开了，柳宗元才依依不舍地离岸登船，站在船头，挥泪向挚友告别。

刘禹锡站在岸边，望着船离岸远去，渐渐变成一个黑点，直到完全消失在视野中，还伸长脖子，向遥远的天际张望。一只江鸟贴着水面从远处飞来，在他的头上环绕三周不肯离去，仿佛是代挚友再一次向他告别。

没有想到，这一次转身，竟成永诀。

五年以后，刘禹锡九十岁的高堂病逝，他扶灵柩回老家洛阳安葬，经过衡阳湘江渡口，脑海里浮现出当年与柳宗元在这里依依惜别的情景，思念如潮，呼啸而至。这几年，两人一直未断诗词唱和，刘母病重，柳宗元还专门遣人探视、送药。旧地重游，刘禹锡思友心切，真想插上翅膀，飞去与挚友相见。正想着，一骑快马飞奔而至，来者滚鞍落马，确定眼前的官员正是自己要找的连州刺史时，双手呈上一纸书信——竟是柳宗元的讣告。

刘禹锡惊闻噩耗，痛不欲生。人生如旅，最悲莫过离别痛，逝者不知生者苦，生者垂泪向北风。他吞声忍泪，写下《重至衡阳伤柳仪曹》：我的马沿着旧路边鸣边走，你的船却像永远消失的闪电。眼前虽是千里江蓠，一片春色，老友却再也无法看见了。没有了柳宗元的岁月，刘禹锡的生命布满阴霾。多少个孤单的日子，皓月凄美，星光暗淡，刘禹锡向隅独处，却不敢触动记忆之门。因为那里有好友端坐，心闸一开，忧伤便没有了归期。直到几年后，刘禹锡为柳宗元养大遗孤、整理好遗作，并写了一篇情深意切的序文，才得以把挚友安放在心灵的圣殿，每天燃一炷心香，默默祭奠。

青年时代，刘禹锡最好的朋友是"二十年来万事同"的柳宗元；柳宗元走后，白居易提一只暖灯走进了他的生活。从这个意义上说，生活未曾薄待刘禹锡，命运一次次把他摁在地上揉搓，也让真情与他一再邂逅，弹出一曲曲高山流水。

宝历二年（826）冬，朝廷下诏，命时任夔州刺史的刘禹锡回洛阳待诏。或许是上天的安排，他竟与同至洛阳待诏的白居易在扬州邂逅。刘、白同庚。刘禹锡先于白居易中取进士，他作为"永贞革新"的重要推手风生水起时，白居易还偏居一隅，寂寂无闻。刘禹锡被贬出京，已为朝廷高官的白居易却不顾世人猜忌，将自己创作的一百首诗寄给刘禹锡。身处贬地，凄风苦雨。如果说，刘禹锡的诗情如多彩的颜料，能够在生命的宣纸上浸洇扩散，演化成一处绚丽的风景，白居易千里寄来的那扎诗稿便是

调色板。两人时有诗书往来，却素未谋面。此时，白居易也是仕
途失意人。武元衡被刺身亡，白居易上书请求捕杀刺客，以肃法
纪，却遭到了朝中一些小人攻讦，说他越职言事，行为僭越，结
果被贬逐出京。这次不期而遇，两人同病相怜，心一下子走近
了。相逢的酒宴上，白居易感叹刘禹锡"诗称国手徒为尔，命压
人头不奈何"，惋惜他怀才不遇，壮志难酬，刘禹锡感激白居易
的理解与高评，赋诗回赠，留下了那首流传千古的《酬乐天扬州
初逢席上见赠》：

巴山楚水凄凉地，二十三年弃置身。

怀旧空吟闻笛赋，到乡翻似烂柯人。

沉舟侧畔千帆过，病树前头万木春。

今日听君歌一曲，暂凭杯酒长精神。

闻笛赋，指晋朝向秀的《思旧赋》。向秀的好友嵇康、吕安
被司马昭所杀，向秀经过嵇、吕旧居听到邻人吹笛，心生悲凉，
写成《思旧赋》。因赋中有闻笛的叙述，故称闻笛赋。烂柯人，
用了《述异记》中一个典故：晋人王质入山采樵，见二童子对
弈。童子与质一物，如枣核，食之不饥。局终，童子笑道，你的
斧柄已经烂了。质惊悚，回到乡里，原来已过了百年。刘禹锡借
用这两个典故，抒发了内心的苦楚和对昔日好友的怀念之情。

同赴洛阳的路上，每逢华楼高塔，两人必会攀高赋诗。吟诵
的过程，便是吐丝结茧的酿造。他们用脚丈量着祖国的锦绣河
山，用诗织成一幅幅五彩锦缎，悬挂在长天大地之间。

柳宗元去世后，刘禹锡不乏唱和的诗友，多属应景之作；邂

逅了白居易，后来又同在长安朝中任职，诗词唱和的机会就多
了。清词妙句，横见侧出，诗兴勃发、兴致盎然。白居易也觉得
与刘禹锡唱和棋逢对手，特意编了《刘白唱和集》。在序言中，
对刘禹锡的才华竭尽赞美，称赞他"沉舟侧畔千帆过，病树前头
万木春""雪里高山头白早，海中仙果子生迟"一类的句子真是
神来之笔，"应当有灵物护之"。

已升任宰相的裴度知道刘禹锡才华出众，欲推荐身居闲职的
他担任知制诰，这是一个很关键的职务，专门为朝廷起草重要的
文件典册。不想刘禹锡这次回长安旧地重游，又写了一首七绝：
"百亩庭中半是苔，桃花净尽菜花开。种桃道士归何处，前度刘
郎今又来。"后两句被认为是讽刺时政，劣性不改，升职一事就
此搁浅。德宗以后，宦官擅权的局面愈演愈烈。污秽之地，怎容
一股清流？大和五年（831），刘禹锡再一次外放苏州刺史。离开
长安那一天，九衢尽空，送行者人头攒动，足见其官声和文名甚
隆。刘禹锡感动之余，心心念念的却是已先他到洛阳任河南尹的
白居易，赴苏州上任要路经洛阳，他的心已经飞到了牡丹城。

两年不见，彼此又苍老了许多。眼见刘禹锡银发皓首还要外
放，白居易不免心怀悲戚。尽管较之原贬地连州、夔州、和州，
苏州在中唐之后一直是名邦剧郡，但刘禹锡资历深厚，官名甚
佳，贞元年间便连登三科，早该进身宰相之位。这次外放，预示
在朝内升擢的希望已如残火将熄。或许，一辈子也再难走出"永
贞革新"带来的阴影了。

迎刘禹锡进入府邸，白居易长揖一礼，两行热泪，二人已相
拥在一起。

银首向白发，惆怅对凄凉。一壶感慨，几碟过往，浊酒共穿

肠；当年万里觅封侯，报国壮志昂，一纸贬书梦断，不觉鬓染霜。刘、白诗情相当，志气相投，暮年聚首似乎有说不完的话。夜色初降，酒意渐浓，白居易吩咐侍女点燃蜡烛，对刘禹锡说："梦得兄，人生苦短，来日无多，你我今日对饮，要不醉不休。"刘禹锡将杯中酒一饮而尽，应道："弟亦有此意，人生得意须尽欢，莫使金樽空对月。正好，我刚吟得五律一首，赠兄赐教。"说罢，吟出一首《赠乐天》。白居易对诗中"在人虽晚达，于树似冬青"两句击节而赞，说："梦得兄仕途坎坷，然初心不移，老骥伏枥，豪情仍不逊于当年，令弟惭愧。"较之刘禹锡，白居易的思想要超脱归闲一些。不过，刘禹锡知道白居易心高气傲，亦如鸿鹄想一飞冲天，只是朝堂昏聩、政治腐败，他双翼被缚，只能自求多福罢了。两人心心相印，目光交汇的一瞬间，已经走进对方心里。其时，北方正遇冰灾，南下之路已断。刘、白二人朝觞夕咏，谈诗论文，在洛阳城欢歌狂饮了十余天。

赴任有期。这天，刘禹锡谢绝了好友一再挽留，执意要走。

白居易只得在福先寺安排饯行宴，"送君何处展离筵，大梵王宫大雪天"。酒过三巡，白居易吟诗再留好友："刘郎刘郎莫先起，苏台苏台隔云水。酒盏来从一百分，马头去便三千里。"刘禹锡随即回赠："洛城洛城何日归，故人故人今转稀。莫嗟雪里暂时别，终拟云间相逐飞。"今日一别，不知何时才能再见，白居易恳求刘禹锡"莫先起"；只怕酒未饮够，挚友一去，便是三千里以外了。刘禹锡则宽慰白居易，今日只是"暂时别"，再次见面就能"云间相逐飞"了。其实，两人都知道，"相逐飞"不过是对未来美好的祈盼；荒漠中长出的荆棘，是大地留下的泪痕。官场险恶，前路如何，又有谁能够看得清？

终于到了分手的时刻。风雪交加、万物萧瑟，白居易披着一件白色斗篷，站在飞雪中，依依不舍地凝望着远去的挚友。刘禹锡走出很远了，回过头，见到翘首而立的白居易，不禁想到当年衡阳的情景：柳宗元站在船头，也是这样向他挥手而别。一晃，已经过去了十二个春秋。"君埋泉下泥销骨，我寄人间雪满头"，不知为什么，刘禹锡吟出白居易写给元稹的两句悼诗，顿时，泪流满面。

白居易挥着手，目送刘禹锡渐行渐远，他真想让马车停下。

元稹走后，刘禹锡已是他的至交。一双花甲老人，两只分飞劳燕，浮生若梦，天高路远，不知道还能有几次聚首的机会？心中不免凄凉，如同眼前这白雪覆盖的世界。雪花挂在他的银鬓上，冻成冰碴，他全然不知，直到刘禹锡的马车在视野中完全消失……

狂沙吹尽

莫道谗言如浪深，莫言迁客似沙沉。

千淘万漉虽辛苦，吹尽狂沙始到金。

——刘禹锡《浪淘沙·其八》

《新唐书·刘禹锡传》载："禹锡恃才而废，褊心不能无怨望，年益晏，偃蹇寡所合，乃以文章自适。"偃蹇，骄横之意，这两句话的意思是说，刘禹锡恃才傲物，心胸狭隘；年龄越大，朋友圈越小，只能靠写诗以自娱。

这是对一个高贵灵魂的误读。

类似的曲解，刘禹锡早有经历。他与韩愈是朋友，但由于政见不同，韩愈也曾对"永贞革新"予以嘲讽："夜作诏书朝拜官，超资越序曾无难。公然白日受贿赂，火齐磊落堆金盘。"检索这一段历史，陈寅恪认为韩愈之所以对"永贞革新"多有谤言，原因在于他与改革的主要反对者——宦官俱文珍素有交往；或许，还多少涉及对新进的妒忌心理。

《新唐书》中的列传，主要出自北宋宋祁之手，他虽是一代文宗，但由于砍削失度，错谬难免，对刘禹锡的这一点评显然不够客观。还是白居易懂他，盛赞："彭城刘梦得，诗豪也。其锋森然，少敢当者。"

诗豪，豪气干云，刘禹锡当之无愧。其实，不仅刘禹锡的诗豪气干云，"九曲黄河万里沙，浪淘风簸自天涯"，想象奇特，气贯长虹；他的人生同样不同凡响，刘禹锡少时就立誓，"丈夫无所达，虽贵犹碌碌"。投身革新，是要割除弊政，还老百姓一片晴空；仕途虽然不顺，但每到新的贬谪之地，他第一件事就是察看民生，访贫问苦，清廉如水，心若荷香。夔州离任时，淳朴的百姓知道刘刺史从不收礼，扶老携幼夹道欢送时，便一曲接一曲咏唱以其诗填词的《竹枝词》："两岸山花似雪开，家家春酒满银杯""东边日出西边雨，道是无晴却有晴"，直唱得刘禹锡泪流不止。悲悯，是诗人的情感配置，即便在苦难的河流里穿行，他也会尽力在两岸洒下一路渔歌。

苏州本是富庶之乡，迎接他到任的却是一场特大水灾，洪水泛滥，庄稼歉收，冬天一到，不少人冻饿而亡。刘禹锡痛心入骨，上书朝廷恳求调拨大米，亲自监管逐户分发；同时，减免税赋，疏浚水源，带领百姓抗涝救灾。一腔真情如九彩霓虹，横亘在阴霾密布的天地之间，任风摧雨注，凛然不改其色。同时，他也十分忧虑国家的前途："终日望夫夫不归，化为孤石苦相思。望来已是几千载，只似当时初望时。"借歌咏一块望夫石，抒发了自己渴望重回庙堂、报效国家的一腔赤诚。

刘禹锡的人生颇具悲剧色彩。他最高光的时刻是在仕途伊始，"永贞革新"锋芒初试，一腔抱负如水银泻地。之后的岁月，他像一条行走的鱼，梦寐以求的愿望是回归江海；可是在更多的时光里，狂风恶浪成了他人生的背景板。苦闷如蚕，啃噬了他人生最好的年华。直到年近古稀，尊荣才姗姗来迟，官至太子宾客、秘书监，后来又加检校礼部尚书衔。这时候，岁月如同窃贼，蛀空了他的生命之树；当年意气勃发的少年郎，白发稀疏，步履蹒跚；名利如同天边的浮云，已经被他视为身外之物。面对不期而至的浮华，在写给白居易的诗中，他喟然长叹："曾向空门学坐禅，如今万事尽忘筌。"

是的，往昔的一切如风逝去，昔日的少年只能在梦里相见。

刘禹锡和白居易，发秃牙豁，干枯得像褪去青皮的核桃，还互相劝勉："且喜同年满七旬，莫嫌衰病莫嫌贫。"人生荏苒，感慨良多，没想到，七十岁的门槛一骗腿儿就跨进去了。饮酒唱和，是他们最惬意的时光，或致新词，或唱心声，岁月浓缩于半杯残酒；多少往事，多少感慨，尽在相望对视之中。白居易是一盆清水，刘禹锡就是一片风干的木耳，与白居易在一起，他的生命变得饱满而鲜活。把酒对谈间，留下了那么多千古名句："东边日出西边雨，道是无晴却有晴""金谷园中莺乱飞，铜驼路上好风吹""请君莫奏前朝曲，听唱新翻杨柳枝"。生命的钟摆已渐停滞，刘禹锡仍心有不甘："莫道桑榆晚，为霞尚满天。"

两位老人的无意唱和，引风吹火，把唐诗推向新的高峰。

没有白居易的日子，孤独又如一面峭壁，让刘禹锡无法攀登。洛阳城的大街小巷，人们时而可以看到一位布衣老叟的身影，也许，那才是真实的刘禹锡。他的孤独不是因为"偃蹇"，而是因为卓越，正如尼采所言："一个伟大的人往往受到排挤、压抑甚至被人斥为哗众取宠而陷于孤独中。"夕阳里或者朝晖下，刘禹锡伛偻着腰，踌躇在那一条条幽深的青石板路上。他要在熟悉的景致中找回曾经的自己。当然，更多的时候，刘禹锡还是坐在老宅湖边的石头上，向遥远的天际眺望。他觉得，母亲、爱妻，还有被宪宗赐死的王叔文，正一个个向他走来。当然，其中必有挚友柳宗元。有几次，子厚已到眼前，笑问，梦得兄别来无恙乎？他正要趋步相拥，故人盈盈一笑，已化作天边一片云霞。

历史让一位革新者铩羽而归，却让一位伟大的诗人横空出世。

刘禹锡一生历经代宗、德宗、宪宗、文宗、武宗五朝，前后被贬三省四地，与中原的富庶和繁华相比，皆是蛮荒之地。经济落后，民风不开。赴任连州刺史时，途中要翻越一座大山，山路陡峭，巨石嶙峋，望一眼便令人生畏。可以想见一介文弱书生搀扶八十老母，携领三个幼子翻山越岭的艰辛。不同的地域文化，滋养了刘禹锡的身心；底层人民的疾苦、生活的坎坷和磨难，又润泽了他的情怀。诗，不是岁月静好的点缀，如夜空一轮朗月；诗，是失意愤怒时的心声，像洪峰开闸，直击人的心扉。蹉跎一生，孤寂落魄，却激起了他的滚滚诗情。刘禹锡重要的诗歌作品，大都创作于几次被贬之后。试想，倘若他一直高居朝堂之上，出入王侯将相之家，以他的诗才和学养，当然会不乏佳作；但无论如何，将缺失生活的烟火、人生的况味，至多只能成为吟风弄月的三流诗人。纵观斑斑史册，多少出色的诗人都是仕途受挫才得以诗情喷发？这是一个无解的方程，挫折往往是思想的过滤网，滤去的是浮华，留下的是深刻；苦难常常是情感的孵化器，淘汰的是浅薄，成就的是辉煌。自《楚辞》以降，至今仍为普通人耳熟能详的诗句，刘禹锡的作品自张新帜、横绝一时，无疑处于第一方阵。中华文明所以薪火不绝，就在于汉字所承载的情怀与文化凝聚了人心、彰显了正气。刘禹锡的诗文已化作滋养中华文化之树的养料，有了这棵参天大树的庇护，我们的民族精神才得以传承，民族筋骨才得以强健。

脍炙人口的《陋室铭》，也是刘禹锡的传世之作。

古代的"铭"一般刻之于器物或碑石，不能长篇大论：

> 山不在高，有仙则名。水不在深，有龙则灵。斯是陋室，惟吾德馨。苔痕上阶绿，草色入帘青。谈笑有鸿儒，往来无白丁。可以调素琴，阅金经。无丝竹之乱耳，无案牍之劳形。南阳诸葛庐，西蜀子云亭。孔子云：何陋之有？

此文仅八十一字，在文学史上的影响却如巍巍昆仑。

"陋室"所在何处众说不一，创作过程也有不同解读。这也正常，《陋室铭》并非一问世就家喻户晓，而是经过时间的淘洗才显示出顽强的生命力，历史的记忆难免模糊。这并不重要，重要的是文章所传递的浩然之气已与日月同辉。至于作者的争议，仅凭《新唐书·崔沔传》中"尝作《陋室铭》已见志"一句记述和《刘宾客文集》未曾收录，就否定刘禹锡是原创，并不令人信

服。崔沔早于刘禹锡一百多年,《陋室铭》不可能在一个多世纪
内默默无闻,让后人有机会假托;以刘禹锡的人格操守,也不可
能眼见假托之作付之流觞而不置一言。至于说到《刘宾客文集》
未曾收录,或许这篇铭文当时尚未走红,且只有八十一字,被编
者忽略也未可知。刘禹锡的文学造诣在崔沔之上,其才气足以支
撑这篇名作;《陋室铭》所彰显的精气神,和刘禹锡的格局、文
风如出一辙,也非常契合他的坎坷经历与豪迈情怀。

会昌二年(842),刘禹锡自知灯油将尽。塞缪尔·厄尔曼说
过:“岁月让人衰老,但如果失去激情,灵魂也会苍老。”所幸,
在生命之幕行将落下时,诗人的灵魂依然意气风发。隐忍三十七
年之后,他在自传中再次亮剑:顺宗的内禅和宪宗的继位,都是
宦官的操纵。回顾自己的一生,喟然而叹:“天与所长,不使施
兮;人或加讪,心无疵兮。”对“永贞革新”的失败表达了心中
的不甘,与屈原“虽九死而不悔”的精神同出一脉。谗言如浪,
迁客沉沙,那又能怎么样?狂沙吹尽,绽放出来的是更加璀璨的
生命光华。

数日后,一代诗豪溘然去世,终年七十一岁。

白居易最早得知噩耗,当即伏案痛哭。白发如霜,在日光中
颤抖:

> 今日哭君吾道孤,寝门泪满白髭须。
>
> 不知箭折弓何用,兼恐唇亡齿亦枯。
>
> 窅窅穷泉埋宝玉,骎骎落景挂桑榆。
>
> 夜台暮齿期非远,但问前头相见无?

唇亡齿寒、箭折弓存，何其悲哉！从此，宝玉深埋，再无出头之日；落日斜晖，难有持久之光。在人生尽头的无限延伸中，还能有相见的机会吗？这一哭，字字血、声声泪，那一份难以言说的真情，怎是一个痛字了得？

"贤豪虽殁精灵在"，白居易说得不错。此刻，刘禹锡正端坐在夔州——今重庆市奉节县的花园广场，站在广东省连州市的中心大道。这里都曾是诗人的贬谪之地，刘禹锡极目远眺，以手抚须，目光穿越历史的深处，已经汇入时间的永恒。

每天，每天，他的诗文都会与太阳一同升起，和月亮一起回归。

陆游：岸边的鱼

离梦想最近的地方

书生与剑客，中间隔着多远的距离？对于陆游，不过一个箭步。

那日，残阳将落，秋风乍起。陆游率一支轻骑路经沔阳，他眺望天边金灿灿的晚霞，一扬鞭梢，吩咐："离凤县不远了，稍息片刻。"说着，翻身下马。众人刚刚坐下，风起，间闻虎啸。转瞬，一只斑斓猛虎已蹿至眼前，"从骑三十皆秦人，面青气夺空相顾"。只有书生陆游，起身持手中长矛，大喝，一个箭步冲上去，锋利的矛头正中直立的猛虎喉管，一股冒着腥气的血喷涌而出。后来，陆游谈起这次刺虎经历，不无自得："中岁远游逾剑阁，青衫误入征西幕。南沮水边秋射虎，大散关头夜吹角。"

写作这首《三山杜门作歌》时，陆游已离开南郑幕府二十七年。出师未捷，壮志难酬，所以有"青衫误入征西幕"之叹，事实上，那是他离梦想最近的地方，时光不长，只八个月，却完成了他生命中最重要的一次泅渡：由诗人变成斗士。

陆游永远也忘不了他去南郑幕府报到的情景。

那是乾道七年（1171）三月的一个早晨。晨光熹微，雾气弥漫，远山如碧空中一抹飘逸的黛青，有升腾的霞光为它锁出金边儿。宣抚司气氛肃穆，卫士配刀持枪，旌旗迎风猎猎。陆游从夔州通判卸任，来到四川宣抚司任干办公事兼检法官，他青衫布履、一路风尘，随侍卫官走进大堂。迎面一道屏风，是唐代画家边鸾的折枝梨花，一簇簇、一点点，如雪如玉，像云絮般铺开，灵动而饱满；几十年后，陆游还难忘这幅画带给他的惊艳："开向春残不恨迟，绿杨窣地最相宜。征西幕府煎茶地，一幅边鸾画折枝。"

当时，南宋小朝廷和女真，东以淮水为界，西以秦岭为界。南郑地处秦岭高处，下面是褒城、骆谷，可以直抵长安，战略位置极为重要，是与女真对峙的前线。以南郑为根据地，随时可以从秦岭北出，收复中原失地。王炎把四川宣抚司的办公地址，由益昌迁至地处"南北咽喉"的南郑，就是一旦开战，便于指挥。

见到陆游，坐在条案后的宣抚使王炎站起身，拱手施礼："一路辛苦。先生乃当朝文章魁首，胸怀一腔报国激情，日后能有机会随时讨教，幸甚。"

王炎五十多岁，目光坚毅、沉稳，穿一件朱色锦袍，驼黄色的裤子上绣有暗金的提花图案，玉带拦腰一系，显得干练而潇洒。他既非一介武夫，又非侥幸腾达的腐儒，而是有着深邃见识的爱国者，得到孝宗信任，从两浙转运副使擢升为一方大员，统管西北军政。

陆游小王炎十岁，品级亦远低于王炎，他之所以仕途不畅，和受到秦桧打压有关。

绍兴二十三年（1153），二十八岁的陆游曾赴临安应试。当时，秦桧的孙子秦埙在门荫制度庇护下，已经官居敷文阁待制，奸相仍不满足，希望孙子通过省试、殿试，状元及第，便也让秦埙前来夺魁。没想到，主试官陈子茂依才而断，将陆游的试卷"擢置第一"。秦桧大怒，次年殿试将陆游黜落。从此，陆游对科第就绝望了。

陆游见王炎气质不俗，礼贤下士，忙深施一礼："大帅言重。余能效力帐前，为收复中原一尽绵薄之力，足慰平生之愿。以后，但凭大帅驱使，不敢有丝毫懈怠。"

"先生客气了。"王炎请陆游坐下。侍从送上香茗，他用杯盖拂去浮沫，品了一口，又将茶杯轻轻放下，注视着陆游，语含期待："自'绍兴和议'签订，中原沦陷已近五十载。颓局已久、世象难移，先生以为，中原如何收复？"

陆游胸有成竹地回答："经略中原必自长安始，取长安必自陇西始。"

王炎听了，微微一笑，点头表示嘉许。后来，陆游通过在南郑的实地考察，进一步完善了恢复中原的策略：以关中为"本根"，即由关中进兵。两人初次见面，所谈内容史书上虽无详细记载，气氛应该是融洽的。同样心怀壮志，一心要收复中原，志同道合的相遇，是人生最美丽的邂逅；心领神悟的相知，是世间最珍贵的缘分。"山南南畔昔从戎，宾主相期意气中"，两个风雨中的寻路人，走到同一堆篝火旁，温暖的不仅是冻僵的双手，还有彼此孤寂的心。有了心的呼应，生命才可能如烟花一样绽放。

随后，陆游精心作出《平戎策》，向王炎提出收复中原的具体计划；王炎也厉兵秣马，加紧了收复中原的各种准备。

南郑有韩信坛和武侯祠，还有一块巨石立于嶓冢庙前，中分为二，据说是汉高祖刘邦当年的试剑石。陆游逐一瞻拜，心中生发的不是登高吊古的怀旧之幽思，而是光复山河的报国豪情。"有志者，事竟成，破釜沉舟，百二秦关终属楚；苦心人，天不负，卧薪尝胆，三千越甲可吞吴。"蒲松龄的这副自勉联，或许最能体现陆游当时的心境。他的职务相当于现在的高级参谋，负责巡逻和对敌侦察。以南郑为圆点，几个月内他几乎巡视了半径三百里以内的所有关隘。一身戎衣，是他最心仪的装束；半弯残月，是他最熟悉的风景。凤县西南是宋金对峙的最前沿，陆游打虎就发生在巡视途中。渭水秋风夜，岐山晓雪天，陆游风餐露宿，甘之如饴，他的内心有一盏灯已被点亮："何时闻诏下，遣将入幽燕。"

雪夜。雪花从黑云密布的空中簌簌飘落，覆盖了渭水平原。对面的金军大营依稀有灯光闪耀，与天上的寒星辉映，增添了雪夜的萧杀与清冷。荒坡上，有树，一棵，一棵，虬曲盘结。枝杈上落满积雪，"咯吱"一声响，便有残弱的枯枝被积雪压断；偶尔，不知从哪儿会窜出几只小动物，夺路而逃，在雪地上留下几溜求生的脚印。

陆游一身白袍，手持长矛，头盔上的红缨在雪夜中如火苗般蹿动。

他勒住马缰，胯下的洮河马发出一声嘶鸣。洮河马是当年秦军培育的战马，品种优良，灭景追风，成就过秦始皇的宏图伟业。陆游视它为无声战友，多少次幻想骑着洮河马驰骋沙场。此刻，大雪如白色幕帐遮盖了天地，陆游双腿用力，战马如箭矢一样射出。他要近距离探测敌营，收集情报。进入敌军箭弩的有效射程了，陆游仍纵马狂奔。一腔豪情化作漫天飞雪，已经纷纷扬扬在长天大地之间。

宋金和议期间，王炎有心收复失地，但无皇命不敢轻开边衅。陆游报国心切，作为一名幕僚，只能选择静默。宋金边地没有大的战事，小的遭遇战时有发生，陆游亲历过两军边界的刀光剑影。他觉得，收复中原的理想从来没有离自己这么近，触手可及，像是一株还魂草，使他本来有些枯萎的生命寒灰更燃。

最难忘那个傍晚，太阳坠向地平线，把千万条金丝洒向秦岭。南郑西北角的高兴亭飞檐流角、红柱绿瓦，在晚霞中熠熠生辉。小亭如伞，最宜安放希望。陆游入夜常常来此等待"平安火"——由最前线开始举火报告平安，隔三十里置一土堡，一站接一站，一直报到南郑城下。今天，他和宣抚司几位幕友相约来此进酒。他们有理由兴奋，高兴亭与长安城的南山遥遥相对，近日，长安城不时传来消息，只要南郑举兵，城内的爱国将士就会起义策应；攻克了长安，收复中原就是一轮跃出地平线的朝阳。

随军乐伎也来助兴。

横笛一曲，在风中飞扬，广袖流云，几多相思几多泪；竖琴轻弹，聚小亭共醉，南郑此夜，皇图霸业谈笑中。

陆游把喧嚣推给夜色，一人独坐，面向长安凝神自饮。

他的双眉微微蹙起，目光中有难以言说的忧郁。已是壮年，月光映照出鬓间白发，一根根，纤毫毕见，记录着岁月的沧桑，有憧憬，有希望，更多的是无奈与幽怨。

一个幕友走过来，举起酒杯叫着他的字，问："务观兄，夜色如黛，你在看什么？"

碰杯。陆游一仰脖，干尽杯中酒，收回目光，摇头轻叹："中原已经陷落了四十七年，无时不在梦中。今日借天上明月，我真想亲眼看一看长安的模样啊！"

说着，泪光在眼中闪烁。秦岭的冷月和寒星，一一在泪珠中呈现。

几个乐伎嬉笑着围住陆游，她们知道陆游诗名甚隆，便铺纸研墨，索要新词。

陆游搁置起心中的怅恨，望着乐伎们水汪汪的眼睛，略一思索，沉声道："好，就来一首《秋波媚》，就教于各位方家和姑娘们。"言毕，笔走龙蛇：

> 秋到边城角声哀，烽火照高台，悲歌击筑，凭高酹酒，此兴悠哉。
>
> 多情谁似南山月，特地暮云开，灞桥烟柳，曲江池馆，应待人来。

幕友看着陆游雄劲的草书，问："务观兄，'悲歌击筑'，可是指荆轲刺秦？"

陆游双手抱拳："正是，在下不才，冒昧献丑，还请兄不吝赐教。"

幕友啧啧称赞："岂敢。新词如画，雄浑壮阔。悲歌击筑，表示死战不屈；凭高酹酒，已在预祝胜利，壮哉！长安的灞桥烟柳、曲江池馆，等待我们这些远方的游子，实在也是等得太久了。务观兄的新词别开生面，沉博绝丽，表面上写的是风花雪月，实则宣泄的是浓浓的报国之情。尤其'应待人来'一句，力透纸背，悲怆凄凉，令人情难自抑。"

应待人来？等皇命，八千铁甲出秦关，马蹄叩长安；只怕孤臣耿耿独私忧，良时恐作他日恨，大散关头又一年。事实是，岂止一年，南宋小朝廷苟且偷安，投降派再度掌控朝政，哪里还有心思收复失地？陆游的《平戎策》很快被朝廷否定，积极备战的王炎被召回临安，他倾注四年心血，精心构筑的一道颇具威慑力的军事阵线，不费金人一兵一箭，被一纸诏令轻易瓦解；宣抚司主战官员转眼星散，纵马探营的陆游只得换脚驴，悻悻折返成都。

多少期待，如同花魂落尘埃；心如老马虽知路，只恨，愁绪锁丹心，长天云不开。云不开，风犹在，寒夜泪吟《满江红》，一曲悲歌动地哀。动地哀，遥望南山，不见雁来。

命运是忧伤的挽歌

可以想见陆游骑驴入蜀的情景：或斜阳夕照，或残月晓风，细雨霏霏，一片愁红惨绿。连日跋涉，驴已经累了，嘴角冒着白沫，不停喘着粗气。风尘仆仆的陆游跳下驴背，轻轻抚摸着它的鬃毛，仰天一声长叹；叹息融入暮色，顷刻间，化作天边一片愁云。

月亮缓缓爬上天际，月明如镜，把皎洁的银辉洒遍大地。

陆游突然觉得，这轮月亮无比陌生。他知道，南郑的晓月已经离他远去了。那轮月亮真的好亮，每天，照着边关的旌旗，照着将士的刀戟，照着士卒巡营的脚步，照着帅府不熄的灯烛。此刻的这一轮月亮呢，怕是已见惯了成都城的醉生梦死吧？从今以后，自己难道也要混迹其中，和那些搔首弄姿的官僚墨客诗酒唱和吗？陆游不甘，他期望的生活是："白袍如雪宝刀横，醉上银鞍身更轻。帖草角鹰掀兔窟，凭风羽箭作鸱鸣。"

可惜，他乃一介书生、青衫小吏，无力扭转朝局，更无权杀伐决断。

在昏聩的现实中，难道陆游还不够尽力吗？一次次在心中按下报国雪耻的发送键，等来的回复无不令人失望。只是，收复失地的信念像是种子，从小植入心中，无论风霜雪雨，从来没有停止过生长。如今巨树成荫，占据了他思想的天空，已经密不透风。

"靖康之变"的1127年，陆游刚刚两岁。

那年，金朝南下攻取北宋首都东京（今开封）。钦宗投降，和其父道君皇帝连同皇后、太妃、太子、宗室，皇亲国戚三千余人一起被金国掳去，史称"靖康之变"，北宋就此灭亡。同年六月，在外募兵、侥幸躲过一劫的钦宗之弟赵构称帝应天府（今商丘），即"高宗"，后定都临安（今杭州），南宋政权建立。

陆游的童年，不是月光下满载童话的小船，美好如盈盈浪花，于深邃的海面起舞，幸福像点点繁星，在浩瀚的天际闪光。陆游的童年，是一支幽幽长箫，凄婉、悲壮，雨来，可以听见它的呜咽；风过，剪不断它的悲鸣。小陆游忘不了这样的场景：因为积极抗战，被投降派构陷的父亲，与友人议论国事，对徽钦二帝割地赔款、高举降旗的做法捶胸跌脚；对赵构、秦桧偏安一隅、卖国求荣的行为愤恨不已。推开窗棂，夜色如潮水般涌入，父亲任寒风卷着落叶吹打前胸，凝望天边山一样浓重的乌云，哽咽吟诵："彻夜西风撼破扉，萧条孤馆一灯微。家山回首三千里，目断天南无雁飞。"声音跌跌撞撞，像沙漠中迷路者的悲号。吟毕，与友人相拥而泣。小陆游后来知道，这是宋徽宗在囚室墙上写下的《在北题壁》。徽钦二帝被掳金国后，换上女真服装行使牵羊礼，以示臣服；穿上丧服谒见金太祖庙宇，以示孝道；皇后、嫔妃、宫女均沦为性奴，受尽凌辱；宋使乞和，竟"膝行而前"。金人侮辱的不仅是宋朝王室，也是对中华民族的精神矮化；较之皇室境遇，"靖康之变"带给人民的灾难更是罄竹难书，陆游一家在颠沛流离中逃难七年，尝尽了战乱带来的艰辛和屈辱。

本来，在爱国热情推动下，南宋一度抗战声势日起，收复失地有望。高宗却暗室欺心，倒行逆施，向金国称臣称子，连皇帝的名号也甘愿由金人册封。"窜身而不耻，屈膝而无惭"，丑态百出。对坚决抗战的文臣武将，或杀或贬，一点也不手软。因为，钦宗一旦回归，他的皇位会受到挑战；向金人割地纳贡，自己的荣华便可保全。

成年后的陆游，一心要雪"靖康之耻"。而士子报效国家，进身官场是唯一通道。自1154年进士殿试被秦桧罢黜后，陆游便无心科第。父亲风骨卓然，晚年官阶难进，上边有两位哥哥，门荫轮不到自己，要做官，只能靠有话语权的人保荐。所以直到秦桧死后，三十三岁的陆游才有机会出任福州宁德县主簿，一介小吏，品级低微，不过，总算步入了仕途。

高宗以为对金人俯首帖耳，即可偷安西湖。不想，人性就是不断触摸人心的底线，如山坡积雪，一旦内聚力抗拒不了所承受的重力拉引时，就会向下滑动，出现雪崩。南宋的苟且，引发了女真贵族更大的贪欲。绍兴三十一年（1161）八月，金人兵分数路挥军南下，意图荡平南宋。一时，毡帐相望，鼓声不绝。高宗被吓了个半死，竟夜降手诏给大臣陈康伯，"欲散百官，浮海避敌"。陈康伯悲愤之余，烧了手诏，奏请高宗御驾亲征，还亲自起草了《亲征诏》，稳住朝局，发起了反击。这时，由宁德县主簿调任福州决曹的陆游，因文笔出众，经人保举进入临安敕令所任删定官，参修《吏部法》。事毕，担任过大理司直和枢密院编修官，虽然位在刍荛，因是京官，有了被皇帝召对的机会。他无时无刻不牵挂前方战事，随时准备荷戈甘为前驱，战事吃紧时，连上阵穿的衣服也赶制好了。高宗召见"赐对"时，陆游面请北征，说到悲情处，泪溅龙床。高宗不为所动，陆游只能在战事胜负已定，高宗玩儿的那场"御驾亲征秀"中，出演了一次送行人群中的路人甲。

白雾凝霜，寒气结冰，洒在地上的每一滴血泪，在心向中原、体恤苍生的志士心中，都能浇灌出一朵洁白的雪绒花。

击退南侵的女真后，高宗委曲求全，没有乘势收复失地。

失望像疯涨的藤蔓，将陆游一圈一圈缠绕。什么叫一箭穿心，只有滴血的心知道。曾经的憧憬遗失在西风残照的黄昏，明天，还会有希望的太阳升起吗？

转机发生在绍兴三十二年（1162）。高宗在内忧外患中禅位给太子赵玮，即宋孝宗。

孝宗继位之初，有心北伐中原，起用了主战的张浚。得知张浚挂帅，已由枢密院编修官外放建康府通判的陆游兴奋不已，他的理想虽然一次次被现实瓦解，但风骨不倒，一有机会，便会在废墟中屹立。张浚与陆游的父亲陆宰是旧识，陆游积极向张浚提出建议：收复中原，要早定长远之计，不轻易出兵，战必求胜。张浚赏识陆游的爱国气节，对他"顾遇甚厚"。陆游改任镇江府通判后，张浚随行的幕僚干脆就下榻在通判衙门，且"无日不相从"；陆游与主战的将帅情投意合、相谈甚欢，并奉命起草了不少文书。梦想，跨上战马在边关驰骋，生命的册页里已经找不到伤心的字眼了；人生总有太多的无奈与不舍，总有不尽的感慨与忧伤，而这一次，伴随于心的只有兴奋。怎料，天不从人愿，由于北伐准备不够充分，指挥有误，将领失和，加上投降派极力构陷，战事进展不力，孝宗的抗战意志动摇了。太上皇赵构又不断干预，再次与金国达成屈辱的《隆兴和议》。张浚罢相，幕府中人也作鸟兽散。

投降派重掌朝政后，把与张浚有关联的人拉网式收拾了一遍，自然，不会放过陆游，以"交结台谏，鼓唱是非，力说张浚用兵"为由，将已改任隆兴府通判的陆游免职了。说陆游"力说张浚用兵"倒也并非虚妄之词，"早岁那知世事艰，中原北望气如山，楼船夜雪瓜洲渡，铁马秋风大散关"，陆游的《书愤》就旗帜鲜明地表明了他的抗战主张。即便在张浚已死、和局已定后，陆游仍然主张建都建康。宋人南渡后，建都何地历来是战和两派分野。主和派主张建都临安，沉溺于当时最具享乐条件的这个安乐窝醉生梦死；而主战派则坚持最低限度也要建都建康，可据大江之险，北望中原，激励统一之志。

公文上签名最末的通判一职，陆游并不留恋；可是，一个失掉大半国土的王朝，竟然把主张收复失地作为罪行，还是让陆游悲哀莫名。回乡谪居后，他很是迷茫。心绪由"中原北望气如山"的豪迈，变成"客中无伴怕君行"的无助；"平戎横槊"成昨日一梦，"佐郡赐环"不知何年。宦海沉浮，到头来，空怀一腔抱负，成了山野一闲翁。前路渺茫，心归何处？"悟浮生，厌浮名，回视千钟一发轻，从今心太平。爱松声，爱泉声，写向孤桐谁解听，空江秋月明。"他似乎禅悟了人生意义，生命如同灯芯，只燃一根或可久远，牵挂太多反会短促。他把书斋命名为

"可斋"，也有心已安放、与世不争的意思。

心安了吗？陆游瞒过了天地，日日闲居，看上去一副与世无争的姿态，"沽市酒，采菱船，醉听风雨拥蓑眠"。可他瞒不住自己的内心，闻歌感旧，流涕樽前。夜晚，寒雨敲窗，冷风扫榻，陆游问自己，苟且可以长活，这样的长活有什么意义？披衣下床，眺望窗外，孤月高悬，寒星眨眼，想到自己年已不惑，却没有能为收复失地建功立业，泪水再一次滑落，不知是该庆幸自己尚未麻木，还是痛恨自己心余力绌？

乾道五年（1169）末，一批忠勤体国的大臣进入朝廷要害部门，政治气候出现转机，谪居四年的陆游被征召为夔州通判，那年他已四十四岁。通判公务有限，夔州又远离抗金前线，陆游不过是"辛苦为斗米"。秋燕知归，江水东流，诗人的惆怅如漫涨的洪水，把心变成了一座孤岛。夔州有一座白帝庙，乃蜀人为祀公孙述而建，公孙述曾自立天子，建元龙兴，后兵败而亡。陆游登览白帝庙，唏嘘赋诗："力战死社稷，宜享庙貌尊。丈夫贵不挠，成败何足论。"他称颂公孙述死战不降，值得后人尊重；讥讽宋帝草间求活，苟安一隅。

只要希望不死，总有晨光洒进心窗的那一刻。

乾道七年（1171）三月，理想穿越喧嚣与浮华，终于有了落脚的地方。

夔州通判任期已满，陆游致信四川宣抚使王炎，请求入幕。之前，王炎曾召请陆游，因他赴任夔州通判未能成行。展读飞鸿，王炎自然是求贤若渴，于是，陆游安顿好家眷，单人匹马，来到地处抗金前线的南郑圆梦。八个月后，梦碎；离开南郑入川，任成都府路安抚司参议官。一介闲职，不必倚马草檄，更无须亲临战地参与军机，只是在辖区内同级地方官暂缺时，去顶班代理。每经历一个命运路口，陆游都希望与理想撞个满怀，实现收复中原的夙愿；潜伏在路边的却总是求而不得的惆怅，命运像一曲忧伤的挽歌，一次次送别他心中的憧憬。"冷官无一事，日日得闲游"，陆游常常铺开南郑地图，让思绪在那里的关隘飞扬。南郑有他巡逻过的险道，探视过的敌营；有他持矛杀死的猛虎，志同道合的幕友。椎心刻骨的思念，在心中发酵、勾兑，凝成一滴滴苦涩的泪。

客蜀八载，酒肆歌楼的八音迭奏、仙弦轻舞，会让陆游想起南郑的风霜与日月。琵琶依旧，羯鼓照常；同样的华灯，同样的宾僚，已今非昔比。红尘过客，几许流年，雨打花残愁思瘦；静水流深，铃为风歌，深情殷殷寄边关。后方和前线的气氛完全不搭，一边是海水，一边是火焰，陆游怎么能不心怀悲戚？他的心还在秦岭山道，他真想一拳击碎眼前的浮华，持一柄长剑，乘一匹烈马，去收复沦陷已久的中原。可是，朝廷苟且偷安，时局龌龊灰暗，哪里会给他提供一处跃马扬戈的沙场？

谚语说：黑夜来临的时候，没有人能够把一角阳光保留。即使是一两的酒盅，如果斟满孤独，也会让人沉醉。陆游的一生中，基本是投降派独擅朝政，这就决定了他的悲剧命运。木头对火说，抱我；火拥抱了木头，于是，木头微笑着化为灰烬——一旦爱上烈火，木头就注定了被伤害的命运。陆游不明白这个道理吗？当然明白。在恶浊的现实中，那些脑满肠肥的士大夫，翻阅尘世过往，没有一丝心痛；悠行岁月驿道，不负半斤行囊；纸醉金迷，日日欢歌，一个个不是都活得很滋润吗？他也可以甘酒嗜音，只是，对脚下的土地爱得太过深沉，他实在无法在醉生梦死中安妥内心。

这期间有一个插曲。乾道九年（1173）夏，陆游摄知嘉州。对苦闷中的诗人，这是一针强心剂，终于有了更大的平台可以报效国家。慕春者，最喜人间四月天，杏雨梨云、红肥绿瘦，可不负人生好年华。任上，陆游主持了一次阅兵。那天，阅兵场上旌旗猎猎，受阅将士军容严整，鼓号声中，马队踏出的尘埃遮天蔽日。陆游戎衣弓刀，立于阵前，"要挽天河洗洛嵩"，仿佛又回到了南郑，偶然的一次相遇，成了期待已久的重逢。1175年，范成大帅蜀，陆游来到他的戎幕之下任参议官，因是老友，且同为诗坛翘楚，故诗酒唱和不拘礼法。不想，投降派再次趁机弹劾，说他"燕饮颓放"，即经常豪饮买醉、行为无状，罢免了他的参议官和知嘉州新命。本欲乘风而上，却再次被抛落谷底，生命真的很无奈，一不留神，期盼就变成伤怀。面对欲加之罪，陆游无言苦笑："燕饮颓放？倒也新颖别致，就做我的别号吧。"

从此，官场少了一个州知府，人间多了一位陆放翁。

如果说，陆游被免隆兴府通判一职，带给他的只是迷茫；这次南郑梦碎、仕途重挫，陆游就不只是迷茫了，一度，他颓唐、消极，甚至放纵过。歌肆酒楼，有他买醉的身影；花前月下，有他狂躁的歌吟，强装的微笑，其实是悲伤到极致的另一张脸谱；他有不尽的落寞，要借浅酌低唱排遣；有无限的凄凉，要对晚风弯月倾诉。他甚至想遁出红尘，"欲求人迹不到处，忘形麋鹿与俱逝。杳杳白云青嶂间，千岁巢居常避世"。人生有太多的时候，停下便是谷底，继续就得爬坡，停下与否，全在于内心是否驻扎着信仰。事实上，那个游走在杳杳白云间的诗人，那个忘情于妙舞清歌中的骚客，是陆游鄙视的背影："莫道身闲总无事，孤灯夜夜写清愁"。人被现实揉搓，常常会分裂成两半，有理想支撑的那一半才是真实的自我。"白头不试平戎策，虚向江湖过此生"，即便在投降派掌权，主战轻者斥逐，重则杀头的时候，陆游依然初心不改："僵卧孤村不自哀，尚思为国戍轮台。夜阑卧听风吹雨，铁马冰河入梦来。"年逾花甲，他还幻想能被朝廷起用，不是迷恋仕途，而是盼望身披战袍为国出征，一雪前耻，垂暮之年仍叩问苍天："老死已无日，功名犹自期。清笳太行路，何日出王师？"

王师，天子之师，刀锋所向，理应摧枯拉朽。

我们知道，宋王朝是中国封建社会发展的全盛期，如陈寅恪先生所言："华夏民族之文化，历数千载之演进，造极于赵宋之世。"女真建立的金国，是刚从原始部落进入奴隶制社会的地方割据政权，它发起的侵宋战争，以落后的社会形态冲击和破坏中原高度发展的文明，造成国家长达百余年的南北分裂，是为不义；以宋朝的国力，只要共同赴敌，完全可以"建威以消金人之萌"。无奈，宋朝的政治太过腐败，上自皇帝，下至群臣，基本是文恬武嬉，滥于政，荒于军；凡战皆有投降派从中牵制，战无不败，一败即和，和必割地纳款，用自己的膏血滋养着敌人。对于这样一个朝廷，收复失地只是臆想。臆想不同于希望，希望是经过跋涉可以抵达的彼岸；臆想则是永远走不出的盲区。这是陆游的悲剧，也是时代的悲剧。

那是一个英雄辈出的时代，也是一个让英雄齿冷的时代。

在情爱中打捞高贵

一首词，醉倒无数人；一段情，穿越上千年。

现在，我们先暂时走出陆游的悲愤，去还原他的初恋。那一场爱恋波飞涛涌，也有珍珠般的高贵留给我们打捞；那一次分手肝肠寸断，也有生死相依的真情等待我们梳理。按说，两情相悦，本该是一个爱情童话：白驹空谷、比翼连枝。只是，美好的时光太短暂。倚绣楼，凭阑怨，草色烟光残照里，夜风侵衣月色寒。目成心许，恩爱却被无情断。

导致唐琬香消玉殒的那个定格，曝光在绍兴沈园。

距今八百六十八年前的一个春日。满眼新绿，枝干斜伸，一簇簇鲜花坐落枝头，微风中，流传着沁人的馨香。是上天的安排，还是命运的捉弄？陆游和前妻唐琬都来沈园踏春。三十一岁的陆游，爱情失败、仕途无成，失落像是拖在身后的影子，变幻着形状紧跟不舍。

这是分手十年后，陆游与唐琬在沈园的一次偶遇。

赵士程无意间看到陆游，贴心地告诉妻子："陆郎在此，何不送酒小叙？"

赵士程是唐琬现在的丈夫，名门之后，对唐琬心怀倾慕，在陆游休妻后，毅然与梦中情人牵手。婚后，他对唐琬如柔风甘雨，珍爱有加。在他眼中，唐琬就是一尊象牙雕刻的女神。本来，唐琬有些犹豫，是丈夫真诚的目光给了她勇气，便和丫鬟一起，来见昔日情郎。一别十年，盈盈泪眼。当初聚散心滴血，今日重逢情难按。浮生梦，恨缘浅，谁为逝水东流去？近在咫尺，已隔关山。陆游接过唐琬的酒肴，躬身一谢。世间有些情，注定要被辜负；被辜负的情，也注定会成为无法摆渡的劫。

送过酒，唐琬一个转身，便把心中的忧伤与哀怨，化作了红尘中的一抹清风。

陆游喝尽前妻送来的酒，提笔在墙壁上写下了那首令人肝肠寸断的《钗头凤》：

红酥手，黄縢酒，满城春色宫墙柳。东风恶，欢情薄。一怀愁绪，几年离索。错、错、错！

春如旧，人空瘦，泪痕红浥鲛绡透。桃花落，闲池阁。山盟虽在，锦书难托。莫、莫、莫！

据说，唐婉复来此地，见到这首含血带泪的词，悲从中来，不久，郁郁而终。

唐琬为情而死，像是一朵荷花，即便在风雨中凋谢，也不改高洁的模样。

陆游休妻再娶，晚年儿孙满堂，以八十五岁高龄辞世，因此被人说成薄情。

陆游休妻，是奉母命。陆母是大家闺秀，又是秦观铁粉，据说临产前一日还曾梦见秦观。秦观名观，字少游；陆游名游，字务观。名与字中皆有一字取自这位北宋的著名诗人，就是依陆母之意。秦观是婉约派翘楚，陆母既是他的粉丝，想必也是一位知书达理的贵妇；唐琬亦是官宦之女，颜值、学问、人品，样样不居人下，对陆母肯定也会贤淑体贴。据说，陆母还是唐琬的姑妈，她为什么要牛不喝水强按头，一手制造出这千古难解的爱情悲剧？

有一种说法，陆母曾让一个道姑算卦，说唐琬的八字与陆游不合。这大半是野史的牵强附会之词，封建社会重视命相，两人青梅竹马，早在婚前就应该走完了这个程序，怎么会在洞房花烛之后，以这个理由拆散一对有情人？

还有一种说法，因为唐琬不孕，陆游晚年也予以证实。细一想，也不足以令人信服。陆母即使急着为陆家开花散叶，也不该以两年为期。分手那一年，陆游二十二岁，唐琬年方二十，未来的生活是刚刚按下快门的胶片，还没有经过时间的显影液浸泡，陆母怎么就能断定，唐琬不能为陆家延续香火？唐琬再嫁赵士程，不是很快育有了一儿一女吗？

最重要的原因，应该是两人情意缠绵，陆母担心儿子深陷其中而耽误了仕途。

陆游与唐琬情投意合，婚后整天黏在一起。暮披晚风，小酌佳酿，同赏银河十万里；晨沐彩霞，轻啜香茗，共期相守一万年。两人的情话令路旁的花草都为之动容：你身着华服，高官显爵，一动十里行人避，我不向往；你蕙心兰质，风姿绰约，回眸一笑倾半城，我不惊艳。只愿青丝三千丈，你我共白头。我想，如果唐琬姿色、才学一般，陆母也许不会抽刀。那样的婚姻滞留不住儿子的脚步，遮蔽不了儿子的光彩；可是，唐琬实在太优秀了，亭亭玉立，就像清泉流过、兰花绽开。陆母感受到了一种危机，这危机如同出鞘利剑，寒光一闪，让她的心有些战栗。封建社会，入仕为官、建功立业是人生价值的唯一刻度，如果陆游沉溺于情爱而轻慢了功名，她怎么对得起陆氏先祖？

于是，陆母出手，镜破钗分。幸福原来如此脆弱，如同一只束之高阁的花瓶，一旦摔在地上，就成了难以复原的碎片。也许，陆游会哀告、央求、落泪，甚至不惜一跪；无奈，母亲就是儿子的天，天命难违！唐琬呢？不会跪求、辩白、哭泣，甚至会行若无事；她的高傲，只能让她把眼泪流进心里。再忧伤，泪水浇灌出的也是迎风怒放的蜡梅。

陆游薄情吗？陆游薄情，怎么可能在无奈休妻后，又将唐琬别馆安置，时时挂牵，日日幽会。要知道，在封建礼教森严的年代，私藏一个已经解除婚约的女人，令人不齿；瞒天欺母更是不孝。陆游当然知道这是忤逆之罪，但是，他实在无法抗拒内心的思念。

陆游薄情吗？陆游薄情，十年后与唐琬沈园相遇，怎么会一挥而就，成就了一首千古不朽的名篇？十年风雨两茫茫，相思无期魂断肠。魂断肠，情难忘，欲把心曲说与谁？梦中呢喃语，相拥在红帐。没有思念堆积，没有情感喷发，一首即兴而作的新词，怎么会把往昔的生活情景写得如此逼真，把被迫离异后的心境写得如此凄婉？诗人不敢对抗母亲，笔下的"东风"承载着他的不尽哀怨，一个"恶"字，更是把心中的悲伤宣泄得动人心魄。

陆游二十二岁与唐琬分手，八十五岁辞世，中间隔了一个多甲子。按说，生活的日常可以冲淡痛苦的记忆，时光的流失可以抚平昔日的伤口，可是，多少个四季轮回、晨昏交替，陆游对唐琬一直刻骨铭心。六十八岁那年，他又一次来到沈园，枫叶正红、槲树凋零，亭台如故、楼阁依旧，秋风吹过，地上铺了一层薄霜。第一次对视，两人的心就已经沉入对方双眸，再漫长的岁月也打捞不上来。只有思念，可以填平时间的壕沟，让破碎的心在冥冥中相拥："坏壁醉题尘漠漠，断云幽梦事茫茫。年来妄念消除尽，回向禅龛一炷香。"八十一岁时，陆游雪鬓霜鬟，已无力在"线下"祭奠唐琬，却还是在梦中来到沈园，完成了一次"线上"的追思："城南小陌又逢春，只见梅花不见人。玉骨久成泉下土，墨痕犹锁壁间尘。"

永远有多远？陆游用自己的一生做了丈量，他未负当年的誓言。

陆游儿孙满堂，高寿而终，岂能成为薄情的佐证？按照这种观点，他得知唐琬香消玉殒后，一路追随到天堂，才是情意满满吗？

封建社会，读书人深受儒家思想熏陶，忠君报国、建功立业是人生追求的终极目标。要做到这一点，必须入仕。像王维、陶渊明那样寄情山水、轻慢仕途的诗人极少。即便高傲如孟浩然，也委婉地在诗中表达了自己希望从政的愿望："欲济无舟楫，端居耻圣明。坐观垂钓者，徒有羡鱼情。"忧国忧民的杜甫则是直截了当，虽被冷遇也不灰心："朝扣富儿门，暮随肥马尘。残杯与冷炙，到处潜悲辛。"陆游生活的年代，金瓯破碎，大地蒙羞，他从小立下志向：出则致君为唐尧虞舜，处则效法颜回子思。爱情，只是他生活的一部分；一统中原，才是他的宿命。如果他为爱殉情，也许会得到一些轻薄文人的赞叹，但是在历史的语境中，还会有那个横刀立马的铁血诗人吗？在文学的长河里，还会有那些雄浑悲壮的壮美诗篇吗？唐琬泉下有知，也一定希望伫立在人世间的是那个吟唱铁马金戈的陆游；当初吸引她的，也一定是陆游睿智双眸后鹣动鸾飞的灵魂。只有它，才会让美丽的女人一见倾心，至死不渝。

或许，陆游不该写下《钗头凤》。有人叹息，赵士程十年付出，不抵陆游一首词。

我想，唐琬再嫁，肯定是收拾好破碎的感情，想在生活中重新出发。"昨日像那东流水，离我远去不可留，今日乱我心，多烦忧。"她希望的是，"明朝清风四漂流"。如果没有沈园巧遇，唐、赵的感情不会浓烈如迷人的牡丹，却也会有秋菊一样的清香。一点点抛洒时光，一天天消磨岁月，直到人生进入垂暮，红衰翠减，花残叶落。世间有情人，为爱痴迷为爱狂，又有几人不是沿着这样的路走过？也许，唐琬在心中一千次宽慰过自己，明月共赏，秋风同沐，各自珍重，彼此安好。谁料想，被堵塞的情感也会变成"堰塞湖"，一旦漫溢而出，破防便已注定。陆游的新词，让唐琬洞悉了他的内心。十年了，原来他和自己一样，从没有忘记过共有的风月。被痛苦煎熬的唐琬，终于有勇气让情感倾泻而出："角声寒，夜阑珊，怕人寻问，咽泪装欢。瞒、瞒、瞒！"读一遍陆游的词，唐琬的心就会被撕碎一次，等到再也不能缝合时，只能随风而去。女子痴情，爱情就是生命的坟。

陆游同样是深情的，即便有一些生命的定数，在未曾预料时就已经设好局，他无力突围，在迷局中仍奋力前行，静候岁月的收割；只愿在爱的秋天里，让生命有一次激情的绽放。对待爱情如是，对待心中的信念亦如是。他的真诚瘦如秋风，把一路的悲愤写进诗文；他的深情青天湛湛，把一腔的热血洒向河山。

诗人的远方不是诗

静夜风过，再一次摇响了希望的风铃。

淳熙十三年（1186）春，因为在江西提举常平茶盐公事任上，"草行露宿"，赈济水患灾民，触犯当道，被以"擅权"罪名免职还乡、闲居七年的陆游等到了一个好消息：朝廷重新起用他为严州知州，有了晋见孝宗的机会，可以到临安面对。这次面圣，陆游格外珍惜，"出师一表真名世，千载谁堪伯仲间"，他要效仿自己的偶像，向皇帝阐述北伐中原的设想。少年时确立的信念，已经被日月流年凸显成一幅生命的壁画，铭之于心，不可磨灭。

在临安的驿馆，陆游辗转反侧。春雨敲窗，红烛照罗帐，夜色如水心如镜，豪情随风扬。自信人生二百年，雪前耻，战边关，床头孤剑放寒光。

陆游难以入眠，翻身坐起，写下了《临安春雨初霁》：

世味年来薄似纱，谁令骑马客京华？
小楼一夜听春雨，深巷明朝卖杏花。

动辄被贬，做官的兴味已淡如薄纱，谁让我乘马来沾染京都的繁华呢？诗句有些哀怨，是壮志难酬的叹息。是啊，时年已六十二岁的陆游，露往霜来、容颜暗老，半生宦海沉浮，世情如纸，他怎么能不为山河的破碎伤感？皇帝下旨"召对"，又让他看到了希望。后两句清新秀丽，勾勒出一幅春色深深的景色，何尝不是他对政治清明的一种期许？

怀着这样的心态，一大早，陆游在侍从官引导下，步入延和殿。

宋孝宗从侧殿走出，在太监的搀扶下，坐上龙椅，看了一眼跪在殿前的陆游。

孝宗是南宋最有作为的皇帝，平反岳飞冤案，起用主战派人士，意图恢复中原；整顿吏治，惩治贪腐，重视农业生产，"卓然为南渡诸帝之称首"。但他有一个致命的软肋——愚孝。靖康之变，皇室宗亲几乎悉数被掳。他是皇室旁门，赵构无子，选中他做储君，并在龙体尚健时禅位于他，对此，孝宗是一百个感激涕零。收复中原的大计难免受到投降派养父掣肘，再加上战事并非一帆风顺，北伐的意愿便逐渐懈怠。

陆游叩首："微臣祝吾皇万岁，万岁，万万岁！"

孝宗也一把年纪了，眼窝微陷，眉毛稀疏，不再明澈的双眸像一眼被岁月搅浑的井，蕴藏着所经历的人世沧桑。他穿一件绛纱袍，袍上绣有龙饰，腰束金玉大带。望着跪伏在地上的白发老人，一抬手："爱卿平身，赐座。"

孝宗不是第一次见他，因为他诗名日盛，淳熙五年（1178）曾召对过他。那时，陆游因为"燕饮颓放"受到弹劾，免职赋闲。"入对"时他没有为自己辩白，讲到南郑的布局，慷慨淋漓，痛惜功败垂成的北伐大业；提出收复中原的请求时，血脉偾张，稽首而拜，请缨出战。孝宗没有理会，在孝宗心中，陆游只是一位出色的诗人，他欣赏的是他的文采，并非他的政治抱负。于是，让他到南方先后做了两任管理茶叶经营的官，这项差事，令陆游失望透顶，走出大殿一声长叹："世事转头谁料得，一官南去冷如冰。"

八年后再见，两人都添了不少白发。陆游认真阐述了对国事的看法，譬如国家行政必须主张公道；要提振士气，以应对当前局势；要做好北伐准备，"力国大计，宵旰弗怠"。

孝宗眯缝着眼睛听着，时而颔首，时而含笑。他端详着年长自己两岁的陆游，有些奇怪，什么"燕饮颓放"？这老头儿的念想一直放在保鲜盒里吗，怎么过去好几年了，仍新鲜如初，还是一副铁马金戈、气吞残虏的劲头！陆游偷眼望望皇帝，觉得孝宗情绪不错，对自己的进言似有嘉许之色，心中的激情便如江水一样穿山破壁，呼啸而来。扫胡尘，吞残虏，鬓华如雪心不改，千骑踏残阳；雪国耻，射天狼，手枭逆贼清旧京，万朵心花放。不料，陛辞时，孝宗微微一笑，对陆游轻声道："严陵，山水胜处，职事之暇，可以赋咏自适。"

陆游顿时石化。临了，皇帝还是把他视为诗人。有如北宋柳永，仁宗认为他"工于填词，岂可令之仕宦"，柳永就此仕途无望，只能"奉旨填词"；陆游的志向完全不在诗上，但孝宗只是把他作为诗人欣赏。虽然他一再表达自己的报国之志和治国之策，孝宗嘴上没说，心思依然：此人工于诗词歌赋，焉可用其领兵布阵？

陆游青年时师从爱国诗人曾几，"亲从夜半得玄机"，奠定了他成为诗人的根基。其实，他从曾几那里传承的不仅是作诗之法，更是坚定的爱国情怀。

陆游不想成为诗人，他心心念念的远方不是诗，而是收复失地的战场。

赴任严州，尽心仕事的同时，陆游没有谨遵皇命，游历山水，作诗自娱。有诗新出，抒发的也是一统中原的情怀，只不过，相对于昔日的气吞虹霓，切换成了另一个主题：遗憾。"山城老去功名杵，卧对寒灯泪满巾"，对于孝宗，陆游的感情十分复杂。宋代极重科举取士，其公卿士大夫罕出科举之外者，特诏赐第者更无几人，且皆需召试。独陆游"不试而与"，被孝宗钦赐进士出身，知遇之恩当然铭记于心，不过，孝宗给他的定位他却颇不愿领。他不想"赋咏自适"，"何时拥马横戈去，聊为君王护北平"才是他想要的人生，可惜，岁月没有在这里逗留，给他一个凛然自证的机会。有些东西错过了，就永远不会再来。

南郑，是陆游人生的分水岭。这之后，他的诗不再是晶莹剔透的山水小品，成了雄浑悲壮的时代画卷。他还会让花草入诗，不过，此花已非彼花："为爱名花抵死狂，只愁风日损红芳。绿章夜奏通明殿，乞借春阴护海棠。"这首歌咏海棠的诗，是他在成都的即兴吟唱，"名花"何尝不是国家和民族的暗喻？山河破碎，金瓯残缺，损害红芳的"风日"，不正是异族侵略的铁蹄吗？一个"抵"字，有多少激愤；一个"愁"字，流露了多少忧伤；尾句一个"乞"字，更是把一腔激愤推向极致，像流星划过，拖出一束锥心的寒光。

陆游的诗词中常有武侯身影，称赞诸葛亮是真英雄，"茅庐琴下风云涌，三分神州酒棋中"，算是诸葛亮的铁粉。诸葛亮乃一代人杰，却终未完成一统中原的大业，"出师未捷身先死，长使英雄泪满巾"，这和陆游有心杀贼、无力回天的境遇何其相似乃尔！与其说陆游是在为诸葛亮鞠躬尽瘁的高尚气节而感叹，莫如说抒发的是自己理想未竟的遗憾。其实，除了豪气可与武侯相比，实操能力怎么能同日而语？诸葛亮一代名相，实权在握，为一统中原六出祁山；陆游呢，理想如同转圈的木马，有一段恒定的距离永远无法企及。

陆游幼读兵书，"靖康之乱"期间，曾和家人寄身于抗金的民军武装，接触了枪棒阵法；他性格豪放，喜结游侠，学剑四十年，善骑射，其志向是挥戈沙场、收复失地。十六岁那年，抗金名将岳飞饮恨风波亭，陆游闻听噩耗痛彻心扉。"靖康耻，犹未雪。臣子恨，何时灭！驾长车，踏破贺兰山缺。"从此，他吟诵着《满江红》，更加痴迷于习武、练剑，希望有朝一日能血染沙场。运筹于帷帐之中，挥戈在战场之上，陆游并非不具备这个实力，只是，前面若是绝路，怎么能奢望路旁会有希望守候？

不想成为诗人，终以诗人名世，不知道对于陆游，是悲？是喜？

其实，幸亏陆游没有统兵上阵。岳飞精忠报国，朱仙镇大破金兵在即，却被高宗以十二道金牌召回，在风波亭饮恨而死。以陆游的性情、才识和抱负，如果跃马沙场，也有可能成为一代抗金名将。但是，他是一个政治素人，不会揣摩皇帝意图，不懂见好就收，心地纯净，其下场未必会好过韩世忠和岳飞，孝宗让他写诗赋词，反而成全了他。当然，如果陆游的政治理想能够实现，北伐成功，中原收复，宋朝的文化、经济得到进一步发展，历史也将改写。从这个角度说，是历史辜负了陆游。

淳熙十五年（1188），在严州知州任上期满"待业"的陆游，再次应召进京，出任极为清闲的军器少监。孝宗内禅之前，想到陆游大才不可闲置，亲降手批，除陆游为礼部郎；孝宗继位，陆游第一个蒙恩受赐进士出身，禅位前又亲除郎官，占了孝宗在位的一头一尾，这一段君臣相交的旧话是美好还是苦涩，真是令人感慨、唏嘘。同时，陆游还兼实录院检讨官，参与修史。因为积极宣传抗金主张，再次被投降派罗织罪名弹劾，被继位不久的光宗下诏罢官，一返山阴就是十三年。嘉泰二年（1202），朝廷重召七十八岁高龄的陆游进京，主持撰修《孝宗实录》。本已绝意官场，然孝宗对他有知遇之恩，遂扶病离家。修史一年，心中从未忘却中原。纵然白发千丈，依旧是那个四十八岁在南郑前线跃马持戈的斗士。暮年，投降派独擅朝政，陆游被落职免俸、污谤加身，面对昏聩的现实，他放言："宁为雁奴死，不作鹤媒生！"犹如湖中一叶绿荷，傲娇地漂浮于风抽雨打的水面，不褪其色，不改其状。

嘉定三年（1210），一个冬夜。很静，用"死寂"来形容也不过分。

星隐去了，月儿也被黑云遮蔽；天地间，飘洒着零落的雪，与弥漫的雾搅在一起，像是上天垂下的灰色幕帐，在寒风中轻轻抖动，萧瑟、冷清，一点点剥离着万物的活力。

偶尔，传来几声犬吠、几声鸟鸣，那是大地沉睡时发出的梦呓。

陆游挣扎着从病榻上坐起。他的双眸浑浊，却遮蔽不住仍然炽热的目光，那是对黑暗本能的抗拒。回望一生，陆游哽咽无言。想驰骋沙场，却终未如愿；不想成为诗人，却为后人留下九千多首诗词，成了一颗光耀文坛的巨星。即便如此，陆游本质上仍是一名战士，每一次遇挫，都是为又一次冲锋蓄积力量。无论风沙弥漫，还是暑雨祁寒，从未放弃过心中的信念。梁启超读过《陆放翁集》后，铭感五内，写诗大赞："诗界千年靡靡风，兵魂销尽国魂空。集中十九从军乐，亘古男儿一放翁。"

壮哉，陆游确是从古到今、顶天立地的真男儿，伟丈夫！

且看英雄落幕。此刻，陆游正凝望窗外。落雪已停，月辉洒向大地，凄凉的晚风卷起几片枯叶，在空中发出嘶哑的低鸣。今晚的月亮真美，他又想起了南郑，想起了南郑的那一轮明月。不止一次，他和幕友对月小酌，憧憬山河一统的美好前景；当盈盈皓月被柔和似絮、轻薄如绢的浮云簇拥着升起时，他们已在醉酒狂歌，预祝北伐旗开得胜了。向往驰骋沙场，一心收复失地，就像鱼向往江河湖海，倾心自由地游弋；可是，陆游的理想始终被无情的现实屏蔽，就像一条被晾晒在岸边的鱼。诗人的命运，何尝不是那个时代的悲哀？

陆游让儿子找出硬弓和戎装，那是南郑留给他的纪念，寄托着一生的理想和企盼。可是，病骨支离，张臂已拉不开弓弦，盔甲也无力重新披挂。

一声悲叹。陆游移步案前，写下了那首荡气回肠的《示儿》，不久，辞世。

死去元知万事空，但悲不见九州同。

王师北定中原日，家祭无忘告乃翁。

李清照：欲语泪先流

1

一束目光，穿越八百多年的时空，又一次把我的心刺痛。

那是传说中的天堂吗？琪花瑶草，仙山楼阁，一道道虹霓将天空装点得如诗如画。你端坐神霄绛阙，凭栏回望来路。作为大宋词宗、千古第一才女，国际天文学联合会在1987年就用你的名字——李清照，命名了一座外太空水星上的环形山，这是难得的殊荣，你已经进入时光轮回，与日月同辉。可是，你的目光中除了明澈，为什么会有一缕欲说还休的惆怅？

我知道，你和赵明诚的爱情被人推崇，视为千年"孤本"，华美得无法复制；你为情所动，信手落墨，写下的词如杨柳含烟，绿尽神州。

据说，赵明诚梦中曾读奇书，醒来只记得三句："言与司合，安上已脱，芝芙草拔。"他不谙其意，父亲赵挺之的解释是，"言与司合"为"词"，"安上已脱"是个"女"字，"芝芙草拔"是"之夫"之意，"词女之夫"是也。"奇绝芝芙梦里情，先教夫婿识才名"，这个解释正合赵明诚心意。那时你已声名鹊起，赵明诚在太学读书，灯烛熄灭后，估计也有类似今日的"卧谈会"——宋朝的太学住宿条件也很紧张，每每十几个人挤在一条大通铺上，都是文学青年，指点江山，激扬文字，怎么能不被你的才华打动？"常记溪亭日暮，沉醉不知归路。兴尽晚回舟，误入藕花深处。争渡，争渡，惊起一滩鸥鹭。"写出这首词时你才十六岁，柳絮才高，颜值爆棚，又是官宦人家小姐，无疑会成为"卧谈会"的话语中心。我猜想，你和赵明诚后来在相国寺"偶遇"，也是事先安排好的桥段。赵明诚对你倾心已久，你的堂哥李迥与他同在太学读书，是无话不说的"上下铺"兄弟。你出游相国寺，他让赵明诚适时出现，以成就一段美好姻缘，顺理成章。一个对视，你们不是就走进了彼此的内心吗？

那以后，弯月如钩，繁星眨眼，你常常轻抚瑶琴，倚楼无语。月白风清，树影婆娑，寂静夜空，重云如铅。你有了心事，少女心事不可解，唯有明月可分忧。它知道，你在等一个人。他在你心里走来走去，已经走过了好多个日夜，什么时候能停下来，郑重地望你一眼呢？

这日，正在庭院荡秋千的你，终于看见了来求亲的情郎，激动之余，留下了那阕脍炙人口的《点绛唇》："蹴罢秋千，起来慵整纤纤手。露浓花瘦，薄汗轻衣透。见客入来，袜刬金钗溜。和羞走。倚门回首，却把青梅嗅。"

走下秋千架，罗裳已被薄汗沾湿，花朵上晨露晶莹，映出你如花的笑靥。忽然，闯进一位少年客，宛若白莲，在微风中摇曳。你满面含羞，抽身便走，慌忙中连头上的金钗也滑落了。可来客毕竟是心心念念的人，走到门口，你还是忍不住偷觑几眼，为掩饰娇羞，假装嗅着手中的青梅。少女的心思很单纯，你无心整个世界，只期待一枝定情的玫瑰。只是，送玫瑰的必须是赵明诚。

有一人，若良辰美景，给一方天堂也不换。

你们的结合堪称绝配：他的父亲赵挺之是吏部尚书，你的父亲李格非是礼部员外郎，两人政见不同，对子女的婚事倒是宽容。他剑眉入鬓，目若朗星；你发如乌瀑，脸似玉盘，眉心一点朱红色，倾倒半座汴京城。他一袭青衣，一把折扇，腹有诗书气自华；你一条长裙，一顶珠冠，羽衣常带烟霞色，阅尽人间桃李花。

建中靖国元年（1101），二十一岁的他和十八岁的你，青枝绿叶，绿鬓朱颜，如愿走进婚姻殿堂，他许你百年好合，你允他一世白头。

婚后，你们同乘一辆马车，在京城处处留下了爱的剪影。进池馆，赴绮筵，对月赏花，诗酒唱和；走街市，觅金石，共赏奇文，如琢如磨。

入夜，月色透过流苏的枝叶，洒下一地斑驳的光影。你点燃一炷沉香，罗裳轻衣，吹笙鼓簧，宛若夜色中绽开的一朵昙花，担风袖月。悠悠的旋律被爱一遍遍过滤，化作一泓清泉流过彼此的心田。忽然，你停下笙簧的演奏，对着铜镜补了一层淡淡的晚妆，眼波流转，如静水深流；双唇点绛，似樱花欲开。特别是你柳眉轻挑时流露的那一抹高贵优雅之气，更是让赵明诚情动于心。望着丈夫深情的目光，你笑道，晚上的那阵风雨驱散了炎热，现在，纱帐下的枕簟倒是很凉爽呢。

赵明诚呢？早在你的双眸中沦陷。夏雨，秋月，春花，暮雪，时序轮回，各司其美，唯有你的心中才有他最想要的风景。

清晨，阳光把云絮镀上一层金黄，陆离斑驳；微风中有黄鹂在鸣叫，百啭千声。略施粉黛的你走上街头，见一卖花郎的担子上，一朵朵鲜花"泪染轻匀，犹带彤霞晓露痕"，便买了一枝，云鬟斜簪，一脸欢喜。扭过头想了想，又有点忐忑，"怕郎猜道，奴面不如花面好"。回家见到丈夫，红晕悄然泛起，露出两个浅浅的酒窝，缠着他，非让他在你和花之间评出个高低。我猜，赵明诚看到云鬟插花的你，先是会笑你痴，可禁不住你的娇嗔与任性，便由衷一声赞："一枝春欲放，引得春光来；怎抵你，洁白芙蓉出碧水，百花竞放不知羞。"你呢，望着夫君，嫣然一笑，一个转身，娇羞之美在宜人的春光中流光溢彩。

你们的婚后生活真是甜蜜。"晓看天色暮看云，行也思君，坐也思君"，用唐寅的这句词形容十分契合。何须红笺小字，相守，日光似水东流。梨花斗雪，海棠争秋，诗情涌，月明时双倚玉楼。一日，侍女悄悄问一脸幸福的你："如果命运可以选择，天上人间，愿意在哪里停留？"你想也没想，随口吟出卢照邻的两句诗："得成比目何辞死，愿做鸳鸯不羡仙。"

那一刻，你目光如电。原来，并非只有太阳可以发光。

2

最是痴情真心爱，不负冬雪不负春。

谁说拥有不一定厮守，没有深情的对视，怎么能常驻彼此的内心？激情、浪漫和惊喜是婚姻的保鲜盒，缺失了，一个转身也许就会拉开心的距离。须知，幸福的索取一点也不昂贵，只是情郎的一个眼神，一声问候，一次相拥。你真希望这样的日子没有尽头，直到海枯石烂，地老天荒。

没想到，一场风雨后，半池残荷留。

崇宁元年（1102），由于朝堂党争，时任京东路提行的李格非，被宰相蔡京列入元祐党人名单，遭到残酷打压，罢官免职，贬出京城；属于元丰党的赵挺之则青云直上，升任尚书右丞，仕途如顺风行船，一路花团锦簇。

你不忍看到父亲暮年无依，白发迎晚秋，人生本来短暂，怎敢命运多舛？于是，写诗请求公公赵挺之施以援手，"炙手可热心可寒，何况人间父子情"，言之殷殷，情之切切。他是当朝宰相，位高权重，有强大的话语权。可是，你的一片孝心没能打动赵挺之，这在你的意料之中：两人虽是儿女亲家，却分属新党旧党两个阵营。赵挺之游走于官场，必然会权衡利弊，避难求福。朝廷已经下令，宗室不得与元祐党子女通婚，赵挺之虽非宗室，却是朝廷重臣，自然会谨言慎行。

令你失望的是赵明诚，他选择了沉默。沉默有时等同深邃，想净空杂念，包容天地；有时就是胆怯，潜身远祸，只为保全自己。随后，朝廷一纸诏令：元祐党人子弟不得在京居住，你没辙，只得回到故乡明水。夜雨刚停，地上一汪汪的积水倒映着放晴的蓝天，随即，被马蹄和车轮碾成一地碎影。经过太学，你叫停马车，掀起车帘，望了一眼那座肃穆的建筑。你想知道，此刻的丈夫是否也一夜未眠，牵挂着你的归途？回乡的路真的漫长，与你同行的只有孤独的身影。没有归期的远离最是令人惆怅，潜伏在前方的是什么？你心如旷野，入目皆是苍凉。

独居的日子，坐拥一把闲散时光；伸出手，你想揽住流年中的希望：

红藕香残玉簟秋，轻解罗裳，独上兰舟。云中谁寄锦书来？雁字回时，月满西楼。

花自飘零水自流，一种相思，两处闲愁。此情无计可消除，才下眉头，却上心头。

鸿雁没有衔来祈盼中的情书，它们排成"人"字，正一行行南归。相思之苦，刚从微蹙的眉间消失，又隐隐缠上心头。你是预感到了什么吗？风花雪月还是薄雾冥冥，你也说不清。总之，这阕《一剪梅》透露出的忧伤和愁绪，不应该属于一个正被爱情沐浴的女子。有人把"一种相思，两处闲愁"推演成两情相悦的深化，认为相思之苦正被爱的甜蜜浸泡，我只能无言一笑。愁绪溢满心间，由己身推想到对方，才有"两处闲愁"之说。可是，赵明诚已经结束了太学学业，入仕为官，凭他家的权势，想解决"两地分居"轻而易举；即便囿于各种制约一时难以办到，如果思念对等，也不会没有只言片语回音。少年夫妻，新婚一年即别，伯劳飞燕，独处的每一天都会被刻骨铭心的思念挤占。赵明诚没有回应，是沉溺于烦琐的公务无法分身，还是防备官场暗锤有意切割？不难揣测。有时，看破而不说破，不是愚钝而是珍惜。你对丈夫的爱一如既往。岁月如长歌，即便有杂音，你也一定会在他亮相时鼓掌。太阳落山以后，你不懊悔错过晚霞的壮丽，而是懂得怎样去珍惜皎洁的月光。

宋徽宗时期，残酷的党争是一场折子戏，你方唱罢我登场；场景与主角，一拉幕布，瞬间就会转换。

崇宁五年（1106），蔡京失势，宋徽宗解除了对元祐党人的禁令，李格非被重新起用，你终于回到京城与赵明诚团聚。不幸，风骨卓然的父亲不久后病逝，此生再无父爱呵护，你像一个夜行人，从此少了一支温暖心灵的火把。转年，蔡京再度得宠，赵挺之原本与蔡京同属新党，后生嫌隙，势同水火。蔡京掌权后，他也惨遭罢相，赵家兄弟还被蔡京罗织罪名投入监狱。像是蹦极，赵挺之或许无法承受这样巨大的人生落差，五天后，郁郁而终。

凄风苦雨的日子里，是你支撑起了一个风雨飘摇的家。什么是真爱？真爱就是——你只要微笑，对方就会开心；你只要跌倒，对方就会搀扶。

因为查无实据，加上徽宗对赵挺之的辞世多少有点歉疚，下旨放了三兄弟。你和赵明诚决定离开京城，前往青州定居，那里有一处公公留下的宅院。你想东山高卧，枕松涛，赏秋色，任清风拂面，听溪水潺潺；你想寄情天地，观月升，送日落，邀高士对谈，与侠客共舞。你不留恋朱门绣户的富贵荣华，有赵明诚在，即便没有星星的夜晚，也有花香与鸟语，也有流云和清风。足矣！

青州的日子是一条缝线，重新织补了你们潜在的婚姻裂纹。

像一对飞出樊笼的鸟，你们有了自己的晓风明月。昔日相府的奢华，变成了乡间茅舍的点点烛光。晴耕雨读，煮酒烹茶，原来，清贫不只是财富的弃儿，也是安宁的倒影。你们以"归来堂"命名书房；你喜欢《归去来兮辞》中"倚南窗以寄傲，审容膝之易安"的金句，自号"易安居士"，效仿陶公，种两畦青苗，养半塘鲤鱼，日暮荷锄至，相伴语依依。当然，这只是生活的点缀，对于满腹珠玑的一双才子佳人，生活的空格还是要靠读书、写作、吟诗填充。

赵明诚着迷于金石书画的搜集和研究；你酷爱诗词，也热衷购买古书、名画或彝鼎金石，那是丈夫倾注心血的事业，既然醉心波光潋滟的湖水，自然也会钟情水面上翩翩起舞的天鹅。多少个秋风送爽的傍晚，"归来堂"里灯烛闪耀，你们夫妻二人头碰头，共同鉴赏着一卷新购的古书，你发现一处瑕疵，他校正一处谬误，彼此相视一笑，顿时在对方的眸子里沦陷；多少个晨曦初露的早晨，你们展开一幅新得的名画，色彩淡雅，气韵生动，一山、一水、一木，尽显画面的层次感和空间感。记不起是第几次展开这幅画轴了，你们的情感已深深沉浸在灵动的水墨世界中；如果"淘换"到一件珍贵的彝鼎，你们更是会在浩如烟海的史册里寻找与它有关的历史记忆，探究它所承载的文化信息，每有新的发现，都会给彼此最美的惊喜。

晚饭后，到"归来堂"赌书是每天的"规定动作"：无论是谁，随意说出一个典故，指出此典出自哪一本书、哪一卷，精确到哪一页、哪一行，赢者饮茶。这实在考验一个人的博闻强记，每每你取胜。可以想见你开心举杯大笑，茶水洒了一身尚不自知的样子。正是，"桐荫闲话芝芙梦，第一销魂是斗茶"，这其中的情韵是一朵出水芙蓉，把你们的婚姻装点得高贵而典雅。

青州十年，你写出《词论》；赵明诚完成了《金石录》初稿。

那一夜，月色轻柔，满天繁星，树影在微风中摇曳，送来一阵阵栀子花的香气。赵明诚已醉入象牙塔，他放下酒杯，轻轻揽你入怀，指着书案上一摞厚厚的书稿，眼睛里尽是满足，那是一个男人心愿得偿的神色："今夜，夫愿初成；娘子平生之志，可是你的词作百世流芳？"你嘴角微微上扬，轻轻一笑，如灿灿星斗，暗淡了沉沉夜色，温暖了缕缕秋风。只是，赵明诚没有看出，尽管你的笑如一朵盛开的牡丹，有迷人的芳泽散发，也隐含一丝难以察觉的酸楚。你希望自己是一粒种子，生长在丈夫的花园，含苞待放，只为成就心上人的风景。

记得独居明水时，你还写下过思念丈夫的《醉花阴》。赵明诚惊艳你的文采，又暗含不忿，闭门三日，一口气写出五十首和词，将你原词插入，请高人评判。没想到，评者视为神来之笔的三句皆出自你手："莫道不销魂，帘卷西风，人比黄花瘦。"他将此事写信告诉了你，有自嘲，也有博你欢心的示好，你也像今日一样，只是淡然一笑。难道他不知道吗？在你心中，他才是一处不可错过的风景，才情碾压丈夫，何喜之有？唯有他信中透露的一个消息让你惊喜，天子有意大赦天下，你我团聚指日可待。你开始翘首以待，从梨花盛开盼到冬梅绽放，终于，等来了接你的马车。那天，春寒料峭，凉意未消，却是你的九九艳阳。

青州十年。你们像一对歌者，总是能在琐碎的生活中找到最动听的旋律，让快乐像花一样在岁月中绽放。重和元年（1118），赵明诚的人生迎来转机，奉诏返京，他要单骑赴任，留下你独守空房。你虽有林下之风，冰雪聪明，却改变不了一个事实：赵明诚是你的整个世界，你只是他生活中的一部分。除了红袖添香，赵明诚还有金石书画，还有事业功名，他有他的诗与远方。

你送他赴京时是怎样的场景？"长亭外，古道边，芳草碧连天。晚风拂柳笛声残，夕阳山外山。"或许，没有那么诗情画意，他只是双拳一揖，道一声："娘子保重！"便策马而去。什么样的离别最难割舍？远行人的背囊中装着你的心。望着丈夫一骑绝尘的背影，你秒懂，纵有太多的叹息，太多的眼泪，太多的不舍，也留不住远行的脚步。只是祈祷，他每一次回头都能看到痴心守望的你。

3

天国也有冷风吗，为什么你会微微蹙起眉头？

你的身后，是被繁星点缀的天幕，伴以云海、明月和翱翔的仙鹤，构成的画卷精美绝伦。临波凝睇，你巡视来路，目光停留在宣和三年（1121）那天——炎炎烈日，声声蝉鸣，一辆马车停靠在莱州的一座官邸前。

与丈夫分别四年后，你只身抵达莱州，与新任太守赵明诚团聚。日子在时光中一片一片飘落，内心的寂寞有几人能够坚守？你不愿被孤独围困，三百里舟车劳顿，阡陌纵横，于你，只是闲庭信步，因为有爱在前方引领。

你祈盼与幸福撞一个满怀。无数次，想象过久别重逢的情景：丈夫望你一眼，双眸如水，牵着你的手坐在床头，一个深情的相拥，彼此便融化在对方心里。小别胜新婚，这样的场景如日月流光，再正常不过。可是，下了马车，映入你眼帘的是，乐人吹笙，歌姬起舞，一对大红的"囍"字贴于正堂。赵明诚身着盛装，头顶花冠，正在接受宾客祝福。见到一路风尘的你，他神情略显尴尬，很快释然，牵过一位美娇娘，水眼山眉，风鬟雨鬓，两颊胭脂淡淡扫开，头上的秀发如乌云般浓密，挽成一个扬凤发髻："玉娘，快来，叫姐姐。"

你凄然一笑，心中堆积的枯叶一下被寒风卷起，昏天黑地。

在青州时，丫鬟告诉过你，路过太夫人房间，无意中听到太夫人对姑爷说："守制已满数年，应该考虑纳妾一事了。这是人伦天道，莫再迟疑不决。"你闻之震惊，又听丫鬟说丈夫没有拒绝，一股寒意涌上心头。你们的世界天荒地老，只容得下两人对视，你们的人生山高水长，只期待两人执手。没有子嗣，你不畏惧别人的冷眼和轻蔑，只在乎丈夫的承诺，空有满腹心事，奈何无处投递。你当时还痴望，丫鬟传递的信息是一朵不结果的谎花呢。

两天后，一轮明月挂在星空，微风吹过，送来阵阵花香。赵明诚终于来到你的房间，斟满酒，连干三杯："娘子，为夫愧对你了。纳妾一事，谨遵母命，还望娘子见恕。"他年过四十，尚无子嗣，纳妾本是寻常事。你心怀幽怨，是因为心房太小，没有预留出别人的位置，便强颜一笑："德甫，此事顺理成章，何来见恕？不怪你，是我命薄。"他靠近你，拥你入怀，比期盼的晚了两天："今生今世，我只爱娘子，若有来生，还望与娘子再结同心。娘子可信我？"

你信。你愿意相信。你没有给自己别的选项。

那一刻，你抬眼望着丈夫，泪珠悄然滑落。心乱如麻，只想对自己道一声："对不起。"你爱他已经胜过爱自己，最痴心的爱，无关伤害，无关对错，哪怕针刺入心，滴出的血落下来，也会润泽一朵傲霜的秋菊。

依然是，天寒，娘子添衣；日暮，娘子早睡。相敬如宾，举案齐眉。只是，客气中有了敷衍的成分，关切里添了寡淡的味道。多少次，你对镜自怜，望月叹息：我已红颜暗老，不可逆；你亦素心不在，犹可追？

靖康二年（1127），金兵南下攻取北宋首都汴京（今开封），掳走徽、钦二帝，北宋灭亡，史称"靖康之变"。同年，康王赵构继位，史称宋高宗，建立了南宋政权，并起用赵明诚任江宁（今南京）知府。

你返回青州，整理好"归来堂"的金石文物，南下与先前赴任的丈夫会合。

北国沦陷，偏安一隅的江宁夜夜笙歌，你看清了奢华掩盖的衰败，黯然神伤。车马辚辚，繁花似锦，可惜，城市无魂，再喧嚣也是荒寂的倒影。你无法与现实和解，因为现实中的一切已被浊酒灌醉。你担心，璀璨的宝石装点的不是王公贵族的华丽服饰，而是一个王朝彻底终结的挽幛。

上巳节，你邀南渡的赵、李两家宴聚，时逢乱世，亲朋聚首何其不易！风也急，雨也骤，相逢一笑泪难收。烹几样小菜，煮一壶老酒，沐晚风，赏云舟，相逢总引诗兴起，忍看繁华付东流。或许，酒精能疗心伤？不想，一杯酒，装满愁，白云片片随风去，只留伤感在心头。触景生情，你写下一阕《蝶恋花》：

永夜恹恹欢意少。空梦长安，认取长安道。为报今年春色好，花光月影宜相照。

随意杯盘虽草草。酒美梅酸，恰称人怀抱。醉里插花花莫笑，可怜春似人将老。

宴聚之后，深沉的夜色还是要将短暂的快乐吞噬。"永夜"二字，寓意的是山河破碎的凄惨时局；故都汴京常常走进你的梦中，醒来，唯见江宁府宅月色满窗。长夜不尽，空梦难眠，即便是再美丽的春色，在你的心里也黯然无光。词的最后两句，卒章显志，点化出你伤怀的原因：年过不惑，还醉酒插花比美，花请莫笑，欢颜后面隐藏的凄苦、忧愁和失望又有几人能懂？知道吗，春天也像人一样，快要衰老了。这个"春天"暗喻盛世繁华的大宋，它将春光不在，一不留神，就会消失在历史的拐弯处。国仇家恨，心怀悲怆，忧国伤时，词风凄凉。

"靖康之变"后，你的诗词风格明显为之一变，情爱之作渐少，表现家国之忧的作品增多，由清丽、隽永转向苍凉和忧郁。面对南宋小朝廷的苟且，你痛惜："南渡衣冠欠王导，北来消息少刘琨。"五胡乱华，西晋灭亡。晋室南渡，在一片颓靡的氛围中，王导和刘琨奋起抵抗，你感叹南宋缺少这样的忠臣义士，悲愤之情溢于言表。"秋已尽，日犹长。仲宣怀远更凄凉。不如随分尊前醉，莫负东篱菊蕊黄。"是的，比起仲宣在《登楼赋》中所抒发的怀乡之情，你的内心更加凄凉，他是怀念故乡，你是怀念故国。可是，你真的想学陶渊明，为摆脱忧愁沉醉酒中，以不负东篱盛开的菊花？一介弱女子，既不能金戈铁马驰骋沙场，又不能面圣谏言献策庙堂，只能插花描红，吟诗作赋，尽一个妻子的本分。你也想过随遇而安，像一朵蒲公英，飘到哪儿算哪儿。不过，一杯薄酒入喉，热血不就被点燃了吗？此生有一恨，未生男儿身，原来，捉放日月，收复河山，才是你想要的诗与远方。身难至而心向往，这种煎熬和无奈难与人道，只能把一腔愁绪诉诸笔端："感月吟风多少事，如今老去无成。谁怜憔悴更凋零。试灯无意思，踏雪没心情。"

在江宁，赵明诚勤于政事，虽然没有表现出你期待的男儿担当，仍是你情感的归属；直到那晚火起，你才第一次怀疑，是不是将心错寄。

建炎三年（1129）三月，江宁的御营统制官王亦意欲投金，密谋夜半起兵，点火为号，里应外合，夺占大宋城池。太守赵明诚正好接到朝廷诏令，调任湖州知府，得知密报后，为避祸，竟

"缒城宵遁"——麻溜地拴着绳子从城上吊下来，趁着夜色颠儿了。随后，赵明诚被朝廷就地免职。

你与丈夫离开金陵，乘船上行，打算在赣水择一地而居。

繁华已去，人若游魂，第一次，赵明诚在你的眼中不再靓丽。你羡慕东山高卧的神仙眷侣，寄情青塘瓦舍、雪松翠竹的田园生活，如果人生是一幅拼图，你希望每一块都带有山水的潋滟；可是，丈夫因怯敌而被放逐，这样的归隐让你不堪。人生已经残破，沉醉再无清宵，尽管两岸景色如画，你却不愿多看一眼。

赵明诚表面风轻云淡，内心已危机四伏。仕途受挫，琴瑟不调，也许，陪伴自己的只有金石书画了。途经和州乌江县，江边有霸王祠，你们舍舟上岸。这个世界之所以不同，是因为每一个灵魂所向往的风景迥异。他上岸是为寻觅金石文玩，完善自己的心血之作；你弃舟是为追祭英雄，抒发忧国忧民之情。项羽兵败乌江，本来有机会重回江东以图再起，然而，连番苦战，血染征袍，壮士抽剑自刎，血洒乌江。明明可以生还却偏偏选择死别，褪去西楚霸王所有的光环，留下的是一个英雄的底色——顶天立地，光明磊落，向生而死，无愧于心。

祠内，有项羽黄杨木像一尊，手持宝剑，金刚怒目。

站在木像前，你点燃心香一炷。对比南宋小朝廷"靖康之难"后一路苟且，赵明诚危难时刻"缒城而逃"，你五味杂陈，折骨为笔，成就千古绝句一首：

> 生当作人杰，死亦为鬼雄。
>
> 至今思项羽，不肯过东江。

赵明诚侧立一旁，听你吟出诗句，如重锤击心，已是汗颜无地。

再上船，江水无言。若是以前，水面泛起旭日，岸边传来渔歌，你们会吟诗唱和，举杯共饮，诗情融化在日色里，憧憬燃烧在霞光中。而此时，孤独如雾，已将你们彻底淹没。一个船头，一个船尾，各自品尝着难言的忧伤；即便相对而坐，他也看不见你的笑颜，你也望不断人生的归途。一怀悲情锁愁绪，忍看江水东流。山盟犹在，壮志已休？好男儿，一肩担起家国恨，横戈跃马，觅封侯。

船至池阳，朝廷因为急需用人，不得已重新起用赵明诚为湖州知州。

新的诏令下来，仿佛是阴霾中一道闪电，一下照亮了赵明诚生命的夜空。他觉得，这是命运恩赐的厚礼，以后的路不再落魄，立马前往建康面圣谢恩。几百里土道，一路狂奔，因为酷暑颠簸，急火攻心，意外染上重疾。

你闻讯，从池阳匆匆赶到建康，赵明诚已经命在旦夕。几天前分手时，他还目光灿灿，葛衣岸巾，精神如虎，一副满血复活的神态。当时，他一勒手中缰绳，胯下马仰头发出一阵嘶鸣，望着船头站立的你挥手而别。你心有千言万语，却被别情一下冰冻，只痴痴问了一句："如传闻城中缓急，奈何？"赵明诚已经急不可耐，黑暗之中，峰回路转，他太想快一些去承接皇恩雨露，太想有一个平台去洗刷自己的耻辱了，只回了两个字："从众！"欲走，又折回马头，不放心地交代了万不得已时物品丢弃的顺序，叮嘱宗庙礼器务必随身携带，与之共存亡。你一时无语，原来，宗庙礼器与你的生命等同。落寂之余，你没有想到这一次转身会是生离死别。此刻，他气若游丝，目光迷离，挣扎着想要提笔，是觉得有负于你，要写诗以示歉疚吗？江宁的叛乱如果没有被及时平定，你尚不知遭遇如何；还是耻辱未洗，心有不甘，不愿离泪两行，别情一缕，就这样告别纷繁喧哗的世界？只是，大渐弥留，他颤抖的双手已经握不住纤细的笔管了。

国破家亡。从此，你无父、无夫、无子，孑然一身。

你的双鬓开始长出白发，眼角也有了细碎的皱纹。力尽筋疲，颠沛流离，明天是一幅被夜色吞噬的画，不知晨光初现时，展示在面前的是怎样的情景？不过，你的内心依然纤尘不染。绍兴三年（1133），南宋遣使赴金国，慰问被囚的徽宗、钦宗二帝，有感于使臣勇赴国难的情怀，你赋长诗相赠，收尾两句"欲将血泪寄山河，去洒东山一抔土"，报国之情如雨后虹霓，仍熠熠生辉。

哲人有言：火把即便落在地面，火焰照旧向上燃烧。

4

一轮满月，高悬中天，有人总想找出它的阴影。其实，月亮没有光的地方叫月海——那不是阴影，而是月球表面比较低的平原。

你是大宋文学天空的一轮皓月，无须争议。有人偏偏要放大你身上的"阴影"——好赌与离异，以此淡化你的辉煌。你静默无言，没有一点惊诧，那一份坦荡令人动容。是的，一切都会衰老，唯有自信不会输给岁月。

"打马"是宋朝流行的一种博弈游戏，需要才智：以棋子为马，依图经规则，于棋盘内布阵设局，闯关夺隘，以袭敌战绩定输赢。你晚年作有《打马图经》《打马图经序》《打马赋》，称打马游戏"实博弈之上流，乃闺中之雅戏"，而自己打马几乎战无不胜。你热衷此技，除了驱赶丈夫离世带来的无边寂寞外，主要是以打马博弈为隐喻，表达对时局的看法。比如，游戏中有一个环节：落堑。当玩家的战车落堑时，很可能已经被敌方战马摆开的阵形围困。这时，只要获得特定点数，落堑的战马就会如刘备的的卢马一样，飞身跃过"檀溪"，摆脱危局。对应当时的局势，大宋疆土被金人一片片蚕食，南宋皇帝不是逃难，就是在逃难的路上，如同落堑的战车。朝廷不思积累起化解危局的足够点数，还打压力主抗金、收复故土的爱国人士，怎么能不让人倍感悲怆？你是想借打马游戏，为心灵寻找一处安居之所，在进攻与防守的棋盘对弈中，体会挥戈沙场的快感，弥补不能纵马杀敌的心理缺失。可是，棋局散尽，弯月如弓，面对案上清冷的烛花，孤独仍如无处不在的夜色，盘踞在你心中的每一个角落。

家国之恨，情无所依，什么都是浮云。你的不甘与幽怨，能在博弈的胜局中得以宣泄吗？

当然不能。《打马赋》气势磅礴，文采璀璨，表面寄情游戏，实则是借题发挥，收尾处，"木兰横戈好女子，老矣谁能志千里，但愿相将过淮水"——驱除鞑虏，收复中原之意尽显。只是，"但愿"二字显得是那么苍白，宛若幕布将垂，留下的一声悲叹。当时你流寓金华，凭吊当地名胜八咏楼，题诗："千古风流八咏楼，江山留与后人愁。水通南国三千里，气压江城十四州。"山河破碎，徒成半壁，一个"愁"字，蕴含着多少无奈与愤慨，棋盘上的小胜如镜花水月，怎么能抵消丧土失地的惆怅？

纵然水域广阔，楼宇高耸，又当如何？偏安一隅的南宋小朝廷文恬武嬉，醉生梦死，仅存的国土还会不断沦陷。你心越闺阁，胸怀大爱，何曾有过玩物丧志的沦落？说你是赌徒，实在是对一个高贵灵魂的亵渎。

鲲鹏觅食的时候也许会低于燕雀，可是，它的双翅已丈量过万仞高山。

比起好赌，"荡妇"两字对你的侮辱性更强。赵明诚离世后，你凄苦无依，孤独像潮水般涌来，无法抵挡，来到南京投奔在朝中做官的弟弟李远，得到了亲情的庇护。是的，爱情也许短暂，亲情才能永远，可是，再短暂的爱情也是昙花，能灿烂生命的夜空。你需要有一双臂膀依靠，在微风中去欣赏半湖睡莲、一天烟云。这时，一个叫张汝舟的渣男趁机潜入你的生活。婚后你才发觉，这是一次危险的泅渡，险些使自己的人生彻底沦陷。他爱慕的不是你的才华，而是你的财富，一切花言巧语和体贴关心都是狼外婆哼出的催眠曲。得知价值连城的金石字画已散失殆尽，尚存的几件也氤氲着赵明诚的体温，你发誓要用生命守护时，他原形毕露，对你恶语相加，甚至家暴。你决定结束这段婚姻，让不堪的记忆在岁月之河中溺亡。

你知道，再婚已被指摘，离异会给自己带来更加难以估量的名誉损失，成为公众羞辱的对象，然而你不怕。宋人胡仔对你的文采颇多赞许，称"近时妇人能文词，如李易安，颇多佳句"，但对你再婚离异极为不屑，他援引你写给翰林学士綦崇礼书信中的关键句"猥以桑榆之晚景，配兹驵侩之下材"，轻蔑地评判道，"传者无不笑之"。綦崇礼是赵明诚的表弟，对你知之甚深。按照宋朝法律，起诉丈夫，无论对方是否有罪都要获刑两年。正是通过他的斡旋，你在与张汝舟离异后才免除了牢狱之灾。这两句话是你对亲友的由衷感叹，"我怎么会在自己的晚年，以清白之身嫁给这么一个肮脏、低劣的市侩呢?"本是辩白之语，倾诉了心中的愤懑，理应得到同情与理解，可是胡仔的不屑，却让你从才女变成了受人耻笑的荡妇；同时代的王灼亦承认你才力华赡，词采非凡，即便在士大夫中都难得一见，对你的再嫁离异，也只给了六字评判——"晚节流荡无归"；还说，历代淫词艳曲达到不知羞耻程度的，数你为甚。何为淫词艳曲，不过是"笑语檀郎，今夜纱厨枕簟凉"一类的夫妻情感表达，清丽委婉，与淫艳无关。王灼以此诟谇你，应该还有另外的因由。

宋朝是程朱理学发展成形的年代，不过，寡妇再嫁还能为社会舆论所接受。只是，精英阶层对女子要求严苛，再婚会被视为私德有亏。宋以后，程朱理学成为官学，逐渐占据了绝对的正统地位，贞节观也就成了一种普遍的社会意识。民间的节妇被地方官上报朝廷后，会在门楣悬挂匾额表彰。至十八世纪，中国已处于最后一个君主专制社会的全盛期，有数以万计的贞洁烈妇获此"殊荣"，贞节牌坊成了当时中国一道独特的风景，不知掩埋了多少鲜活的人生。你的再嫁和离异成为社会主流完全不能接受的道德缺陷，是因为被后人视为天作之合的理想婚姻，本该供奉于殿堂接受人们的顶礼膜拜，女方却在丧夫后再嫁，怎么符合天道人伦? 于是，记载你再嫁的相关史料尽管言之凿凿，皆被当作谤词视而不见。事实与否并不重要，重要的是，什么样的你更符合他们的道德诠释。他们不在乎你的所困所惑，只是按照变幻的时风雕刻你的形象，不管你的心痛与不痛。

如果不把你当成文化符号，而作为一个活生生的人——多愁善感又深明大义，婉约缠绵又充满阳刚之气，被爱滋润也被爱伤害，为情所困又一生为情所系，那么，站在我们面前的就是一个鲜活的你。遗憾的是，人们已经习惯把你的词当成自传，词中的情感表达也被一一对应在赵明诚身上，"忠贞"就成了你人生唯一的背景板。

我好奇，假设有重新来过的机会，你还会走出被人诟病的这一步吗？

你缄默不语，目光深邃而淡定，流露出历经世事纷扰后的从容。你是才华横溢的词人，亦是情感绵密的女子，毕竟你才四十八岁，纵然相思千般苦，唯有孤独最难医，内心的寂寞难与人言。再说，男人可以三妻四妾，为什么女人要遏制人性，以成为"节妇"为荣？你的再婚，既是一次情感寻觅，也是向男权文化发起的一次抗争，与背叛无关。弟弟李远懂你，所以热心为你牵线搭桥，不是怕你拖累他，是担心你的晚年没有被幸福牵引。什么是幸福？不是不停地追逐，而是在落单时有人陪伴。以你的性格，你会依据内心的召唤去丈量自己的人生。至于所遇非人，那是命运一时走神儿，"我本将心向明月，奈何明月照沟渠"。奈何？

其实，对你的舆论围剿，潜伏着一种男权文化的"霸凌"。

两程时期，女子求学受到尊重，特别是官宦士绅人家的小姐，读书作画常常是一种身份的"标配"。不过，识文断字限于明达事理，将自己的诗文广播于百家墙垣之外，则视为德行有亏。诗词是个人的内心独白，一个女子让其在世间传播，岂非放荡无形？程颐的母亲很有才情，令程颐骄傲的却是，母亲平生作诗不超三十首，且都不存之于世。早在东汉时期，班昭在《女戒》中就说过："妇德，不必才明绝异也。"意思是，一个女子的优良品德，不需要通过为大家所看见的才能和技艺来彰显。后来，尽人皆知的古谚，"女子无才便是德"——本意也不是要求女子不能有才，而是警示女子有才更要懂得温和与谦卑。文坛历来为男性把持，小女子客串可以，拔得头筹还要指点江山，自然会触动男权文化的敏感神经。

你呢？不仅匹马单骑擅闯词坛，还舞动一支梨花枪，搅得周天寒彻。

二十四岁，你作《词论》，挥斥词界江山，点评词坛大咖，从柳永、张先、宋祁、元绛，到晏殊、欧阳修、苏轼、王安石、晏几道、黄庭坚，逐一挑出了他们填词的毛病，见解宏阔，立论新颖。在数落了一众词界顶流后，你认为女性阴柔妩媚，在填词上具有先天的性别优势，虽然没有直接把自己的词与这些大佬PK，顾盼自雄的姿态在开篇就可见端倪：一个叫李八郎的歌者，易服匿名，闯入一个名士派对，叨陪末座。因为他衣冠不整，精神沮丧，没有人理睬他。然，一曲歌罢，众皆泣下——惊诧、佩服加上激动，一个个哭得稀里哗啦。一篇议论文以叙事的方式开篇，熟谙文章作法的你当然不会如此唐突，联系你以女词人身份闯入文学殿堂而被人轻慢的背景，不难看出，李八郎就是你的隐喻。

你不顾忌以才女自居。特立独行是陡峭的山路，你偏要攀援而上。不畏惧荆棘丛生，不在乎孤立无援，因为，路的两旁绽放着你想看的风景。

三十岁时，你写下这样的诗句："学诗三十年，缄口不求知。谁遣好奇士，相逢说项斯？"项斯是晚唐诗人，本寂寂无名，后得到杨敬之推崇，逢人便夸，于是声名大振。你以项斯自比，并不求闻达于世，但是挡得住别人的夸赞吗？这种雄心万丈的人生姿态，在你后期的作品《渔家傲》中几乎直言："我报路长嗟日暮，学诗谩有惊人句"，这里的"谩"作"空"解，意思是，去路正长，日色已暮，我纵然少年成名，诗词高蹈绝妙，可惜人们不如我预想的那样懂得欣赏。这是孤芳自赏吗？不，这是一个才女的真情袒露。"气质美如兰，才华馥比仙"，曹雪芹对妙玉的这句赞美你同样当得，你的易安词，已经成了一个时代的logo。

在抵制女子习文成为一种风气的年代，你痴迷创作，从未有过一丝歉意，而且，高情逸态。世人无法和你在文学上对决，又心存怨怼，正好，你的再嫁、离异给了他们一次集体宣泄的机会，王灼对你的抨击亦有这个原因。如果你才智平庸，自然不会成为舆论的风口，炊烟再如朝霞一样妩媚，也引发不了世人的妒忌。可是，你太优秀了，窈窕深谷，唯你最美，所以，你必须要用才华为自己的桀骜不驯买单。

5

人生一世，到了，留下的只有念想。

以往的悲欢离合，被时间切割成一段段往事，铺设在曾经的路上，可以驻足回望，却永远无法再一次抵达。你们的一场旷世之恋，赵明诚也许有过短暂的游离，而在你的生命中，他始终是最重要的存在。

《祭赵湖州文》是你的泣血之作，原文无存，只剩一对残句："白日正中，叹庞翁之机捷；坚城自堕，怜杞妇之悲深。"庞翁是唐代禅门居士，一日，预感自己将要入灭，命女儿到室外观日。女儿回告，日已中天，突现日食。庞翁出门察看，女儿趁机登上父亲升化的座位，合掌而灭。你用这个典故是想安慰自己，赵明诚先你而去亦是天命使然，若你先走，他也会痛不欲生。第二句，则是"孟姜女哭倒长城"的故事本源：春秋时期，齐国与莒国发生战争，齐国将领杞梁战死，妻子得悉后大哭十日，竟将莒国城墙哭塌。哀悼亡夫，你的悲痛并不比杞梁之妻少。

这种追思之情，在你晚年的《孤雁儿》中，抒发得更为真切动人。词作借咏梅，表达了你对丈夫的不尽怀念："小风疏雨萧萧地，又催下、千行泪。吹箫人去玉楼空，肠断与谁同倚？一枝折得，人间天上，没个人堪寄。"词中的"吹箫人"借指赵明诚，什么是怀念？就是一颗心对另一颗心的牵挂。只是，"上穷碧落下黄泉，两处茫茫皆不见"，没有丈夫的身影，你折了一枝花也无人可寄，经历的美好只能在梦中重温。醒来，"病起萧萧两鬓华，卧看残月上窗纱"，每日，陪伴自己的只有那深沉含蓄的木樨花了。

在一些人笔下，你因为晚年无所修为，所以寒蝉凄切，漂泊无依。

事实是，与张汝舟离异后，你应该恢复了命妇身份，晚年生活本可以锦衣玉食。你的表妹是秦桧夫人，秦桧乃当朝宰相，权倾一时，找他庇护并非难事；卖出一件文物亦可轻获千金。只是，秦桧卖国求荣，以你高洁的品行避之唯恐不及；仅存的文物寄托着你对丈夫的怀念，与自己的生命已融为一体，更不可能以此换取生活的优渥。即便如此，以你的家世和社交圈也能衣食无虞。给人孤苦凄凉的印象，大约源于两个原因：一是你晚年多有凄婉之作，读罢令人唏嘘；二是再嫁、离异为人诟病，某些大咖有意为之，如胡仔、王灼，以示你咎由自取，自食恶果。

赵明诚离世后，你写下过《声声慢》，借助对秋景的描绘，抒发了国破家亡、孀居无嗣的凄凉。那是你对晚年悲情的一次梳理与凝望：

> 寻寻觅觅，冷冷清清，凄凄惨惨戚戚。乍暖还寒时候，最难将息。三杯两盏淡酒，怎敌他、晚来风急。雁过也，正伤心，却是旧时相识。
>
> 满地黄花堆积，憔悴损、如今有谁堪摘？守着窗儿，独自怎生得黑？梧桐更兼细雨，到黄昏、点点滴滴。这次第，怎一个愁字了得！

世间已被黑暗笼罩，星月无光，愁眉锁眼，还有令你走心的念想吗？

有。那一日，绿叶泛黄，间或有橙、红、棕各种色彩；秋天宛如一幅画轴，已徐徐展开。想起杜牧的诗句，"天阶夜色凉如水，卧看牵牛织女星"，你不由抬眼眺望深邃的夜空，仿佛是寻找银河两岸那一对痴男信女。良久，一声长叹，有释然，有挂念，也有难以言说的惆怅。随后，你吩咐丫鬟，将条案置于院中的菊花池。清冷的月辉中，一朵朵金黄的花蕊宛如点点繁星，落了一地。在丫鬟的搀扶下，你来到条案前，案上摆放着誊写清晰的《金石录》完稿，你点燃一炷香，青烟袅袅，暗香浮动，淡淡的烟雾在宁静的夜色中缭绕，仿佛空灵妙笔，勾勒出一行曲折神秘的轨迹：年少时，你与赵明诚在大相国寺牵手觅宝；独居明水，你把思念变成一把竖琴，弹奏出不尽的眷恋与忧愁；在青州，"赌书泼茶"，幸福像花儿一样绽放；后居建康，每逢大雪，你顶笠披蓑，循城远览以寻诗，得句，必邀丈夫唱和；战乱频发之际，为保护一车车金石文物，你数次涉险，几乎化身壮丽的飞瀑；到了，宝失人亡，残月上窗纱。

好在，倾注了赵明诚一生心血的《金石录》得以保全。

你举香过头，一滴清泪从眼角滑落，滴在菊花的花蕊上，美丽而又凄凉："德甫，清照有负你的重托，未能将你收藏的金石文物妥为保存，非我不愿，实为不能。祸结兵连，八方觊觎，我已尽力。所幸，妾身已将相公的《金石录》三十卷笔削整理，并作《金石录后序》记述成书经过，忆及与夫君婚后三十四年间的忧患得失。妾身才力不逮，唯真情无瑕。不久，即可刊行问世。"

你将燃到一半的香插入条案上的香炉，双手合十，又虔诚祷告："夫君若在天有灵，请送清风一袭，以慰我心。"

话音未落，有风渐起。你精神一振，接过丫鬟递上的酒壶，先斟一杯，弯腰洒在地上，又满一杯，高举过头，一饮而尽："今生，俗世红尘，清照已无牵挂。思君令人老，岁月忽已晚。德甫，我们夫妻相聚的日子不远了。"

千古才女，一代词宗，离世的具体情景竟史书无考。

同一时代的晁公武，是著名的目录学家和藏书家，治学严谨，对你的婚姻家世知之甚多，可谈及你的归处，只有一句话："晚节流落江湖间以卒。"

这不应该。你是大家闺秀、社会名流，因为改嫁、离异，晚年还上过"热搜"，怎么会被社会的舆论场边缘化？可是，你确是悄然而去，甚至连准确的卒年都难以确定。偏安一隅的南宋小朝廷，沉溺于灯红酒绿、笙乐歌舞之中；才华卓然、忧国忧民的一代才女已然淡出他们的视野。你呢，早就厌烦了饫甘餍肥的生活，也安于平淡。平淡是人生的底色，无论曾经怎样地喧哗，最终都如一缕静音，归入永恒。有一种说法，大约是绍兴二十五年（1155），你七十一岁，一天傍晚，你来到河边划起小舟，"杨柳青青江水平，闻郎江上唱歌声"，你似乎听到了赵明诚的歌声，余音缭绕，声动梁尘。人间之苦，莫过阴阳两隔，于是你顺流而下，再也没有回来。

这种告别的方式太过凄美，不过，在你后期的词中亦可觅得踪迹。

建炎四年（1130），为洗却"玉壶颁金"的诬陷，你写下过一首《渔家傲》。之前，你曾"躺枪"：一个学士到府上请赵明诚帮忙鉴定一只玉壶，鉴定完携壶而去。赵明诚离世后，此事被宵小之徒演绎成他曾献此壶于金。你一向心怀故国，不甘心丈夫的声誉被玷污，便携带家中所有贵重文物追赶逃难中的高宗，欲奉全部珍藏以证清白。一个弱女子，既无男眷随行，亦无兵士守护，凭一己之力押送十五车珍贵文物穿行于兵荒马乱之中。一路上，或有茅舍挡雨，或无片瓦遮风，还要防备金兵、强盗、军阀和地方豪强的觊觎，仿佛一片飘摇的落叶，随时可能被深不可测的夜色吞噬。一路追至温州，高宗已走。他不知道，当朝第一才女为洗刷污水正紧追自己，或许，知道了也无心他顾，逃命要紧。

你真是一位奇女子，闻之，情绪陷入低谷，眼界依旧超凡脱俗，"天接云涛连晓雾，星河欲转千帆舞"，你幻想自己置身飞舟之上，举头望月，但见云雾弥漫，船摇帆舞，于是，写下了这首"记梦"之作。借词人与天帝的一问一答，表明了心力交瘁、历尽坎坷后，你所向往的人生归处："闻天语，殷勤问我归何处？"——路长日暮，才华徒有，我已经厌倦了尘世的龌嶷。让我借助九天的旋风，从现实的桎梏中解脱，乘轻舟飞向蓬莱的仙山吧。

绍兴十一年（1141），南宋与金签订合约，不惜认贼作父，苟安一隅。你欲哭无泪，原盼望，理想能够照进现实，没料到，现实如刀，没几个回合，心已被刺得伤痕累累；你和赵明诚视为生命的金石字画，也在颠沛流离的人生旅途中基本失散殆尽，只有少数几件通过各种途径现身于江湖；世人对你的赞美如同彩虹，横贯历史的天际；刻薄的指摘不过是镜面上的污点，早被你淡然的目光忽略。你要乘舟去赴蓬莱的酒会了，那里的高贵、真情和纯美才能与你相配。你划啊划，仿佛变成了一只白鹭，在宁静的水面悠悠起舞。

海天相接处，等待你的归处已是云蒸霞蔚，八音迭奏。

巨灵一臂数中原

1

平地一声雷，绳断棺落。

这是一具黑漆描金的灵柩，抬棺者众。旧日，抬棺人数极有讲究，穷苦人家二人抬，富贵人家八人或十六人抬，至多不得超过六十四人。天子是九五之尊，驾崩后可由一百二十八人抬棺。从眼前的阵仗看，逝者绝非常人。果然，扶灵的行人宋恺见状一惊，神色有些凄惶，忙拱手一揖，对迎灵的海南州府官员道："死者为大。看来，阁老思乡心切，踏上故土，便不想多走了。此地离阁老故居不过数里，就此安葬吧。"

上面一幕，发生在弘治八年（1495）秋的海口市郊。

阁老，丘濬也，海南琼山县府城镇下田村人。名震当朝、深受皇帝器重的户部尚书、武英殿大学士，三月卒于任上。孝宗下旨辍朝一日，赙宝钞一万贯，追赠"太傅"，谥号"文庄"；并撰《特赐谥策文》，命行人宋恺扶灵送他叶落归根。

山一程，水一程，永远走不出的是故乡用石板铺成的小径。

自景泰五年（1454）丘濬置身庙堂，故乡就变成一支长笛，回响在耳畔的是不尽的乡愁。曾被同僚讥笑为"南蛮子"的丘濬，一点也不为自己生于海南而自卑；在他心中，海南就是人生的省略号，爱与眷恋尽在其中。他曾作诗："世间珍果更无加，玉雪肌肤罩绛纱。一种天然好滋味，可怜生处是天涯。"这里的"可怜"作"可爱"解，同王安石的"可怜新月为谁好，无数晚山相对愁"。意思是说，海南的荔枝无与伦比，因为它长在得天独厚的海角天涯。借歌咏荔枝，丘濬抒发了对故乡的一往情深。在清冷的偏殿候召，一声虫鸣或鸟叫，都会让他想起搁置在椰树下的童年。苍颜有加，思乡之情更是像午夜的浓雾难以化解。七十岁擢升入阁，位极人臣，这是多少封建士大夫孜孜以求的人生高光时刻，丘濬却在此前上书，请求孝宗恩准他告老还乡，自叹"残生无几，死期已近"。孝宗不以为然，很干脆地拒绝道："卿年德老成，已升重职，当勉就任，不允所辞。"坚持让他出任礼部尚书、文渊阁大学士。丘濬推辞，理由是，我的治国理念皆写于《大学衍义补》，皇上有问题尽可参阅，"不用臣身而用臣言，有胜于臣身见用而赐以高爵厚禄万万也"。

立身简素，不恋豪华，事了拂衣去，深藏身与名。丘濬的话，情动于中，意兴于外，令人心生崇敬，如见秋水东逝，落霞满天。

我们知道，南宋的真德秀著有《大学衍义》，但此书"衍"的是格物致知、诚意正心、修身齐家，把《大学》中的"治国平天下"一纲略去了。丘濬深以为憾，"仿真氏所衍之义，而于齐家之下，又补以治国平天下之要"，博采六经诸史百家之文，加按语抒发己见，故书名为《大学衍义补》。此书内容涉及政治、经济、文化、教育、司法、军事诸方面，宏论迭出，见解独特，是一部论述治国理政的儒家重要经典。

皇帝未允，丘濬黯然。转年，他患上白内障，又一次上书请辞，情状几近哀求，说如果孝宗能够钦准他的请求，让他死后在阴间不致做一个无目之鬼，则感戴天恩。孝宗仍不肯"放行"，但考虑到他眼神不济，承诺只要是刮风下雪天，可以不来早朝。

皇恩难辞，丘濬仰天一声长叹，思乡难归，只得"清梦时时到海南"。

在中国几千年的封建官场，挨风缉缝、登龙有术者常见；不恋官爵，一心求隐不仕者则寥若晨星。为官者即便残年余力，也愿意让"荣华"成为人生归途的最后一个路标。丘濬不是这样，他是真心想回到那个生他养他的边远之地，回到那个梦也是它醒也是它的心灵之乡："百计思归未得归，梦魂夜夜到庭闱。愁心苦似丸和胆，泪点多如线在衣。"健康状况日渐恶化，三个爱子先后离世，令丘濬倍感孤独；乡愁像是老屋前辘轳的井绳，一圈一圈将他的心箍紧；他想念家乡的椰子树、芒果林，想念日出时的海浪、落霞中的渔帆，想念童年的玩伴、私塾的书声，更想念家中独守孤灯的老妻和四岁幼子。年迈多病、心力交瘁，他已经无法负荷繁重的朝政；一直萦绕于胸的政治热情，渐渐演化成了对天伦之乐的向往和落叶归根的企盼；一生为国操劳，鼓衰气竭，他想完成一次重要的人生转换：拥有一段属于自己的岁月，共挽鹿车归乡里，樽前月下度余生。

丘濬一再请辞，还有一个重要原因：让位新进。他知道，士人学子，青灯黄卷煎熬，十年寒窗苦读，就是为了能够进身庙堂，一展平生之所学。自己位居中枢，"王殿东头第一班，朝朝屏息奉龙颜。百年已自七旬过，一日都无数刻闲"。新旧交替不可避免，历史就像曲折往复的长河，要想不断流，沿途必须有新的水源融入。在一篇奏章中他明确提出，古代社会，朝廷官员必须在年老力衰之年卸下职务，因为老弱的身躯会影响处理朝政的能力，继续为官大都是贪恋荣华富贵。他入仕，为的是江山社稷和天下苍生。官位之于他，只是如蚕吐丝的桑叶，一旦化蛹成蝶，就不再有任何留恋。

丘濬的可贵在于，请辞未准，并未就此懈怠。他明白，昨天的太阳晒不干今天的衣裳，今天的叹息也不会铸就明天的辉煌。既然"此身已属皇家有"，唯有更加尽心国事。老迈不等于枯槁，落红并非无情，身体的健硕是青年的专利，智慧的绽放则是老人的袈裟。

弘治五年（1492），丘濬又呈奏一折：《乞严禁自宫人犯奏》——几天前，有上千名自宫者聚集在礼部门外滋事，他们手持棍棒，围困尚书耿裕，追打礼部官员。原来，明朝的太监享有各种特权，致使不少人自我阉割，以换取进宫机会。宫中没有那么多空缺，一些自宫者就寻衅肇事。丘濬认为此事关系重大，主张严惩。如果法外施恩，会加速情形恶化；而一旦入宫成为太监，家族中人就能免税免役，变相加重了老百姓的税役负担；况且，太祖曾下旨废除宫刑，自行阉割者岂不是藐视太祖遗训？丘濬的建议被孝宗采纳，严禁自宫，违者严惩，间接限制了太监数量，舒缓了明朝政府长久以来的隐忧之一。

在紫禁城宽敞的甬道上，在皇极门庄严的金台前，常常有一位老人，瘦骨嶙峋，白发如霜，或踽踽独行，思索着国家中兴的方略；或双手握着玉板，向孝宗提出一项项利国为民的建议。为了策无遗算，他在昏黄的烛光下查阅经典，不知度过多少个不眠的夜晚；在瑟瑟的寒风中不愧下学，不知踏碎过多少片如雪的月光。在关乎社稷与苍生的历史叙事中，这位老人始终未曾停下前行的脚步，尽管步履蹒跚，背影却坚韧而挺拔。

弘治八年（1495），七十四岁的丘濬终于油尽灯枯，卒于任上。

老人辞世的细节，史书未有记载。我在想，"此生都无半刻闲"的老臣，临终时会是怎样的情景？或是握一支狼毫殁于案头，或是捧一册史书卒于灯下；或许，只是一觉未醒就进入了长眠？总之，那天星月无光，暗云低垂，夜空中弥漫着难言的凄美。位极人臣、恩宠并至，按说应该富贵显荣；可是，除了皇上亲赐的几件物品和数万卷藏书，这位名声赫赫的朝廷首辅身无长物，两袖清风，真乃一介"布衣卿相"。那一刻，时间肃立，山河静默，丘濬悄然与天地融为一体，人生无憾，心安便是净土；清廉自守，风过就是归途。这个世界上，从此没有了他的气息；天际间，却多出一颗闪亮的星，静观红尘绿路，祈祷人世太平。

关于丘濬的安葬有不同记载，一说墓地由皇帝御赐，一说丘濬暮年思乡心切，已请友人代选；而我，更愿意相信"绳断棺落"的说法。

从景泰五年（1454）入京到弘治八年（1495）卒于任上，前后四十一年，丘濬只是在母亲离世时回家守孝三年，后来就再也没有回过故乡。日月轮转，春风暗换年华，故乡是他心中永远的牵挂；一轮明月伴孤灯，多少次，凭栏南眺，青丝变白发。如果说，生活中有一种滋味最令人煎熬，永远是思念；一脚踏上海岛，他情不自禁地要俯身亲吻故土，不忘来路，无关阴阳，随着"落棺"的一声唢喊，浓浓乡情已化作天堂韶乐，在无际的天地间轰然奏响。

先哲有灵，不知是否认同后人的解读？

2

说起来，丘濬是封建官场上的一个另类。

曾任内阁首辅的徐溥在《谦斋文录》中这样评价他："为官一生，素来胸襟狭隘，睚眦必报，因小隙构陷同僚，党同伐异，终令声名受损，也诚为天下为官者诫。"同朝为臣，徐溥的看法不能说毫无依据，比如"睚眦必报"，信手即可找到一例：友人刘健曾说丘濬有一屋子散钱，却没有串钱的绳子。意为丘濬学问广博，但略显散乱，丘濬听到后立即反唇相讥："希贤（刘健的字）满屋子串钱的绳子，但没有散钱。"嘲讽刘健虽然能抓住要害，但见识有限。他的顾盼自雄还有一则逸闻可为佐证：据说，海南知府为测试其才，曾将幼年的丘濬踢倒在地，随即吟出上联，"一脚踢倒小童子，丘濬倒地不起，道："你把我扶起，即对。"待知府将他扶起，丘濬的下联脱口而出："双手扶起大学士。"

桀骜不驯的丘濬，在暗锤频出的官场却一路顺风顺水，实在令人称奇。

丘濬历事景泰、天顺、成化、弘治四朝，由庶吉士做起，经翰林院编修、侍讲学士、翰林院学士、国子监祭酒、礼部尚书、文渊阁大学士，一直做到户部尚书兼武英殿大学士，从未受过贬黜，晚年更是十三次请辞不准。真如徐溥所言，焉能在《明实录》落得如此美名："国朝大臣，律己之严，理学之博，著述之富，无出其右者。"

评价两极，丘濬的仕途为什么一路通达？他是胸襟狭隘的庸碌之辈，还是腹载五车的饱学之士？我们不妨试着来破解这一谜团。

　　和历史上的许多文人骚客一样，丘濬的诗和远方不是文墨。成化元年（1465），广西匪患猖獗，刚刚君临天下的宪宗下旨平乱。时任翰林院编修的丘濬主动上书大学士李贤，提出了自己的平乱战略。李贤看后极为赞赏，认为丘之所言："利害得失，明切详尽，用之必可成功。"于是，伏乞皇上俯赐睿览。宪宗看后也高兴得不要不要的，下令有关部门抄送总兵、巡抚，参照执行。后来平乱，"虽不尽其策，而濬以此名重公卿间"。

　　可见，丘濬确实有才，而且其才绝非止于文墨。悲催的是，从景泰五年（1454）礼部试中脱颖而出，直到古稀之年拜相入阁之前，丘濬一直从事的是文字工作。先是参与编纂《寰宇通志》，一部地理志书，早在洪武年间就已启动；丘濬在景泰六年（1455）被委以史官一职，全力投入此书编纂，翌年即告完成。这是一项浩繁的工程，前后拖了几十年，丘濬实际参与仅一年，便因此获得皇帝赏赐，被擢升为正七品翰林院编修，虽是依循惯例，也足以证明其才识过人，表现可圈可点。

　　天顺二年（1458），英宗下令重新编写《大明一统志》。此书为明代官修地理总志，英宗要求"聚天下英才"，遍阅累朝之史，旁搜百氏之言；义类凡例，悉有依据，信疑是非，均加订正，力求编出一部可以传之于后世的经典。丘濬以翰林院编修身份，参与《大明一统志》的编纂，足见其学识才华亦为英宗所倚重。四年后书成，没有新的编纂任务，也没有委以他任何实职，丘濬难得拥有了几年属于自己的时光，正好分得一处住房，六十余丈。他未置红烛灯台，照夜色薄凉如水；也不雕梁画栋，伴晨光隔窗赏梅，而是将收集和珍藏的万卷诗书尽置于此，建了一座私人书斋：槐阴书屋。

从此，生活的片段化作点点风帆，消失在天之尽头，放眼是无涯的知识海洋。

掬一轮明月，挽十里狂澜，汇万千见解为墨，抒一腔豪情作笺。求知的触角越是深入，丘濬越是觉得已获得的学问不过是海面上的一只漂流瓶，渺小而微不足道。立足千仞岗，与历代圣贤对谈，探究天地之真理；游心万古天，和八方来风对接，追寻宇宙之奥秘。就这样，孤灯相伴，草木为邻，他度过了人生中最丰饶的一段时光。几年苦读，夯实了他在经、史方面的造诣，他完成了第一部专著《朱子学的》，为后来撰写《大学衍义补》奠定了坚实基础。

如秋影鸿雁，双翅一展，丘濬已经立于翠微之巅。

或许是丘濬的学问太牛掰，虽然他在其他方面也显示出过人才干，却未被起用，其后任职皆与文墨相关。寂寞繁华，冷月照天涯，空披一身戎甲。丘濬为此失落过，直言："仕宦不出国门，六斩官阶，皆司文墨，莫试莅政临民之技。"直到他升任礼部尚书后主管詹事府，也是打理太子的学习和日常。其实，远离权力中心，降低了他卷入党争和权斗的风险，使他有充裕的时间刻苦读书，历时十年完成了鸿篇巨制《大学衍义补》，笔落惊风雨，诗成泣鬼神，因此而深得孝宗青睐，又何尝不是一件幸事？摆弄文字看似清闲散淡，却非常考验一个人的才学，非饱学之士难以为之，连批评他的徐溥也承认，丘濬有经天纬地之才。满腹经纶且与世无争，丘濬自然不在权力倾轧之列，仕途所以顺风顺水。

命运，为丘濬下了一场雨，也为丘濬撑起了一把伞。

弘治四年（1491），七十岁的丘濬被擢升为文渊阁大学士，正式进入权力中枢，按说应该高兴。他一直希望成为朝臣，一展平生之所学；特别是《寰宇通志》的编纂，使他对国势有了更深刻的认识；撰写《大学衍义补》，又使丘濬的治国理念渐趋系统和成熟。不过，旧梦一枕，醒时已是日暮；凤愿难偿，年华不敌秋风。此时的丘濬，自发苍颜、家中屡遭不幸，当年的从政热情如雾气消散，急雨渐停；只想在人生残年，东山高卧，了却百年牵挂；几畦青苗，留住夏雨秋风。

那么，丘濬十三次请辞，孝宗为什么一直不准？

弘治元年（1488），丘濬向孝宗呈送了"竭毕生精力，始克成编"的《大学衍义补》。初登大位，经验匮乏，十八岁的孝宗读过该书，仿佛步入了一片神奇的天地：春光泄、暖风香，烟云外、多少城郭，旌旗映朝阳。治国理政之门在他的面前砰然打开，对盛世的憧憬，像是显影液中的胶片一下清晰起来。他要中兴大明，播下了希望的种子，怎么舍得让丘濬归隐？有丘濬帮助松土施肥，才能不负佳期；捉放日月，指点江山，正需要君臣一路同行。如果把《大学衍义补》比喻成是一艘可以渡他到繁华盛世的方舟，在孝宗心里，丘濬无疑就是一块"压舱石"，有他随时垂询，才可以安妥内心，听凭潮涨潮落。

入阁不久，丘濬便被卷入了一场内阁与吏部的权力摩擦。

弘治六年（1493），吏部尚书王恕主持考核天下群吏，罢黜官吏二千。时任大学士的丘濬，请得圣旨留用了九十余人。他认为，有的官员上任还不满三年，如果没有贪污渎职，不应统统罢黜。王恕因此迁怒于丘濬。恰逢太医院院判刘文泰曾请托王恕关照自己的升迁，未果，心存怨愤，在为丘濬看病时了解到王恕辞官居乡时，曾刊印过一本自传。找来该书一读，认为书中王恕自比为周公，"彰一己之善，显先帝之过"，于是写成奏章，请被王恕除名的御史吴祯润色后，连同这本书一起告到皇帝那里，立即卷起百丈波澜。刘文泰以"因挟私恨，朋谋奏诋大臣"的罪名被收监，攀咬了丘濬。因早有嫌隙，王恕认为，此事丘濬必是幕后主使；丘濬上表辩白，"止凭一口单词，别无实迹旁证"，安可取信？并称平生所恶者，就是"矫激好名与喜事告讦之人"。两位老臣闹到了不可两立的程度。

孝宗经过权衡，末了，站队丘濬。

王恕何许人也？封疆大吏，朝廷重臣。因直言无忌，在宪宗一朝无奈致仕，后经廷臣不断举荐，被孝宗重新起用，其官声甚隆，门生故旧遍布朝野。孝宗听任他乘驿车归乡，人们因此对丘濬谤议如潮，弹劾他不宜高居相位。徐溥对丘的贬抑，其源亦出于此。丘濬或许和刘文泰议论过王恕，但是说他指使刘文泰诬告王恕，应属"躺枪"。不过，王恕乃五朝元老，尽心国事，丘濬入阁后对这位老大哥确实尊重不够。明代废相以后，吏部掌管考课甄别，地位在其他各部之上，吏部尚书因而统领百官；丘濬时任大学士，已实居相位。王恕"北人伉直少文"，丘濬多少有点"海蛮气习"，故而皆傲然自恃，冷眼以对，互不示弱，才情若冰炭。整顿吏治，是吏部尚书职责所为，丘濬对王恕裁撤官员过多有不同看法，尽可私下沟通，一纸奏折直达天听，留下了近百人，难免让王恕心中不爽。王恕愤而辞官，孝宗准了，不仅没有依照惯例褒奖，还裁减待遇；说明丘濬不曾在孝宗面前为王恕美言，多少有些书生意气。其实，老哥俩都是好官儿，处理问题的出发点虽有不同，皆出于公心。同样喜欢仰望星空，却不能携手欣赏同一场美丽的流星雨，令人叹息；看来，如果不能相互欣赏，彼此的才情便是负担，美丽的云絮也会被错当成农舍的炊烟。

入阁前，丘濬一直摆弄文字，凭借锦绣文章，所以仕途一路顺达；入阁后，锋芒不减，自命不凡，依然能够风生水起，是因为其才识为孝宗所欣赏与信任。

3

残阳如血，照在翰林院的金砖灰瓦上，几只归巢的小鸟，刚想梳理一下疲惫的羽毛，就被房中传出的喧哗惊飞，绕树三匝，不知人们在争论什么。

"于谦以谋逆之罪伏诛，当以叛逆之臣写进《实录》。此事已有定论，无须再议。"一位头戴乌纱、身穿锦袍的史官右手往下一切，语气不容置疑。

"正是！"有人附和，"于谦构邪议，被先皇所诛，自当著其不轨。"

这是天顺八年（1464）的一天。晚霞正慢慢沉入稀疏的云层，为玫瑰色的斜阳换上绚丽的晚礼服。云彩不断变化，晚礼服也在更新着不同的款式。

宪宗下令编纂《英宗睿皇帝实录》，负责编纂的史官们在争论于谦该以何形象入史。事情缘起"土木堡之变"：明正统十四年（1449），北方的瓦剌入侵大明，在阉臣纵容下，备战不足的英宗御驾亲征，以为王师一到，敌军就会土崩瓦解。不料，大败于土木堡，五十万大军灰飞烟灭，英宗被俘。其后，敌军挥兵直下北京，携英宗逼降，明朝面临亡国之危。时任兵部尚书的于谦以"社稷为重，君为轻"，不允，并拥立英宗的弟弟朱祁玉为景泰帝，稳定朝局，整饬武备，率兵列阵北京九门之外，击退了瓦剌部的围攻，使国势转危为安。后来，英宗被瓦剌放回，发起

"夺门之变",废了景泰帝重登皇位。奸人唆弄,护国有功的于谦以谋逆的罪名,被押于囚车,解至崇文门外,引刀成一快,留下了"粉骨碎身浑不怕,要留清白在人间"的绝命诗。英雄罹难那一天,阴云密布,寒风凛冽,连老天也为之垂泪。身后,只留下官服一套,瘦马一匹,坚辞不受的景泰帝所赐袍服、银锭之类,皆置于居所正屋,铁锁把门,分毫未动。

英魂不灭,飘零烟雨中,忘不掉,九门外、长号齐鸣;桑梓情、故国梦,萦绕于胸,拔剑起舞,斩不断,如絮愁思、夜半箫声。

丘濬再也抑制不住心中的激愤,拍案而起:"此言谬矣!"

"土木堡之变"时,他正在太学求学,虽是文弱书生,也凭着一腔热血积极投身于谦组织的京师保卫战,甘冒矢石,奋勇抗敌。现在回想起来,仍为于谦在国家危难关头的壮举感佩不已。功在社稷的英雄却被诬为叛臣,怎么能不让他义愤填膺?此时的丘濬只是一名编修,七品小吏,头戴方巾,身着素袍,面对品级多高过自己的同僚,双目炯炯,一身凛然之气:"请问各位大人,'土木堡之变',倘若没有于大人誓死拱卫京都,大明江山或已化作云烟,我等还有机会坐在这里修史纂书吗?临危不乱、丹心为国,实乃英雄也,本应彪炳史册,何来要以'叛逆之臣'入书?如此阴阳颠倒,是非混淆,岂不令天下齿寒!"

众人皆惊。一时,殿内鸦雀无声。须知,于谦被英宗所杀,冤案尚未平反,而英宗是当朝皇帝宪宗之父,丘濬敢如此为于谦正名,胆识和风骨缺一样也不行。这一冤案天理昭昭,是非曲直全在人心,只是他们信奉:有些理不辩才是智慧,有些是非远离就是清净。

"丘编纂所言虽然不无道理，可于谦一案已有定论……"

丘濬扫一眼众人，语气决绝："土木堡之变，天下都危险了。于尚书拥立新君，诚忧国家，非为私计。诬陷他，皆因一些人私心所致，撰史以诚为本，安可取信蜚语恶言？"

这就是丘濬。所谓"睚眦必报，党同伐异"，那是他拖在身后的阴影；刚正不阿，一身傲骨，才是他面向太阳的真身。入仕之初，丘濬因耿直遭遇过挫折。景泰五年（1454），他参加科考，文采风流，廷试当为一甲及第，因为在答对中触及时讳，遂以颜值不佳为由改为二甲第一。丘濬并未汲取教训，从此谨言慎行，仍是积习不改，我行我素。耿直令人称道，更令人称道的是对耿直的坚守。丘濬幼年丧父，祖父曾撰一联"嗟无一子堪供老，喜有双孙可继宗"，希望长孙丘源"承吾世业，学为良医，以济家乡"；次孙丘濬"拓承祖业，志为良相，以济天下"。母亲出身士绅之家，颇具孟母之风，知书识礼，守节教子，课其学业，孜孜不倦，从小就教导丘濬要以天下为己任。入仕后，官场如同砂轮，磨去了一些人的棱角和锐气，却砥砺出丘濬生命中最为高贵的一面：惠济苍生、报效国家。因为编纂史志，他博览群书，深为中国士大夫精神所浸淫，才有了为于谦的凛然一辩；后来入阁，可直接参与国家大事的讨论与决策，对皇帝也有了匡正得失的义务。他不像官场上的"老司机"，揣测圣意，敛怨求媚，而是碧血丹心、殉国忘身。比如，成化年间，宪宗信奉佛、道两教，僧人和道士被册封为"传奉官"者如过江之鲫。何为传奉官？就是不经考试、廷推和部议等遴选程序，由皇帝通过太监传达圣旨直接任命的官儿。这样，原本是"天下公器"的官爵，就变成了皇帝可以任意赐赏的"私器"，既降低官员素质，又影响官场公信力，也形成了潜在的财政和政治危机。丘濬时任翰林院学士一类虚职，无力劝谏深陷佛、道祸害中的宪宗，深以为憾；孝宗登位后，将部分臭名昭著的大臣和传奉官罢免，可是没过几年，或许是因为身体状况欠佳，也对佛、道两教产生了浓厚兴趣。丘濬急了，他已位居宰辅，有了劝谏皇上的资格和责任，即上书《论厘革时政奏》。厘革，改革也，放胆直言：为什么历朝历代国祚难以长久？皆因政策、礼乐、法令出了问题，君主沉浸于安乐，未尽到对国家社稷的责任。他以成化及弘治初年频繁出现的异常天象为隐喻，提醒孝宗关注国家命运，把持好自身操守。

孝宗当时年仅二十三岁，不少宵小之徒觊觎机遇，企图趁皇帝年轻谋取私利。丘濬针对可能出现的状况，预设了二十二种应对方法，其中有九项关乎宗教，劝谏孝宗不应对佛、道两教过分沉迷，进行宗教活动切忌奢华；其他各条，或关乎削减政府超额开销，减轻百姓负担，避免国家与民争利；或警惕图谋高官显职而阿谀奉承之人。总之一句话，督促孝宗近君子，远小人，励精朝政；并殷殷儆戒皇上，上述问题绝非小事，"殊不知，片云蔽日，天地为之晦冥；蚁穴溃堤，湖海因之干涸"。

丘濬入阁，得之于孝宗特简。但是他从来没有因此而放弃对孝宗的儆戒，"上辅君德，下济民生"，发现问题直言劝谏，甚至连皇上的"上班"时间也会干预。

弘治七年（1494），丘濬呈上他人生的最后一份奏议：《请昧爽祝朝奏》。昧爽，拂晓也。他首先肯定孝宗继位以来勤勉国事，使大明呈现中兴气象；又说历代有为的君主都是在"昧爽"这个时辰上朝示事。因为此时"夜气既定，旦气方清，物欲未杂于前，心地虚明于内，于是临臣下、决机务，则是非易见，听断不惑。昔人所谓一日之计在于寅，诚非虚语也"。自登基以来您一直也是这样做的，而且，七年如一日。"孜孜图治，有忧勤惕励之心，有警戒相成之助，太平之治，计日可待。"可是最近几个月，您往往快七点了才来打卡，明显不如以前勤政。如果这件事传至远方，播之夷狄，岂不有累圣政？

丘濬的奏本可谓语重心长。他告诫孝宗，国家的发展不能因为皇帝一人的疏懒而受到影响，拳拳之心，天地可鉴。孝宗也确实是一个有圣德的皇帝，连自己的"上班"时间都被一位老臣暗中监督，每天给他画考勤，稍有懈怠便直言批评。他不但没有不悦，还在同年八月擢升丘濬为从一品的户部尚书、武英殿大学士，因推恩制度，还追封了他的父亲、爷爷和曾祖父，让这个年过古稀的干巴老头儿感愧莫名："官居一品位三台，都是无心幸得来；又得推恩及曾祖，此生荣幸亦多哉。"这之后，丘濬身体每况愈下，卧病在床，已无法前往内阁办事，于是上奏孝宗，恳请停发薪水。孝宗不允，让他在任调理，工资照发。

弘治一朝，吏治清明，经济繁荣，人民安居乐业，是大明一段美好的岁月。

孝宗节俭勤政，任贤使能，轻徭薄赋，而且不近女色，是中国历史上唯一实行"一夫一妻"制的皇帝。不过，没有秋风的吟唱，哪会有枫叶的火红？人们往往把春天的到来归功于争艳的百花，殊不知，飘洒的瑞雪才是春天的第一位使者。君臣一笃，终始克权，历代王朝中兴，都是君臣共同作用的结果。"弘治中兴"离不开励精图治的孝宗，离不开王恕等忠正不阿的重臣，也离不开"每当温饱处，常念冻饥人"，敢于直言进谏的那位古稀老人。

他踽踽独行，时代把他瘦弱的身影投射在历史的天幕上，一柱擎天。

4

凡尘俗世，有人能穿越时空隧道吗？假如有，丘濬不遑多让。

我们知道，丘濬最早推行了货币改革方案。明中叶，资本主义萌芽如柳绿初现，丘濬是一只报春的布谷，敏锐地感受到了商业在促进国民经济发展中的重要作用，主张鼓励民间自由贸易，大力发展商业。须知，重农抑商是中国历代封建王朝的基本国策，在这样的历史语境中，丘濬的振臂一呼可谓石破天惊。天下货物都要依靠货币进行流通，他发现，成本三五钱的纸币竟可以购买价值千钱的物品，说明商品的价值取决于生产商品所消耗的生产时间。就像牛顿因为苹果落地发现了万有引力定律一样，丘濬也在无意中提出了"劳动创造价值"思想，比欧洲提出这一思想的威廉·配第早了近二百年。

《大学衍义补》共一百六十卷，书中的很多见解，像一支支穿云箭，穿过历史的迷雾，几百年后仍然可以听到它的回响。比如，德刑并用，教化为先；法须公正，法胜君言；以民为本，敬畏生命；男女同样有受教育的权利，通过受教育皆可成才；家庭教育必须与学校教育、社会教育相结合；不可轻视自然科学，只有全方位掌握和精通了天、地、人这三个方面的知识，才可称之为儒，等等。书中有二十三卷是经济问题专论，更能够反映出他的眼界宏阔、思维超前。丘濬反对"海禁"，主张开放，提倡老百姓从事正当的海外贸易活动。这一主张，毫不逊色于英国重商主义者托马斯·孟的观点——外贸是"国家富足的工具",时间上也早很多。他反对重敛的财政政策,主张国家的税赋应该用来为民众服务,对"取之于民,用之于君"的封建税赋性质大胆否定,其经济思想被称作是"十五世纪中国经济思想的曙光"。学界普遍认为,中国近代的启蒙思想,论其渊源,应该追溯到丘濬及其《大学衍义补》。

《大学衍义补》是夹在历史册页中的一朵玫瑰,馨香不去,色泽依然。

很难设想,一个生活在十五世纪的封建文人,能够为思想插上翅膀,飞越那么多关山险隘,在几百年后的历史天空依然如花绽放。人活一世,终归尘土,百年光阴也不过如白驹过隙。丘濬用他的人生证明,一个人能走多远,靠的不是寿数,而是眼光。思接千载,甬道由学识铺就;心游万仞,空间被感悟打开。

在策名就列的封建官场,像丘濬这样格局宏大、眼光超前的智者实属鲜见。他突破了儒家学说一些僵化的教条,把儒家经典的政治理论落实到治国安邦的施政纲领中,志在经世致用;然而官至卿相时,他已是七十多岁的风烛残年。花落秃枝悲,雨后百花残,只恨时光催人老,发稀冠已偏。向孝宗送呈《大学衍义补》那一年,丘濬六十七岁,虽然年过花甲,但心力尚存,如果没有让他以礼部尚书之衔主管詹事府,而是全力参与国事,"弘治中兴"无疑更值得期待。孝宗与丘濬,都遇到了对的人,却一不留神,错过了对的时间。从这个角度说,历史慢待了丘濬。

岁月如花,绽放只在瞬间;命运永远不会倒转,一旦错过,注定就是一世。

作为一代名臣,丘濬还有两件事值得一书。

一是访求遗书。明朝宰辅中，丘濬以"博极群书"著称，自少至老，手不释卷，举凡六经诸史、古今诗文、九流笺疏之书，以至于医卜老释之说，无不深究，故被时人称为"当代通儒"，如此功力，皆缘于嗜书如命。九岁那年，丘濬怀揣私塾先生的一纸荐文和几块干粮，奔波数日，找到了数百里之外的先生友人，去借阅久已心仪的《汉书》。得知缘由，《汉书》主人感佩不已，有意测试他，就说："你的先生夸你才华出众，那我出个对子，你如对不上，便是徒有虚名，书借你也无用！"然后望着墙上的一幅山水画，稍作沉思，道："墙壁当前，龙不飞，凤不舞，桃不开花，梨不结果，可笑小子。"丘濬看他正与人对弈，张口即出："棋盘之中，车无轮，马无鞍，炮无烟火，兵无粮草，敢杀将帅。"最后四字，既回应了"可笑小子"的嘲讽，又显示了虎豹之驹的志向。书主人一听，再也不敢轻慢这个总角小童，取出《汉书》双手奉上。

对于书，丘濬钟爱备至。弘治五年（1492）他上《请访求遗书奏》，认为现今一项急务是访求遗书。前代藏书有三十七万卷之多，经典之版藏于国子监者甚富，而今内阁所藏已不及十分之一。而且，任其虫鼠蛀啮、残脱摩灭，朝廷对此熟视无睹，实在短视。他说，世间万物，再珍奇罕有的东西遗失了也可以想办法找到，唯贯穿文明发展、记载古今历史的文献典籍失而不可复得。保存古籍，为的是延续古圣贤人的精神心术，如果我们使之中断，既无颜于古人，也愧对后世子孙。对访求、保存遗书，丘濬提出了非常具体的方案，本人也身体力行，唐代张九龄的《张曲江集》就是因为他得以传世。

一个民族前行，离不开文化的传承。立于历史潮头的是一代代智者，他们把思想的结晶，凝结在经时间淘洗而流传下来的典籍中，岁月积淀，才会将浅薄和无知尘封，让历史变得丰盈而厚重；一束束思想的火炬就是一盏盏暗夜中的灯，播撒在蜿蜒崎岖的历史山路上，引领着人类从愚昧走向文明。丘濬确有远见，他坦言："人君为治之道非止一端，然皆一世一时之事。惟夫所谓经籍图书者，乃万年百世之事焉。"作为一名封建士大夫，他竟然轻慢人君之治，而把文化的传承看成是万年百世的大事业，真是非同凡响。不是吗？长亭惜别叶早枯，世间万事转头无。唯有学问最长久，化作江山万里图。

二是呼吁诗歌口语化，开一代诗风。明朝官方极为尊崇程朱理学，不但科考必涉，还将其提升为维系国家稳定的政治形态，一度演化成对思想的垄断。程朱理学乃新儒学，丘濬最重要的著作《大学衍义补》《朱子学的》，作为儒家经典，校正了程朱学说出现的偏差，促成了程朱理学从墨守成规的僵化教条到经世致用的学术转型。丘濬因此被孝宗御赐为"理学名臣"。如果按贡献和影响为他定位，排序应该是思想家、政治家、经济学家、史学家和文学家。

"文学家"排序最后，并非因为丘濬在文学上缺少建树，而是在其他领域更有丘山之功，按照"木桶定律"，文学只能屈居其后了。其实，他的诗在明朝深受推崇，他一生创作诗数万首，缘手散去，存世仍有千余。他主张"诗出乎天趣而自然"，至今是中国诗界供奉的最高创作境界；他反对奇崛险怪的文字，特别推赏司马光的简易质实之风。体现在诗歌创作上，就是主张口语化，"眼前景物口头语，便是诗家绝妙词"。认为诗道贵在自然天成，来之学力不如得之天趣，《诗经》得之天成，所以成就最高。

丘濬也极力践行自己的创作主张。比如，他的悼亡诗"皇天亦何高，后土亦何深。冥鸿失其偶，飞飞吐哀音"，直抒胸臆，无一句生僻难懂，把对亡妻的思念之情描绘得令人动容。再看他的《春闺怨》："春雨池塘草发芽，春风庭院柳飞花。韶光尚有归时节，何事游人未到家？"平白如话，把一位妇人在早春时节的祈盼与幽怨，刻画得情真意切，哀婉感人。总之，丘濬的诗像是流年中一泓明澈的小溪，碧波粼粼、水花飞溅，穿行于世道人心，录下两岸的花儿绽放，映出远处云霞飞扬。

丘濬不仅写诗，还有剧作和散文存世。诗歌，不是丘濬人生的背景板，但是毫不夸张地说，他提倡诗歌经世致用的美学功能，其诗风清新明快、通俗易懂，取得的成就和对后世的影响，并不逊色于历史上以诗名世的一些大家；他的诗歌理念和创作为中国的诗歌发展注入潺潺活水，融了冬雪，暖了秋风，心越千山去，情溢半江红。

六岁，丘濬写出了他的诗歌成名作《五指山》：

> 五峰如指翠相连，撑起炎荒半壁天。
> 夜盥银河摘星斗，朝探碧落弄云烟。
> 雨余玉笋空中现，月出明珠掌上悬。
> 岂是巨灵伸一臂，遥从海外数中原？

此诗一出，唱和者众。然，无人能出其右。作为诗人的郭沫若读过，亦为之心折，留下了"五指山诗上我舌"的赞语。作者借五指山的雄奇秀丽，寄托自己的胸襟和抱负，想象奇特，极见巧思。一个生于荒芜之地的垂髫小儿，一出手便有如此的才情，实在令人惊诧。末尾两句是诗眼，视野宏阔、气势磅礴，穿过历史的烟云审视，颇有点儿夫子自道的况味。祖父在丘濬童年时就希望他成为一代良相，多半也是读到这首诗后才有的底气，难怪心高气傲的张居正被人称作神童时，摆手道："尔等言过，神童者，丘濬当之无愧也。"也是，张被誉为神童时已经十二岁。以丘濬一生的贡献及对后世的影响，他当得起"巨灵一臂"，只不过，他不是"遥从海外数中原"，而是人在庙堂、身居其中，倾注毕生心血，雕刻着中原的山山水水，雕刻着流逝的时光与岁月。

傅山的江湖

一战成名

长刀。枯叶。倦鸟。秋风。

崇祯九年（1636），一个傍晚，远天一片酡红，残阳如火如血。

随着吱呀呀的响声，一辆囚车朝京城的南西门缓缓而行。笼中囚犯正值壮年，披枷戴锁，衣衫褴褛，一路风尘，形容极显憔悴，只是双眉下的目光依然炯炯有神。

囚车后紧跟两位学子，年届而立，风华正茂。他们头戴儒巾，身着襕衫，肩上斜挎一个布包，虽衣衫捉襟见肘，却难掩贵气风流。进入城门，囚车缓缓停下，囚犯艰难地直起上身，一抖锁链，扭过头说："山高路险，门下不避斧钺，一路相随，为师在这里谢过了。"

个儿高的学子趋前一步，躬身施礼："先生言重。老师蒙冤，学生理当仗义执言，偌大皇城，不信冤狱不能昭雪。老师珍重，此案一日不平，弟子们一日不离京师！"

暮色渐浓，两行离雁正向远处飞去，如同蓝天遗落的一串音符。

押解的锦衣卫按住腰间绣春刀，望一眼下沉的落日，一抖马缰，沉声道："时辰已然不早，我等还要到刑部复命，你们师生就此别过吧。"说着，驱动囚车，语调很是感慨："千里相送，情深义重，做老师的该是如何春风化雨，才能教导出这样的学生！"

囚犯叫袁继咸，为人正直，刚正不阿，任监察御史时即为朝内阉党忌恨，很是不得烟儿抽。崇祯七年（1634），袁继咸外放山西，任提学佥事；主持三晋学政后，重修荒废已久的三立书院，尽选英才，教子无禁，廉洁奉公，政绩卓然。高个儿青年便是他最得意的学生傅山。明朝规定，在外官员三年考核一次，崇祯九年（1636）是"大计"之年，人们本以为凭袁继咸的德才会得到褒奖升迁，不想，阉党爪牙、时任山西巡按御史的张孙振秘密诬劾，诬陷他贪污腐化。

崇祯皇帝闻知震怒，下旨械送京师勘问。

恩师蒙冤，三晋震动，傅山第一个挺身而出。他四处联络，周密安排，动员同学进京请愿；同时，和好友薛宗周一起，亲自护送袁继咸戴锁赴京。

张孙振得报，猴急猴急的，派兵追寻缉拿，傅山"敝衣蓝缕，转徙自匿"。千里逆行，有多少坎坷需要面对？他像俯身冲下山谷的雄鹰，已经为心灵留足空间，准备迎接即将到来的风雨。他知道，一人独行，心会变成孤岛；有真情如光影伴随，希望就会像太阳一样升起。和袁师分手后，傅山找了一家客栈住下，一蹴而就，写下《辩诬揭帖》，逐一驳斥了张孙振对袁继咸的种种诬陷。这是傅山上交良知的答卷，也是抗击邪恶的宣言。黑白颠倒，是由于谎言的绑架；真相如光，只要凿出一个罅隙，就能照亮欺心暗室。

同学陆续到京，傅山的揭帖有一百零三位至京诸生列名，声势浩大。

没想到，阉党把握朝政，疏状难以上达，通政司的官员还威逼恐吓诸生，不要跟着傅山走，否则有苦头吃。一下子，"列名疏中者，慌惧不知所为"。傅山明白，自己面对的势力太强大了，一个没有靠山和背景的地方生员要与庞大的官僚体系抗衡，结局危如累卵，许多人都为他捏一把汗。立于孤峰之上，傅山感受到的是，风吹过，天将雨，浮生路远多崎岖，春雷虽远终将至，坐等雨后赏金菊。他晓以大义，说服那些动摇的生员——真相是埋在土里的种子，谎言不过是挂在枝头的枯叶；只要坚守，冻土中也会有美丽的蔷薇绽放。同时，把揭帖复写百余份，分别投诉各个衙门，致使袁氏冤情震动京师。

负责接收辩诬材料的通政司，与阉党沆瀣一气，揭帖几次投送，仍难以上达。

这天，天将破晓。几颗残星在淡青的天幕上眨着眼睛，有点睡意蒙眬；薄雾如轻纱般在大地上缭绕，使路边的景物影影绰绰。几盏灯笼亮着，跟随一顶官轿，靠近了长安门。

当朝首辅温体仁坐在轿子里，闭目养神。

轿子忽然停下，一个仆人掀开轿帘沉声禀报："老爷，前面有人拦轿，小的们驱之不去，说是有要紧事，一定要向老爷当面陈情。"

温体仁"哦"一声，探出头，见有上百人，青衣方巾，举止端庄，都是学子打扮，已堵成一道人墙，便由仆人搀扶着下轿，抖抖衣袖，道："不须乱说，着一二人前来语之。"

领头的学子正是傅山，他双眸放光，正气凛然，走上前一拱手:"我等是山西通省诸生,为学道诉冤赴京。本应投本于通政司,无奈通政司四五次阻隔之不得上,故传投揭帖,在京大小衙门皆有之。独候大宗师两三月不得见,专在此候。"

温体仁闻言,一脸不屑:"兹事体大,朝廷自有处分,尔等在此喧闹,意欲何为?"

傅山毫无惧色,朗声道:"学道蒙冤,我等皆知情之人,投送揭帖,只为还原真相。此案已不独一官之贤否,实全晋之风教所关,天下之治乱所系,安可噤声不语?"

温体仁将将下巴上稀疏的胡须,干瘪的脸上闪过一缕不易察觉的愠怒。袁继咸在朝敢于言事,触犯过他的利益,张孙振构陷袁正合他的心意,怎么会施以援手?心说,这群学子真是多事!无奈接过揭帖,皱皱眉,轻轻"哼"了一声:"我会将揭帖上达,尔等静听处分即是。"

傅山见他态度敷衍,上前一步:"此案牵连无辜者百余人,监中已有死者,有因受刑、冻饿、生病将死者,大宗师早问一日,则这些无辜者尚有生还之日。"

温体仁当然知道这些情况,他摆摆手,不耐烦地说:"本相已知,无须多言。"

他本想搪塞过去,没料到,傅山还向文渊阁大学士黄士俊、贺逢圣,礼部侍郎张志发等朝廷重臣投送了揭帖,并且联络山西巡抚吴甡予以策应。吴甡刚正无私,上折历数袁继咸的项项德政、张孙振的种种劣行。此事如水漫金山,已再难遮掩。四月,刑部终于开堂审理此案。

刑部大堂。主审官一拍惊堂木,吩咐:"传证人傅山到堂。"

傅山长袍直裤,扎一条绿色腰带,戴一顶黑色缎帽,款款步入。他神色从容，仿佛放舟时光之河的智者，笑对利路名场，安心恬荡；穿越俗世红尘，但契本心。

主审官斜楞一眼傅山，语气中隐含责诘："揭帖是你执笔?"见傅山应诺，又厉声喝道："一百零三位诸生列名揭帖，皆晋之国士。如有冒名，乃欺君之罪，汝知否?"

傅山微微一笑，倚窗听雨，他早已看惯了烟云变化，知道主审官在虚张声势，想先声夺人。辩诬的准备工作十分缜密，他心中有底，于是神色凛然地回答："具名的贡生和生员皆在，可一一核查，倘有一顶替者，甘愿伏罪。"

主审官见傅山并无怯色，便转移话题，围绕揭帖频发责问，傅山一一答辩。

许身知己，荣辱从容对；怒向权贵，横眉扫不平。

这是信念对决，也是辩场争锋。看上去，只是双眸对视，眼神交汇，其实，目光如箭镞飞出，能穿透人的心灵。盛世繁华，已是掠过昨日的晚风；你死我活，才是今天投射的背影。什么叫勇气? 就是，浪急潮头立，风来舞长缨；就是，剑离鞘可以卷刃，刀抽出不可无锋。

最后，傅山环视一眼大堂，神情充满自信："综上所述，张孙振弹劾袁师各项，或远年传诬之事，或别曹已结之局，皆画影捉风，欲加之罪。袁师傲骨嶙峋，文章华美，首明道德，次砥艺文，为官清廉，一尘不染，在晋举皆传颂，以为冰玉。如沉冤不白，何以为朝廷明公道，何以为士民留人心?"

勇气是勇者的勋章，最耀眼的那一枚，应该授予敢于对垒整个战阵的人。傅山有过胆怯吗? 也许。只是，他知道人在征途，无路可退即不必再退，如同飞瀑，水到绝处才会绽放生命的光华。真正的勇士不是没有过怯懦，怯懦，不过是他一亮剑就挑落的残星。

经过两次审理，袁案终于昭雪，傅山一战成名，名动朝野。

这是崇祯十年（1637）。傅山三十岁，在袁继咸一案中显示出超凡的识见，一时，义声闻天下。那么，为什么风雨飘摇的朝廷没有留住这一道璀璨的星光？流行的说法是，傅山笃信老庄，无意仕途。确实，追求个性解放是傅山的精神引领，也是他的心灵皈依之所，他要去寻找那一抹属于自己的色彩。不过，漠视官场并不等于绝意仕途。利用在京闲暇，傅山曾深入民间考察写下过《喻都赋》。那时，因满蒙贵族军队多次到京师附近抢掠，庙堂上下迁都之论骤起。傅山认为，边患危机时迁都会使人心惶惶，正确的选择是安定人心，立足中兴。怎样做到这一点？宽徭缓征，使农民有生路；撤回遍布全国城市、矿区、手工业发展地区，以催税为名横征暴敛的宦官，使社会经济得以繁荣。同时，像葺补救治残肢一样，振军兴武，抵御清兵，挽救国家危亡。

出身官宦书香世家的傅山，自幼聪慧。三岁时，别人诵读《心经》，他张口可接下句；十五岁中秀才；二十岁成为廪生，即由官家提供膳食的学生。二十三岁参加会试，兄傅庚为他点定五十三篇文章，傅山"十行并下，过目成诵"，晨起梳洗后到早饭不到一个时辰，全都朗朗上口，不爽一字；另一个天分极高的读伴，穷日之力只背了四五篇。后来傅山就读三立书院，因学业优异被奉为祭酒。祭酒，首脑也，类似今天的学生会主席。这时的傅山是一匹蛰伏的骏马，蓄势待发。他主张文章要"经世致用"，反对因袭、模拟、复古，如同木头中的一团火，活成了自己给自己松绑的太阳。只是，"悄立市桥人不识，一星如月看多时"，或许因为在袁案中主持正义，蔑视权贵，又思想活跃、特立独行，他已被视作另类。虽才高八斗，胸怀报国之志，却只能孤独地凝望夜空，把一颗残星当成圆月观赏。

王朝错身之际，傅山未能出将入相，应该说，是历史的一个疏忽。

那年四月，积雪已尽，百花待开。傅山像来时一样，斜挎一个布包离京返乡。一个孤独的灵魂行走在莽莽的原野上，残阳如血，在他身后投射出长长的阴影。

秘密反清

同样一个残阳如血的傍晚。只是，从窗户钻进的落日余光，没有在傅山身后拉出一道阴影，而是在他深红色的道袍上镀上了一层金辉。

这是崇祯十七年（1644）的一天，距傅山离京返乡过去了仅仅七年。

五峰山的道观里，青烟袅袅，暗香浮动。道士郭静中起身接过傅山刚刚读过的拜师疏文，走到烛台前，用烛火点燃，在无量天尊的神像前烧着。火苗上蹿，忽高忽低，似乎是告知神明，拜师人已经入教。然后，坐下，一副仙风道骨，接受傅山的跪拜。

时光如刀，有多少旧梦禁得住岁月的剪裁？这七年，走远的是一个王朝的喟叹，留下的是悲怆的年轮和带血的刀戈。先是两畿、山西等地大旱，粮食歉收，饥民遍地；继而，清兵入墙子岭，占高阳，克济南，俘获德王，铁蹄到处，悲号之声不绝。傅山的家庭也生变故，侄傅襄病亡，其娇妻同日仰药以殉，年仅十九岁。傅山与傅襄感情甚笃，爱侄夭亡，他整日拥被而坐，昏昏然闭门不出。稍后，同学郭九子卒，傅山痛失狂狷好友，感慨他怀才不遇，生前没有机会一展抱负。这感慨中又何尝没有夫子自况的意味？手持龙泉剑，未曾露寒锋。长夜云遮月，几时天放晴？傅山祈盼的晴天没有来到，接踵而至的是一个个内忧外患的噩耗。崇祯十五年（1642），傅山想为大明即将枯竭的油灯里添一滴新油，无奈，乡试不中。不是学养不够，而是他高疏的性格不能逢迎陈陈相因的空论。人生苍凉处，净是后庭歌；江水悠悠处，孤帆看日落。傅山的凄凉瘦如秋风，把一路的愤懑堆积在心里。崇祯十七年（1644），阁部李建泰自请筹措军饷治兵效力朝廷，崇祯皇帝亲自在正阳门楼设宴饯行。傅山因为享誉士林，被李建泰聘为军前赞画。原以为，只要为了梦想奔跑，总会有一处风景在前方等候；不想李建泰是一颗不肯发芽的种子，根本无心呼唤春色，他虐待士兵，中饱私囊，屡战不胜，傅山未至军前，他已因私心作祟领军回撤。傅山不由一声长叹："可惜一腔血，无由洒战场。"其后，崇祯皇帝景山自缢，清军在吴三桂引领下问鼎北京。

江山易主，天地蒙尘，傅山悲愤异常。

他不是不能接受改朝换代，周灭商，是以仁义之师讨伐无道之君；清灭明，则是"华夏亡于夷狄"，他无法容忍异族的压迫与欺凌。在他眼中，知识分子身处乱世有两条路可选，或隐居山林等待尧舜，或揭竿而起反抗暴政。面对清廷的残暴统治，傅山坚定站队后者，明晰了自己的人生目标：反清复明。他不能确定，自己能不能改变世界；可以确定的是，自己永远不会被世界改变。他是一块冰，可以融化，不可以玷污。

遁入道教，傅山不是为了燃香献礼，追求长生不老之道，而是为避剃发之辱，以道士身份云游四方，从事反清地下活动。一位久经战阵的壮士因为看透世间功名利禄，削发为僧，但与傅山言及抗清名将熊廷弼时，高声一呼："好个熊经略！"随即叩头，泪飞如雨。傅山也崇敬熊经略，知道他是因监军太监诬陷，被多疑的崇祯皇帝处以极刑。僧人当时正在京城，亲眼见到了熊经略凛然赴死的场景。傅山为僧人的爱国情怀所感动，赋诗赞曰"说到熊经略，昂头泪满睛"，进而自责，"自顾真龌龊，何如君意真"。这种纠结，是那个特定时代不少知识分子的"共情"：他们有深厚的忠君爱国情结，内心想维护封建正统王朝的法理和统治；可是，每个朝代的末期都会呈现衰微破败的亡国之象，他们想匡扶大厦，又根本无力回天。不过，走过一段又一段岁月，他们的民族气节始终不变；穿越一场又一场烟雨，他们的爱国之情一直相伴。"群蜂失其主，浩荡往来飞。苦蜇撩人打，甘心得死归。"一首《苦蜂》，傅山的悲情与坚贞跃然纸上：国家已亡，它们像失去蜂巢的蜂；"浩荡"二字，苍茫浩渺，气魄摄人；"甘心"所示，即便身后堆下千具白骨，也素心不改，向死而生。

傅山的抗清活动，史书上难有详细记载，从他的诗文中可以觅得一些踪迹。

漫天风雪，天影迷蒙。残月在云雾中移动，如霜一样的月光洒在群山和林间，增添了雪夜的冷峻。不时，夜的深处会传来几声野兽的嚎叫，凄厉而恐怖。一行人骑驴疾行，身后的痕迹很快被大雪覆盖。这是《雪夜同文伯、子坚、木公、伯浑驴背偶成》一诗描绘的场景。同行者皆为著名的反清斗士，此行何为？想必不是雪夜览胜，月下抒情吧？"暗香花未远，冰友韵如梅"，流淌的是对故国不尽的怀念，而"暗香""冰友"又指何人何事？那个时期，傅山的行踪繁忙而神秘。一次赴晋祠，途中因雨遇阻，傅山在距晋祠十里的枣园头住了一晚，竟心有不安，"一枕偷安客子羞"。可见，这趟晋祠之行也肩负大义，刻不容缓，只是囿于严酷的现实，诗中不能直言罢了。联想到傅山气节如松，且一身武功，这种欲言又止，反倒给我们留出了想象空间。也许，他们是急着去赴秘密的反清聚会，商讨如何策应南明政权发动反清起义；也许，他们雪夜奔袭，是要捣毁一个清兵巢穴，激发起民众斗志。总之，月色下真诚的相伴，是人世间最难得的风景，一旦在凄风苦雨中定格，就值得彼此倾其所有。事实上，后来的山西境内确实发生了大规模反清暴动，义军一路斩关夺寨，刀锋所向，旌旗蔽日，多尔衮不得不率军亲征，历经数场苦战才予以"剿灭"。

傅山很可能参加了起义前的联络与组织，是否亲冒矢石上阵杀敌尚无史料佐证。不过，起义失败，汾州被屠，傅山的痛苦与失望却显露无遗："屈子泪无尽，陶家瓶可盈"。他如屈原一样忧伤，即便是寄情山水的陶潜，他的瓶子恐怕也装不下无法抑制的泪水。孤烟长，义士葬身古战场，国难未平身先去，望天穹，泪两行，与谁举杯话凄凉？

我们知道，傅山的字号多达五十四种，在明末清初的文人中极为罕见。每一个字号都是他的一个人生密码。比如，"随厉"，就是随时随地激励自己；"浊堂"，浊，混浊也，隐含着对清王朝的鄙视；"公他"——"利他不道苦，自愧未能工"，显示了傅山的高尚情怀。不过，他的字号中带"侨"字的最多，十一种，皆为明亡后所用。他曾有诗"太原人作太原侨"，把生养自己的故乡称为侨居之地，暗示清朝统治中原后自己已成无家之人，其中的悲凉彻骨寒心。梦中击胡虏，醒来残星落。残星落，志不挫，满腔愤懑，一路悲歌。从此，"侨"字成了傅山心灵上难以痊愈的伤疤，一经触动便会有血渗出。侨民、侨黄翁、松侨、侨黄真山……行走的傅山已经没有了安居之所。漂泊，是为了追寻心中的理想；停下，是为了留住飘逝的白云。还有一些字号无解，应该是傅山出于自保而变换的马甲。因为一句"清风不识字，何必乱翻书"就会导致人头落地的政治环境中，曲折隐晦成了生存的不二法门。

即便如此，顺治十一年（1654），傅山还是以反清的罪名入狱，史称"朱衣道人"案。

刑部大堂，墙上挂着各种各样的刑具，一扇尺幅大的窗户被铁条封死，有稀薄的阳光照进来，在地上形成几小块不规则的光影。身着六品官服的主事坐在公案后，一拍惊堂木，声色俱厉："你自号朱衣道人，朱，明也。取此号，莫非欲复明祚？"

"谬也！"傅山怒目而视。审理袁案时，他曾作为证人在大明的刑部大堂为恩师辩诬，那是何等意气风发？今日，角色发生转换，他由当年的证人变成了清廷囚犯，落红花残，终是尘埃一梦。几次过堂，严刑拷问，傅山已长发披散，衣衫不整，额头有血不断渗出。不过，他仍倔强地昂起头，目光中除了孤傲，更是充满了鄙夷："汝知否，道书中有'黄庭中人衣朱衣'句，朱衣道人，源于道书，与欲复明祚何干？"

"大胆！安敢逆言回撑？"主审官厉声再问，"宋谦所供，时间、地点、装束、年龄，细节皆符。你们分明两次聚首意图谋反，还矢口否认，来呀，大刑伺候！"

傅山冷哼一声，面不改色："我乃道士，略有薄名，装束、年龄尽人皆知。行医问道，浪迹天涯，行踪也从不隐匿，以此四点罪我，岂不令天下人耻笑?"

"狡辩!依你说辞，莫非宋谦有意害你?你们素无仇怨，他何故如此?"

傅山从容应对:"顺治九年，确有个宋道士在汾州求见，因闻得此人揣奸把猾，因而拒之;顺治十年十月十三日，此人复来求见，山再拒之，他甚怒，口吐秽语。当时，布政司魏经略正来求药方，在座亲历。两次被拒，宋某怀恨在心，挟嫌报复也未可知。说我与他相识，官家可当面对质，如果他在一众人中能认出山，甘受刑殛。"

原来，一个叫宋谦的南明政权总兵官，以道士身份做掩护，到北方"召集将士，联络义兵"，秘密筹备反清起义。他确曾两次拜会傅山，受到真情接待，后来他被捕变节。本来，以傅山的性格，会在公堂上慷慨斥贼，引颈就义。但一来老母在堂，傅山是孝子，心有牵挂;二来壮志未酬，反清复明的事业还等待他参与;再有，宋谦为了苟活，把他联系的反清斗士一股脑供出，令傅山极为不齿。所以他编造了一套假口供，抗词不屈，拒不认罪。宋谦已被斩杀，死无对证，又加上傅山及兄长和儿子的供词可互为印证，审理此案的一些清廷官员以皇上有旨，不得涉及无辜为由，有意开脱，傅山一年后无罪释放。

死里逃生，本该庆幸的傅山却无比惭愧，"病还山寺可，生出狱门羞"，他想起了无数在抗清路上英勇就义的志士，想起了恩师，一时，"有头朝老母，无面对神州"。

袁案昭雪后，袁继咸曾出任兵部右侍郎兼右佥都御史，驻节九江。顺治二年(1645)，被奸人诱入军中软禁，降清时献袁邀功。清廷有意招降袁，但他不食清餐，不着清服，不肯剃发，拒见清帝，宁死不屈。狱中有书信给傅山："晋士惟门下知我最深，盖棺不远，断不敢负知己，使异日羞称友生也。"傅山得书，悲痛欲绝，泪如雨下，悲号道："山亦安敢负公哉！"随后，在一个星光黯淡、明月潜行的夜晚，着红衣黄冠，仗剑北上。这是傅山第二次徒步千里直抵京师。第一次是护送袁继咸囚车，那时他年过而立，血气方刚，为恩师辩冤在京奔波半年之久；这次，他身怀剑技，潜入京师，城头已换大王旗，处境比上次更为凶险。或许，他是想找机会救出恩师？无奈力有不逮，到达京城时袁继咸已英勇就义。他能想象恩师从容赴死的情景：正午的阳光放肆而炙热，袁继咸步入刑场，披枷戴锁，一身血污。他甩开额前的长发，仰起头，眼睛被阳光刺得眯成一条线。远天，高阔深邃，海一样蔚蓝，有几只白鸽掠过，像是移动的点点白帆。袁继咸睥睨一眼两个身着红衣的刽子手，脸上没有一点惧色，目光相遇的瞬间，刽子手竟有些怯懦。他们见惯了临刑时已无法站立的囚犯，极少这样面不改色的义士，如同一尊石像，经过太阳的洗礼，傲然耸立于天地之间。

面向恩师升天之地，傅山泣血再拜。收齐先生遗稿，废然而返。

这一次活着走出刑部大牢，实在出乎傅山所料，他本欲效仿恩师，慷慨赴死。自从清入主中原，他觉得活着就是耻辱，余生已然破败，只能拼尽全力守护住心中的信念。其实，纯洁的不一定就是白的。当堂怒斥，凛然赴死，彰显的是气节；抗词不屈，绝食九日，几死，何尝不是尊严的另一种呈现？山河破碎，多少人苟活而不知耻；唯傅山，像山鹰一样穿云而过，却仍嫌双翼摆动得不够有力。自责，几乎贯穿了他的余生。

那是一束穿越心灵的闪电，傅山的生命因此而高贵。

文化资本

"朱衣道人"案牵扯的人，或处极刑，或被流放，为什么唯傅山全身而退？

因为，傅山拥有巨大的文化资本。明清之变，是改朝换代而非社会革命，旧的社会文化结构没有被摧毁，傅山作为明末的文化旗帜，影响力依然。当改朝换代的时代潮流涌来时，一些良知未泯的汉族知识分子裹挟其中，由于各种原因出仕异族政权，心中的愧疚难以排遣，保护困境中的明遗民，成全他们的民族气节，就是这些仕清汉官的愿望。傅山是高山仰止的前朝大儒，不仕新朝的政治姿态不但没有削弱他的影响力，反倒增加了他的文化附加值，交好和接济傅山，成了一些仕清汉官在特定历史环境下的心灵抚慰。

"朱衣道人"案中有一个重要细节：为了自证清白，傅山称第二次拒绝宋谦求见时，山西布政司经略魏一鳌求诊在场。这个证据太重要了，宋谦已死，他对傅山的指控成为孤证，如果体制内有位高权重的人证明傅山拒绝过宋的求见，案件就有了回旋空间。傅山在平定被捕，魏一鳌在太原为官，两人分居两处，那时没有微信也没有"伊妹儿"，事先很难勾兑，傅山提出让魏一鳌为自己作证，实为一招险棋。

我们试着还原一下当时的场景——

"魏大人，道士傅山说，反贼宋谦在顺治十年十月十三日曾登门求见，因为此人口碑不好，被他坚拒，其时你正好求医在场，据说这宋谦还十分不满，确是否?"

魏一鳌当时可能一愣，瞬间便反应过来。傅山被捕他已知晓，正忧心如焚又无计可施，面对取证的官员，知道这是好友对自己人品和胆识的高度认可，略一思索，正色道："确有此事。听家人通报，那宋道士因受冷落极为不屑，走时还口出秽语。"

"魏大人，可敢具书为证?"官员目光犀利，又隐含一缕柔情，流露的意思似乎是，此事干系重大，如作伪证被识破，将会祸及全家。

来人的微表情虽然稍纵即逝，还是被细心的魏一鳌捕捉到了。对方也是汉官，感觉得出，他对傅山同样心怀敬意。于是，神态平和，语气不容置疑地答应："敢! 理当具书为证，下官岂能坐视无辜之人蒙冤受屈。取纸笔!"

魏一鳌是傅山的挚友。作为明举人，顺治二年（1645）被迫参加了清吏部考试，因为"抗违不应试者，指名拿问"。试后被授平定知州，侍奉新朝，他心中的不爽可想而知。老师孙奇逢以"洁己奉公，爱民礼士"八字相赠，并开导他："不得为官，犹得为人。"在任期间，魏一鳌清廉自守，德政颇多，对傅山也多次在经济上施以援手。他曾作诗称赞傅山"黄冠心鄙渭水翁，不觉写出首阳石"，赞美傅山不羡慕出仕为官的姜子牙，自己则是耻食周粟，采薇而食，饿死于首阳山的伯夷和叔齐。诗中，既有对傅山民族气节的赞颂，亦有与傅山为友的骄傲与欣慰。后来，"朱衣道士"案在几个重要环节上，都得到仕清汉官的暗中斡旋，均是出于对傅山才华和人品的高度认同。

这种改变命运走向的文化资本，在傅山的晚年尤显惊艳。

康熙十八年（1679），康熙为了缓解民族矛盾，起用散落于民间的汉族知名学者，设立了博学鸿词科，公开下诏："凡有学行兼优、文词卓越之人，不论已仕未仕，令在京三品以上及科道官员，在外督、抚、布、按各举所知，朕将亲视录用。"隐居的傅山声望显赫，自然会被地方官员荐举。这时，大清已立国三十五年，政局初步稳定，但仍有一批深受士文化润泽的汉族知识分子不肯屈附，朝廷下诏后，"不乏辞不就征者"。这些耻与清廷合作的被举荐者皆风骨卓然，学问和影响亦居顶流。康熙自然心里明白，所以将所有请辞一律驳回，并严令地方官员，负责"作速起送来京"。

七十三岁的傅山得知自己被举荐参试博学鸿词科后，"屡辞弗获"，笼罩在心头的是苦闷和悲愤。县令戴梦熊和他有辞赋往来，平素对他也尊崇有加，凭着"脸儿熟"，命役夫直接抬轿接人，傅山几乎是在极不情愿中被"押"送京城。太违和了！一个矢志反清的前朝遗民，竟要去参加粉饰当朝太平，由大清皇帝亲视的恩考——令人悚然的灵魂考问，像一枚枚苦果一下子挂满生命的枝头，令傅山不堪重负。他不由作诗哀叹："促压无所展，坐叹复坐叹。惟有心里泪，尽多背上汗。"他决意不给清朝皇帝面子，他当然知道忤逆龙鳞的后果，他想到了死，甚至连葬身之地都已选好。

到了北京，傅山住在崇文门外的圆觉寺，以病重为由卧床不试，谁劝也没用。

康熙闻报，竟然没生气，反而降诏："傅山文章素著，念其年迈，特授内阁中书，着地方官存问。"这是天大的恩典，宰相冯溥让傅山入朝叩谢，傅山坚拒不往。因为去了，就等于承认了清朝的合法性，这是傅山的底线，无论如何也不能突破。没法子，冯溥只得命人强行抬着傅山入朝，行至午门，傅山不禁潸然泪下。他一定是想到了恩师，想到了无数英勇捐躯的抗清义士，心中的凄凉如风中枯枝。冯溥见状，怕龙颜不悦，忙上前一步强拉住他叩头谢恩，傅山死也不肯，扑身倒地。众人皆惊，一个个吓得脸像窗户纸一样煞白。

这个倔老头，屡蒙"天恩"，连个正常的谢恩程序也不肯走，康熙不聋、不瞎，岂会看不出？可是他不但不予治罪，还批准傅山回乡颐养天年，显示出一个封建帝王的政治谋略，当然，傅山超高的文化声望也使统治者不得不有所忌惮。那时，不但拜访傅山的省内学子如过江之鲫，过境太原的各地文人墨客也无一不到傅山处"打卡"。这次进京，拜访、求见、迎送的士人学子、官宦名流更是踏破了门槛。保留这样一面明遗民的文化旗帜，有利于收拢人心、延揽英才；而傅山不与清廷合作的决绝姿态，折射出高贵的民族气节；被钦点为"内阁中书"后拒绝一切拜贺，仍自称为民，表达了对大清皇权的无比蔑视。可谓：华发寻春不见梅，一路坎坷雪成堆。寒风不改春天志，牡丹虽谢心相随。

像一朵傲然挺立的秋菊，傅山终于找到了属于自己的那一抹色彩。

毋庸讳言，矢志反清的傅山确实与一些仕清汉官过从甚密。作为官宦书香世家，明朝灭亡，傅山无疑失去了一些政治与经济特权，生活从优渥陷入窘迫。他有书法和医术两大谋生技能，不过，书法多为应酬之作，行医又以慈悲为怀，收入总是有限；傅山的志向是反清复明，曾变卖家资筹措义军经费，精力长时间用于地下反清活动；到了晚年，清廷一统中原，反清复明成了无法实现的梦，疗伤又占据了他的生命空格。生活困顿，处境险恶，

交好那些良知未泯的仕清汉官，成了傅山的一种生存选择。这些
人确实给过傅山许多政治上和生活上的帮助，才使他得以在七十
九岁高龄辞世。但是，他与仕清汉官的交往止于人情往来、诗词
字画。顺治十二年（1655），杨思圣出任山西按察使，次年，转
任河南右布政使。一向不愿为官宦权贵服务的傅山专程赶往河南
为杨诊病，可见两人关系并不一般。后来有人为杨作传，希望傅
山说说杨的政绩，他以杨仕晋时自己大部分时间在江南旅行，知
之甚少，推了。一位反清的前明遗民，怎么可以对仕清汉官的政
绩加以称颂？

——不，决不！这是傅山的孤洁，也是他不变的风骨。

傅山拒试博学鸿词科时称病不起，归乡后立马外出游历，哪
有半点病容？有的只是对清廷的蔑视。孤洁和蔑视一样，可以支
撑起一个人的高贵与自尊。正是：天地阔，风华终归尘；一缕残
阳，半山寒雪，衬出一座不老的昆仑。

著书存志

顺治十二年（1655），傅山出狱后曾数度南游，表面是寻访
山水，实则是探求反清复明的可能。历史只负责洗牌，出牌的永
远是个人，不到最后一刻，他不会轻言放弃。

1659年，傅山得知郑成功的义军围困了南京，大喜过望，
急行而至，无奈郑军已兵败撤退。站在燕子矶头，薄雾惨淡，秋
云高远，滚滚的江面上，放眼尽是清军兵船，"长江三百里，如
梦到金陵"，傅山一声悲叹，心已被蒙蒙细雨淋湿。岁月不为壮
士留，魂不灭，恨未休，大江东去，浪淘尽，何处觅风流？他意

识到，无论南明政权还是郑成功，都已经无力一统华夏了。这时，傅山如果想出仕新朝，以他的学问和声望，荣华富贵唾手可得，他却以诗明志："众鸟趋新林，孤云危岫依。势力不可忽，素心讵易违？"在鸟儿纷纷投奔新的树林时，为坚守素心，他宁做一片"孤云"，环绕在险峻的峰峦。

南京归来，自顺治十七年（1660）至康熙十七年（1678），傅山隐居松庄十八年。

松庄位于太原东山脚下。三间茅舍，五畦青苗，成了傅山的心灵皈依之所。"细雨杏花下，今古得小憩"，他想找一处山明水净之处，修剪自己的心情。他不会望峰息心，沉溺于餐松饮涧的日子。隐而不出，须看隐居所求者何，傅山所求的是——著书存志。

傅山明白，自己的情感已被岁月洗劫，唯有对谈高士，荡舟书海，才能收拾起一地萧瑟；迷茫搭建的舞台，思考才是舞台中央的那一束聚光灯。他在灯光的照射下持剑而舞，研读典籍，专心于中华传统文化的梳理与发扬；思接千载，不断拓展着心性与灵魂的疆域。

坚守不是固执，是信念催生的花朵；执着也不是冥顽，是气节滋养的高贵。

明之亡，促使傅山反省程朱理学的腐朽、空疏与误国。宋朝是中国封建社会发展的全盛期，明朝也是中国历史上很有骨气的一个朝代，不和亲、不赔款、不割地、不纳贡。不过，这两个朝代有一个共同点：推崇理学。自从汉武帝"罢黜百家，独尊儒术"，特指"六经"的经学就被奉为"正统"；至宋代，以程颢、程颐和朱熹为代表，在经学的基础上发展出理学，建构起"千古不变"的道统；到了明代，理学已居绝对统治地位，自诩能够

"修身齐家治国平天下"。可是，宋人讲理学，没有能够阻止宋朝的灭亡；明朝的东林党人好以理胜人，理学名家蔡懋德在亡国前夕还鼓吹"诚明道统"，明朝也没有摆脱灰飞烟灭的命运。而且，宋被金、元灭国，明被清朝取代，皆"华夏亡于夷狄"。

理学强调"三纲五常"，禁锢思想，反对变革，束缚人的开拓精神和创造性，面对强敌垂涎，焉可救国？

傅山一眼洞穿，清廷推崇理学有着自己的政治考量。他们虽然早就觊觎中原，却是打着替明复仇的旗号入主的北京，所以康熙称"自古得国之正，无如我朝"；明朝及李自成农民政权被清取代是应天顺人之举，因为它们气数已尽，符合程朱讲求的天理说。康熙说自己"夙好程朱，深谈性理"，不过是收拢人心，为清廷的统治寻找理论依据。在他眼里，真正的理学绝不是书斋里的高头讲章，而是外儒内法。正是他承续了顺治开启的"文字狱"，且手段残忍，与汉族知识分子祈盼的"以仁治天下"根本挨不上边；而降清士大夫推崇理学，则是为屈膝仕清挂起一块遮羞布。在给挚友的信中，傅山痛斥康熙："以尧舜之冠，加于狗头之上，即可以为尧舜乎？"言外之意，又鸟终归是一只鸡，马户不过是一头驴。

对禁锢人们思想两千多年的经学，傅山敢于打破，自居"异端"；他开创了近代诸子学研治，但并不排斥其他各种流派；在傅山心中，学术研究应该是一个八音盒，每一种声音都可以得到共鸣；经学子学平等，"经"只是诸子百家中的一家，"今所行五经四书"，不过"注一代之王制，非千古之道统也"；他蔑视封建皇权，认为帝位只是旅舍，怎么能"万世一系"？只有一心为公的人掌握了"神器"，才能如海上日出般使"天德"昭示于天下。

对程朱理学，傅山也没有一棒子打死，承认"四书五经"自有其精处，只是，极为不屑后世儒者泥古守旧。他博览经史子集，参研佛经道经，精通音韵学与逻辑学，擅长金石遗文研究，如同一片深邃的天空，能够包容得下阴晴雨雪、风云雷电，难怪被人称为"学海"。海，波澜壮阔，气势磅礴；又深藏若虚，蕴含玄机，是多么令人惊叹的存在。

傅山叩问真理的足音，关乎自然、关乎社会、关乎人生，像是历史键盘弹奏出的音符，如诗如画，在时光的深处悄然绽放，留下的每一片花瓣都闪烁着理性的光泽。他的许多识见提出于几百年前的封建社会，远高于同时代知识分子的认知。如同大鹏，当燕雀还在争食眼前的粟米时，它已经穿行于云层之上，俯瞰世间万象。

无论黑云压城，还是阴雨绵绵，傅山对自己的定位始终是一名反清义士。众所周知，他医术高超，书法卓绝，在当时都是天花板式的存在。晚年在《墨池》一诗中盘点自己的人生，傅山却心生悔意："投笔于今老，焚方亦既迟。"为什么？孙思邈的医德为人敬仰，王献之的墨迹流传至今，却难以改变社会的积弱与弊端；自己身怀薄技，为世人称道，不是依然不能拯救国家的危亡吗？家国情结浓烈的人注定如此：即便生命如蜡烛一样燃烧殆尽，留给世人的仍是"蜡炬成灰泪始干"的人间大爱。

傅山的山水画作也注入了江河一样的激情，充满孤高兀傲之气。有论者发现，"明末清初之际，奇节异行之士，痛祖国之沦亡，哀异族之宰割，而又无力反抗，其牢骚抑郁不平之气……遂一寄于画"。傅山的画，就是他情感的另一种表达，风兴云蒸，残阳斜挂，千里阵云，无尽天涯，那景致，比岁月更显沧桑。可以想见他作画时的情景：提笔，剑眉微蹙；落墨，气冲丹田。画中的景色哪里是山川静物，分明是挺拔嶙峋的生命绝唱。画毕，傅山一吐胸中郁气："掷笔荡空胸，怒者不可见。笑观身外身，消遣又几日。"

傅山为晋祠题过一副楹联："茶七碗，酒千盅，醉来踏破瑶阶月；柳三眠，花一梦，兴到倾翻碧玉觞。"一副纵酒狂歌、放荡不羁的形状。这不过是傅山的应酬之作，心中充溢亡国之恨的诗人，哪里会有这样的闲情逸致，为茶的口感和香气，七次沸水冲泡，继而千盅买醉，踏碎玉阶冷月？或者，一日三眠，向花一梦，兴致一来就纵酒狂歌？

不错，傅山嗜酒。但是年近迟暮，旧梦渐远，身旁未了事，昔日壮士忧，齐聚心头；酒，不再是放飞自我的"真淳之液"。秋风晓月庐中卧，浅酌低吟肯定是有，三杯尽解忧愁去，换得浮生一日眠。风退尽，云自殇，温酒断柔肠。人的一生总有跌宕，智者在潮起时会踏浪而行，潮落时会禅悟人生，他们从来不曾心如死水，短暂的平静是为了更决绝的抗争。同样是轻盈，飞鸟是划过蓝天的音符，羽毛随风摇曳的身姿也令人憧憬。晋祠中，傅山还题有另一副楹联："万竿逸气争栖凤，一夜凌云见箨龙"——栖凤，象征着高洁；箨龙，竹笋的别称。这才是他的本心：万竿新竹，超凡脱俗；一夜凌云，新笋迭生。艰难是必须穿行的风雨，信念永远不会被时光切割。他不是"静念园林好，人间良可辞"的隐者，不是"中岁颇好道，晚家南山陲"的仙家。笃行之人，每走一步，都是对信念的丈量："日上山红，赤县灵真三剑动；月来水白，真人心印一珠明。"

日月为明，珠明——朱明。十年饮冰，难凉热血；你为落花，我是蝴蝶。春光虽逝，傅山却没有一刻不为心中的信念起舞。

隐居期间，云游也成为傅山的生活日常。有人云游会迷路，有人云游为圆梦。傅山出游，是为疗伤，为存志，为寻访高士，不闭门读书，被古人的陈说束缚，变成井底之蛙。他甚至认为，对于求学者，家无异于牢，他曾指着"家"字问孙子，宝盖下的豕和宝盖下的牛有什么两样？对于中弹的鸟儿，辽阔的自然才是它疗伤的最佳场所。

桑榆晚照，傅山的踪迹仍遍布山林，经常与猿鹤为伍，和鸟雀合鸣。沿途或夹壁高耸，涧水回环；或小道盘曲，草木茂叠。傅山的思绪在如水的夜色中穿行，在绚丽的朝霞中驻足，一路留下不少诗文。越是靠近真理，越是感受到真理的迷人；越是被真理倾倒，越是甘愿为真理献身。在孙子莲苏的陪伴下，傅山七十岁时登顶泰山，站在天烛峰上放眼四顾，觉得自己化身成了一片海，烦愁变成海面上一朵朵激情的浪花。激动之余，赋诗言志："登此不自振，虚俯齐鲁青。""凌云顾八荒，浩气琅天声！"一时间，通体康泰，豪情万丈，像极了传说中的长生花，花开单蒂，留香万年。

康熙十五年（1676），傅山七十一岁。风流倜傥的高富帅，已被岁月雕刻得脸颊布满皱纹。只是腰板还挺直，如奇峰之松；眼神也依然深邃，装得下星辰大海。岁月匆驶，荒草成灰，有一种情愫在傅山心中一直发酵，时间越久，越是醇厚："家国哀哀雁，行藏趾趾鸢。"原来，时光可以将一片废墟掩埋，将一段记忆沉淀，却无法将一粒植根于心的种子封杀。它会一直顽强地生长，直到长成世间一道永恒的风景，水秀山明。

康熙二十一年（1682），傅山七十七岁，人生即将落幕。复盘自己的过往，傅山无愧于心，他努力地活过，没有一个晨昏辜负过生命。于是，作《迎春花》抒怀："不向丽人云鬓戴，不期墨客吟咏污。坚贞有恒正在此，命寒情热亦奈死。"不向往富丽堂皇，也不惧怕谤言加身；有恒，就是始终不渝的民族气节；情热，自然是对中华文化的眷眷深情。今生，只为你花开不败；来世，只为你痴情相守。

国家处于异族铁蹄之下，弯弓跃马之志不得伸，傅山晚年对自己的诗文极为看重。那是他用心血浇灌的花朵，开在生命甬道的两侧。残月枯灯之下，傅山嘱咐孙子收齐他的文章，他神色庄重，目光慈祥，拉着孙子的手青筋暴突："人无百年不死之人，所留在天地间，可以增五岳之气，表五行之灵者，只此文章耳！念之，念之。"归隐山林，就是要著书存志，不过他也知道，自己的诗文流露明显的反清倾向，很难保存下来。他播种了一座花园，留下的也许只是几束秋花。傅山特别嘱托后人，倘有遗编残句流传，千万不要"妄以刘因辈贤我"。刘因生于元，曾以学问道德被荐于朝，官至右赞善大夫，后来以母疾为由辞官归隐。傅山认为，刘因先仕元后隐居，算不上有风节。自己不是一般的归隐，而是根本就不承认清朝的合法性，如果把他和刘因相提并论，将死不瞑目。

视名利如浮云的傅山这样爱惜自己的羽毛，是孤芳自赏吗？不。珍爱自我，才能听从心灵深处的召唤，活成想要的自己。

康熙二十三年（1684），傅山卒，享年七十九岁。

临终遗命：以朱衣黄冠殓；并嘱不发讣告，不设吊唁。至死，也没有与这个世界妥协。时人有诗大赞："衮衮皆清要，惟公固采荣。百年谁不死，千载尔犹生。调度方山峻，风流晋水清。太原有遗老，今日始成名。"

傅山历经两朝，终生不仕，一直游离在体制之外。

他有自己的江湖。何为江湖？恩怨情仇，鲜花怒马，暗室欺心，尔虞我诈？那不是傅山的江湖，傅山的江湖是由胆识、气节维系的文化共同体。在他的江湖里，英雄来来去去，豪情常开如花；在他的江湖里，忠贞是一颗红豆，相思是永远不能释怀的牵挂；在他的江湖里，"岁寒之冻埋深雪，节在何妨暂折腰"，心向太阳，即使不能抵达，也能置身霞光之中；在他的江湖里，惺惺相惜，壮士聚首，你华美了他的岁月，他擦亮了你的人生。

开始，傅山为人们讲述江湖的故事；后来，他自己变成了江湖的传说……

绝 响

明 志

纵身投湖时，你的内心一定凄楚无比吧？

我知道，你已经下了必死的决心。崇祯十七年（1644）三月，北京被大顺军攻占。随后，清军在明朝将领吴三桂的策应下进兵山海关，击败李自成，建立了大清王朝。留在南京的明朝官员拥立福王朱由崧为帝，年号弘光。只是，南明小朝廷争权夺利，意图偏安，清军一路势如破竹，很快兵临金陵城下。

这之前，你曾以尚书夫人的名义前往大营犒军。偏安一隅的弘光朝廷岌岌可危，庙堂的朋党之争依然不断。你接受了兵部尚书阮大铖的邀请，犒军江师。

前一晚，你在琴房凝神静坐，心手相印，一曲《满江红》弹得惊心动魄。

自清兵入主中原，你常常吟咏岳飞的这首词，吟到"靖康耻，犹未雪。臣子恨，何时灭"时，悲愤便如洪峰突至，冲击心闸。你曾肃立于岳武穆祠前，望着"还我山河"四个大字，奋笔疾书："海内如今传战斗，田横墓下益堪忧。"表达了对时局颓靡的一腔幽怨。今夜，抚琴而歌，更是别有一番滋味在心头。窗外，弯月如钩，繁星点点，似乎被你的琴声震撼。阮大铖此举并非为了鼓舞士气，只是要羞辱钱谦益，你何尝不知？作为一位小女子，你甘愿抛头露面，是为了不放过挽救危局的任何一个机会。你明白，与其诅咒黑暗，不如点燃一支蜡烛；呈现自己的内心，是魅力，也是一种勇敢。

早晨，江面笼罩着一层薄雾，江水缓缓流动，像是刚刚从沉睡中苏醒。一艘艘战船列队整齐，一面面旌旗迎风飞舞。你白衣红袍，一身戎装，腰佩三尺剑，头插野雉羽，英姿勃勃地来到阵前。自古华夏有奇女，狼烟骤起身不顾，舍生死，为民族。

——将士们，山河破碎，好男儿当舍命沙场。保家卫国，小女子愿舞剑助威。

言毕，你斟满杯中酒，屈膝半跪，敬天敬地敬军魂。

随即，拔剑起舞，寒光一闪，周身仿佛被彩虹缠绕；上下翻飞，犹如一条银龙出没。

阮大铖寡恩薄义，怯战畏敌，你心中残存的一点希望很快就碎了一地。

此刻，站在你身旁的是一位头戴乌纱、身着锦袍的黑脸汉子：钱谦益，你的夫君，南明政权礼部尚书。崇祯皇帝煤山自尽前，下诏宣他进京任礼部侍郎，刚要启程，城破。崇祯击鼓呼唤百官，竟无一人至。勇赴国难，才是忠贞之士应有的作为，清军即将破城，你希望丈夫殉国忘身，他享誉士林，理应为天下人做出榜样。你是女子，但心系苍生、情怀社稷，于你，为国捐躯，死便如同去赴一个约定，踏歌而行，笑傲秋风。

湖水绿如翡翠。一圈圈的涟漪向四周扩展，那是湖仙子散发的光泽和魅力。它知道，今日将有国士携爱妻沉湖，以彰显宁死不屈的民族气节，特地插了几茎坚挺的荷叶、几枝刚刚抽箭的青莲，并邀来白鹤数只，在远处翩翩起舞，黯淡了刀光剑影，远去了鼓角争鸣；孤阳、残雾、冷风，营造出烈女殉情的凄婉，壮士取义的庄重。

画舫行至湖中。水面，清冷异常；舱内，酒断愁肠。

你双手持杯，走到船首，深情地望着丈夫，话未出口泪已流。眼泪，不仅是悲伤的别名，有时也是豪迈的倒影："尚书公，今日，此水将因得到你而清波千古！"

"如是……"钱谦益怯懦了，泪眼迷离，神色凄然。

柳如是是你的名字，曾经的"秦淮八艳"之首，琴棋书画、诗词歌赋，无不精通；最重要的是，你有一颗滚烫的赤子之心。你的豪迈与高贵，在明末清初的江湖已到处流传："尚书公，噩耗频传，金陵城破已无悬念。既然公无一兵一卒可供驱使，后事就无须再议。今日，公死殉国，我死殉公，取义而全大节，如是所愿！"

钱谦益默然无语，就像一只被惊飞的宿鸟，仓皇茫然，无枝可依。

你害怕预感成真。这几天，常有一些宵小之徒窜到府上，鼓动钱谦益向清军献城投降。丈夫德高望重，位极人臣，一举降旗，必惊天动地。你不见丈夫厉声斥责，担心已如浓雾一样笼罩心头："尚书公，先生乃国之重臣，东林领袖，别人可降，唯君不可。如是仰慕先生，真心追随，如恐不及。今日，愿随先生以身殉国，以全名节，以符清望盛誉。黄泉路上，与君同行，如是必精心侍奉之。"

　　钱谦益不敢与你对视，将飘忽的目光投向远天。远天，浮云飘，飞鸟叫，落花不解伊人苦，酒未肠断泪已抛："如是，水、冷……不宜自沉。"

　　——水冷，不宜自沉？六个字，如寒霜骤降，瞬间将你冰冻。

　　你曾飞蛾扑火般找到他，他的见识如箭穿云，他的才华如花绽放。高傲的你一读其诗文便立刻沦陷，发誓非钱谦益一样的才子不嫁。清兵入主中原，你和钱谦益从常熟乘船同赴南京拥立新皇，路过京口——当年梁红玉与韩世忠浴血抗金的地方，江水呼啸奔腾，犹如当年的号角之声；而远天的那一片红霞，分明是梁红玉身披红绫，擂鼓助战的身影。你斟满酒，端一杯给钱谦益，神色肃然："今天与夫君来到昔日鏖战之地，当以酒祭奠英魂，誓死收复失地，匡复大明。"说着，屈膝跪地，对着远天的那一片红霞叩首而拜。当时，钱谦益与你共情，手握腰中剑，把酒诉生平，一腔英雄气，跃马欲弯弓。谁承想，最珍惜的情感像晨雾一样散去，最崇拜的男神如泥塑一般坍塌，即将步入天国，你的内心怎堪承受？

　　你目光冷漠，岂止冷漠，简直是鄙夷。

　　有一种繁华，常常被迷雾遮蔽，一旦风吹云散，真相便令人锥心刺骨。

　　你一声冷笑，默默将杯中酒洒入湖中。你在祭奠为国捐躯的爱国志士，也是为自己即将飞扬的灵魂壮行。此刻的你，妆容高贵，神色泰然，双眉入鬓，似柳叶轻飘，发髻高耸，如泰山之松。你是一女子，但你的偶像不是王妃贵妇，而是沙场上擂鼓退敌的梁红玉。金瓯破，谁人补？愿得此身长报国，但凭女儿怒。

　　一抬手，你将空杯掷于脚下，在钱谦益和丫鬟的惊叫中，纵身一跃，跳向湖中。

这一跃，划出了人世间最壮丽的一条弧线；昨夜剑在匣中响，巾帼豪气九霄扬，谁说忠烈尽须眉，女儿也殉故国殇。这一跃，折射出的民族气节光耀青史；心如铁、志如钢，金瓯破碎早断肠，不做遗民空抛泪，楚虽三户秦必亡。

这一跃，白练腾空，水天一色；时间为之肃立，天地为之合掌。

过 往

你的生命是一场放逐。只是，当别人将自己交予世俗时，你用内心的真诚，唱出了一曲卓尔不群的天籁之音。什么是高贵？高贵就是——以往的坎坷、痛苦和屈辱被你剪裁成一幅意境深远的画，它是你人生的背景板，让每个路过的人驻足致意。

崇祯元年（1628），五岁的你堕入青楼。古时女子误入风尘，一般是籍没或贷卖。把罪犯的女眷籍为婢女，是为籍没。贷卖则分两种，一是贫穷人家技穷路绝，不得已把妻女卖入妓院或富家；另一种是自卖，羡慕富贵侯门，将女儿弱质之身托送高枝。你堕入青楼的原因史书无载，从你父母身份不详的背景分析，应属贷卖的前一种。

五岁，目若秋水，面似银盘，本该被生活的蜜汁浸泡；你却如一瓣落花，被命运随手扬弃。所幸，接住你的是江南名妓徐佛，她儒雅睿智、知书达理，心弦一动，士林中人纵有五车之才也难分伯仲。她端详着你，柔情似水："这小囡子，口不空而含丹，眉不画而横翠，看上去聪明乖巧，从今日起，就叫杨媛吧，也不辜负了这一个'媛'字。"从此，青涩懵懂的杨爱没有了，取而代之的是不落凡俗的杨媛。徐佛燃起一炷心香，将你默默熏染，教你弹琴，听高山之音；与你读诗，赴李杜之约。十四岁，你进入故相周道登府邸，先做婢女后做妾。善良的徐佛原以为，这是青楼女子最好的归宿，走过了浮华，经历了喧嚣，终于有一处富足之地可以安身立命。确实，你得到了故相宠爱，为你起名：朝云。朝云，巫山神女名，"我是梦中传彩笔，欲书花叶寄朝云"，很文艺的名字。周道登迂腐谦和，但以他的进士出身，完成对你的文学教育绰绰有余，你的人生，被你的勤奋和聪慧托举。只是，豪宅也有后宫斗，一片孤城万仞山。你无意争宠，却因为故相的宠爱成了妻妾们群起而攻之的对象。她们是重峦叠嶂的高山，你是一座没有设防的孤城，败局早已注定。

与男仆有染——你无辜"躺枪"，被逐出周府，重返归家院。

那是一个夜色朦胧的晚上，云雾似薄纱缭绕，月亮正缓缓升起。离开周府，你心有不甘，为自己起名：影怜。红颜薄命，孤影对弯月，冷风吹皱湖水；晓来谁染霜林醉，遗恨随风，只有离人泪。不过，摆脱了周府妻妾的陷害，你有了更加广阔的未来，你是凤凰，本来就不应与燕雀争食。你从不仰视富贵，投向世间的目光自信而独立；唯有岁月的打赏，你欣然领受，它使你颖悟绝人，特立独行。

徐佛真情地拥抱了你，她懂你。懂，是一封没有拆开的家书，只有灵魂相通的人，才能知晓里面的内容。

面对命运的揉搓，你有自己的抗争方式。"相府下堂妾"——你公开打出这个标签，归家院立马宾客盈门。士人学子、商贾官宦争相欲睹芳容，他们要见识丞相小妾的朱唇粉面，要领略红颜才女的学养才华。一时，"宝马雕车香满路。凤箫声动，玉壶光转，一夜鱼龙舞"。归家院，成了人满为患的"网红打卡地"。你不是为了蹭流量，既然周府的人让你无辜"躺枪"，你就可以用这种反讽的方式奋力一击。你缺少被人赏识的机遇，缺少朱门绣户的财富，唯独不缺的是——女性的冷傲与自尊。游走在丝竹管弦之间，你已经确定了自己的人生标高："杨花还梦，春光谁主？晴空觅个癫狂处。"

你是蓝天飞翔的纸鸢，归家院的天井当然无法放飞。徐佛主动为你脱籍，且不要分文。没有在寒夜流过泪的人，不会感受到友谊的温度。那一刻，她是青藤，你是绿叶；她是星空，你是晓月，情谊难言，尽在泪眼相望之中。

用赎身的钱，你买下一条彩船。从此，寄身松江，乘画舫、逐长川，泛宅浮家；一轮明月、千顷碧水，一个船工、一个丫鬟，勾勒出你的人生轨迹。半部《诗经》引火，三卷《汉书》烹茶，来往于名士之间，你的声誉鹊起，唱和在雅士宴中，你的气质卓然。松江知府诡谲无行，被你轻慢，欲以"流妓"之名驱之。你不愿离开，你在松江结识了宋辕文、陈子龙、李存我等挚友，引发了频率相同的心灵共振，同一种羽毛的鸟总喜欢聚在一起；当然，你渴望生活的安定，可是，得知需要送知府一幅字事情方可转圜，不禁愤然作色："我的字只送知交旧友，不媚庸官权贵！"

在一个唯利是图的世界，冷傲是防腐剂，它可以使你的生命永远鲜活如初。

你无视传统的封建礼俗，脱籍后一直为自己留心佳婿。你不想等待，等待太过昂贵，要用青春支付成本。一辈子其实很短，如果不抓紧，再美的风景也会凋零。你不在乎年龄和相貌，只看中对方的才识与学养，憧憬着有一佳木能让自己筑巢而鸣。

　　宋辕文被你的才华和美貌倾倒，发誓不会在你今后的生活中缺席，他把美好的许诺编织成一个个花环，为你精心戴在头上。可是，当松江知府逼你移舟归渚时，你找到他，希望他能娶你，成了大户眷属，自然不在驱逐之列。没想到，这位风流倜傥的文艺青年，望着你痴情的眼神，竟怯懦地说："躲一躲，姑避其锋！"

　　你勃然变色："别人说这话无足怪。君如是，令人断肠。从此，影怜与君恩断情绝！"

　　言毕，抽刀向案头的古琴砍去，七根琴弦齐刷刷斩断。你没有想到，宋公子在家族的压力下早已萌生退意。一个被捧在手心中的妈宝男，怎么敢拥有没有父母祝福的爱情？两个人的相恋，不过是港湾里荡出的一叶木舟，风平浪静时，岁月静好；风暴一旦来临，根本无力去迎接雨后的彩虹。

　　陈子龙早就对你一见倾心。他欣赏你的胆识和气质，更倾慕你的才华。在他眼中，你的诗文和书法是一道独特的风景，雕刻着岁月，擦亮了流年。像细雨，让世界变得清澈；如飞雪，净化着俗世的尘埃。"城荒弧角晴无事，天外挽枪落亦知。总有家园归未得，嵩阳剑器莫平夷。"这是你睹物伤情的感怀之作吗？不，它蕴含着你深沉的家国情怀，表达的是你对祥和的渴望和忧国忧民的赤子之心。他揣度，写作时你的灵魂肯定在翩翩起舞，不然，每一首诗词，每一幅字画，为什么会尽显灵魂的高贵？像是一把桨棹，他的心海被你搅动。你是一轮皓月，他愿化作一片云彩，夜夜簇拥在你的身旁；你是一缕清风，他愿化作一株柳枝，时时感受到你的吹拂。青楼女子当如何？珠玉落尘埃，雾遮云不开，云不开，情犹在，一寸愁肠千万结，只因真爱。

　　原本，子龙想促成你和宋辕文的姻缘，才子佳人，本是天生的绝配。他虽然爱你，但家有妻室，又境况窘迫，没有动过非分之想。没料到，擦身而过月下愁，夕阳未至爱已收，不是同路夜行人，谁挽真情上南楼？爱，就是寻一人厮守，无法共情，何来青丝白头？你和宋辕文只能一拍两散。还是子龙仗义出手，使你未被"驱之"，目交心通，终于盘活了彼此的世界。友人出借的南楼，让你们度过了一段浪漫的日子。爱情不是在最好的时光相遇，而是因为相遇，时光才变得最好。油纸伞下，留下过你们相偎的身影；林荫道上，回响着你们唱和的歌声。如果说，周道登的点拨熏染，在你的闺阁燃起过一束光，那么，子龙则为你的世界打开了一扇窗。窗外，风声过隙，北雁南归，霜叶满天映红霞，花开十里惊雷飞。你感佩子龙的胆识和才情，甚至不惜把高傲折叠，以妾身进入陈宅。如果不是陈夫人上门羞辱，刁天决地，也许日月轮转，你们能相伴到老。

子龙是真诚的。他感恩命运的恩赐，能在人海茫茫中与你相遇。只是，纳妓为妾是为不孝，不孝坐实则仕途无望。对于一个有着报国情怀的饱学之士，多少沧桑付流水，唯愿仗剑渡关山。关山不至，心何以安？你们面对的传统太过强大，迎头撞上必头破血流。你不愿意耽误子龙的前程，人世间最纠结的莫过于，因为爱而远离。劳燕分飞，他从未忘记过你："何限恨，消息更悠悠。弱柳三眠春梦杳，远山一角晓眉愁。无计问东流。"你也从未忘记过他："莫道无归处，点点香魂清梦里。做杀多情留不得，飞去。愿他少识相思路。"情断一帘幽梦，却没有悲愁弃妇的苦吟哀歌，一个"飞去"，折射的是你自尊、自强的冰雪品格。只是，你劝子龙"少识相思路"，担心他为情所累；自己又何尝不是把他安放于心，魂牵梦绕？

落红如梦，只有情无底。留不住、人千里，别席笙歌断，门外柳相依。道是有情，为何终离去？心若含怨，奈何，奈何，两地魂销，十分难语。

子龙之后，你像一艘飘零中的小船，想找到一处可以系舟停泊的港湾。

泛舟江上，寻觅佳婿，只是，你不改高洁的目光，谁人能进入你的眼帘？附庸风雅或心灵龌龊之徒在你的鄙视下，无不自惭形秽，仓皇退遁。

崇祯十四年（1641）的一天，你青巾束发，淡妆素容，一袭书生布袍，主动去拜访江南名士钱谦益，那是你仰慕的昆仑。管家不识庐山，将你拒之门外。后堂读书的钱谦益看到你呈上的名帖，慌不择路寻你至泊舟的湖畔，拱手施礼——你早是他心中的女神。

崇祯元年（1628）会推阁臣，钱谦益虽然未能如愿，却已有了候补宰相的资格。他主领山林，声望鹊起，不缺彩裙如云。只是，你在他心中的位置非别人可及，看到友人汪然明寄来你的手迹，更是被你清奇瘦硬的书法所折服。不过，让堂堂候补宰相上赶着去追一个青楼女子，面子实在有点抹不开。有飘逸的书法和娴熟的诗艺为媒，与之交往就高雅多了。

钱谦益随你登上彩船。江面上，薄雾笼罩，宛若仙境；远处白浪翻滚，像一堵长长的水墙在向前推进。他安然落座，接过丫鬟递上的香茗，随口吟出一句词："有怅寒潮，无情残照，正是萧萧南浦……"

你一惊，他背诵的正是你的《今明池·咏寒柳》呀！本想独守一份孤寂，谁料到，真情如箭，早在你清纯的岁月中穿过。

难忘"半野堂"再次相见。钱谦益身着红袍，足蹬云履，望着穿一领蓝绸直裰，戴一顶薄纱方巾的你，双目迸出火花，粲然一笑："锦瑟无端五十弦，一弦一柱思华年。柳姑娘，与君一见，神清气爽，烦郁俱消。以后我就叫你河东君，如何？"

河东君——这是你独立意识觉醒后唯一由别人起的名字：柳姓是河东望族，"君"的所有释义都无比尊贵，即便特指夫妻关系，也是妻妾对丈夫的尊称。当朝国士以这样一个名字称呼一位青楼女子，足见你在他心中的位置。

你双拳一握，脸颊上有红晕泛起："学士高抬，如是愧领。本当抚琴一曲，以谢学士青睐。只是——"你指了指屏风一侧的古琴："此琴为何无弦？"

钱谦益抚髯一笑，意味深长地摇摇头："老夫自喻伯牙，却终不遇子期，留下琴弦又有何用？闻河东君琴艺高超，能招来百鸟和鸣，今日已早备琴弦。"说着，从袖口处掏出一个纸包递给你："请续新弦，老夫焚香更衣，愿闻高山流水之音。"

不知为什么，你叹了一口气。你的心中还有子龙，南楼往事，虽付烟雨中，心曲相通的点点滴滴，却如碎影片片已散落在记忆的皱褶里，抠也抠不掉，不由脱口而出："旧琴可以续新弦，殊不知，新弦弹出的依然是旧音啊。"

钱谦益何等聪明，当然明白话中的弦外之音，随口吟出两句诗："冰心玉色正含愁，寒日多情照红楼。河东君，今日聆听天籁，明日共赏寒梅。老夫此生无悔矣！"

你被感动了。检索自己的内心，子龙是你生命中最柔软的记忆，他不但不去触碰，还不在意你的守护；不是每一个封建士大夫都有这样的胸怀，非君子，何以为？

如果有一扇门愿意为你开启，无须用力去推，便会风生水起。

你爱他六十岁的华发，夕阳如血，满目彩霞收；他爱你二十岁的纯美，露浓花瘦，薄汗轻衣透。岁月如梭，再长的人生也禁不起时光的编织，唯有真情是让彼此年轻的暖阳。

换作其他女子，即使大家闺秀，被当朝国士、候补宰相看中，建豪宅，许一生，从便是了，可你有自己的坚守："不肯开花不趁妍，萧萧影落砚池边。一枝片叶休轻看，曾往名山傲七贤。"借歌咏墨竹，你抒发了自己的襟怀：要娶我，须持正妻之礼，纳为姬妾，宁愿飘零而终。桑榆晚照之年，钱谦益遇到了你，一朵绽放在他生命暮年的奇花，为了欣赏你的惊艳，他已经等白了头。人生多是两难，为情所累，再多的不舍也要挥刀斩断。不过，尽管仕途一再受挫，以钱谦益的学识、资历和名望，入阁拜相仍可期盼，那也是他梦中的高光时刻；一旦以正妻之礼迎娶了你，已有正室的钱谦益将为大明礼制所不容，士林谤毁、百马伐骥，他便会沦为看客，被晾晒在庙堂高筑的围墙之外。

所以，才有了令人荡气回肠的三问：

"你不怕，我出身青楼，辱没门楣？""我不怕。"

"你不怕，庭院深深，家族是非？""我不怕。"

"你不怕，世道险恶，人言可畏？""我不怕。"

——从此，你是他的彼岸，他是你的归舟。

潜　流

那日，你被钱谦益救起，心如枯槁。

细雨蒙蒙中，丈夫锦衣纱帽，率南明一众亡国之臣开城乞降，匍匐在地的丑态让你无地自容。枉有男儿之身，空怀凌云之志，怯懦使钱谦益不敢直面阳光，只能把头深埋膝前，过往的辉煌已化作风雨中一片飘零的落叶。当他顾影惭形，前往京城效命新朝时，你甚至不愿望一眼他的背影。那背影在你心中曾经无比伟岸，是一座难以逾越的山；此刻，茕茕孑立，步履蹒跚，如同一面惨淡的孤幡。几日前，扬州城破，史可法持剑站在城墙缺口处，身着战袍，浑身是血，缕缕须发在风中簌簌飘动。面对破城而入的清军，怒目圆睁，凛然而立，高呼："史可法在此，以身许国，正当其时，快哉！"刀箭刺伤了他的胸膛，鲜血像一朵朵怒放的牡丹，在硝烟中盛开，史可法以剑撑地，屹然不倒。对比烟视媚行的夫君，悲伤和愤怒淹没了你的每一寸情感。写在脸上的痛苦是疾风寒月，埋在心底的孤独才戳心灌髓。如果不是有一束亮色穿越时光引领着你，也许，你会再一次按下生命的删除键。

那一束亮色就是——希望。

反清的义军将领郑成功特意写信给你，希望你不要在痛苦中沦陷，为反清复明保存实力。陈子龙、李存我，有那么多志同道合的友人，持吴钩，舞长缨，山河破碎心不改，夜阑卧听风雨声。余生，值得珍惜，你要用来和他们一同守候，守候故国的山川与河流，让它从异族的铁蹄下解脱。

真正的高贵，不是荷花羞玉颜，而是铅华洗尽的一颗素心。

后来，你原谅了钱谦益——成人的纯洁，不是一尘不染，而是洞穿世事后的从容。人生如果是一棵树，只有剪去怨恨与苦恼的枝蔓，才能看到广阔的天空。

你不会忘记，钱谦益豪气云天，以正妻之礼迎娶你的情景。是的，化蛹成蝶的那一瞬，该需要积蓄多少勇气啊！当初你欲嫁子龙为妾，囿于陈规旧俗和外界各种压力，子龙不是也黯然离去了吗？庙堂云低、情为魂，煎得兰汤三百斛，与君携手被征尘。什么利路名场，娶了你，钱谦益便想效仿严子陵，归隐山林，耕钓终生，乐得余生有风韵，山高水长。

合卺之礼被安排在芙蓉船上。

这个创意的版权属于钱谦益吗？我觉得，属于你的概率更大。自徐佛把你的卖身契撕成碎片后，你便以水为伴；一条彩船，满目青山，是你人生的调色板。彩船不同于花轿，它比花轿有更广阔的视野、更高远的情怀，更契合你的人生轨迹和精神追求。碧波涌、画舫长，红烛照佳人，彩灯映江上。你就是要环水而行，招摇过市；你知道，你的婚姻不被世俗祝福，你的行为不为礼法接纳，你偏要特立独行，做一次勇敢的抗争。即便黑云压城，也要做一支冲云破雾的鸣镝。

钱谦益敬重你，你为他着一身凤冠霞帔，他自然要许你十里红妆。

彩船顺水而行，船头是用缎子扎成的红花；岸上观看婚礼的人越聚越多，鼓乐声在江面上荡漾。忽然，臭鸡蛋、烂菜叶如疾风骤雨，斥骂声、诅咒声似电闪雷鸣。

你安坐船舱，珠玉凤冠，无闺阁脂粉之艳俗；秋菊泛香，有天地生成之傲气。持一柄绢花纨扇，与相伴于侧的钱谦益相视一笑。你们早就料到会上演这样的"戏码"——爱是隆冬的红梅，因为漫天风雪，才会一吐沁人的芳香。

有人喊："身为文坛祭酒，为一青楼女子，竟做出这等有辱我等国士的丑行！"

你闻言，含笑起身，拨开钱谦益拦挡你的手臂，款步轻移，来到船头。

岸上的叫骂声顿时止息。三千青丝盘于头上，一袭长裙紧束腰身，一支簪珠翠、一朵插花红。顾盼含情，宛若清波中走来花仙子；举止高雅，犹如彩云中落下美娇娘。人们被你的美惊艳了，更是为你那纯净而坦荡的目光所吸引。

"这位相公，"你一指岸上那个头戴米黄方巾，身着蓝绸提花直裰的男子，"你口称国士，想来深明大义，小女子有一事就教：清兵入侵，边关吃紧，百姓身处水火，生灵屡遭涂炭，你的义愤如果宣泄于两军阵前，瓦块投之于犯境之敌，小女子自当仰视；可是你既为国士，不思保土卫国，却对一个向往自由的弱女子恶语相加，岂是大丈夫所为？"

男子涨红了脸，手指着你抖动，一时竟无言以对。

你向前一步，面向众人："如是自幼飘零无依，遍尝生活艰辛，幸蒙钱先生不弃，以正妻之礼迎娶，才有了栖身之所。然，如是从未贪恋锦衣玉食，身为女儿，亦怀报国之志，福祸不避，一片丹心。如今清兵犯境，大家应以社稷为重，驱除鞑虏，保家卫国。如是不才，唯愿枝附影从，杖履相随！"

言毕，深鞠一躬。你低下的是头，扬起的则是巾帼不让须眉的浩然之气。

钱谦益始终站在你的身旁，他的淡定令你欣慰，那是风雪中一束暖阳，让寒冷四处逃遁。不过，这不是你重新接纳他的理由。

你同样不会忘记，为迎娶你，钱谦益建起绛云楼，是你们的雅居之处，更是读书之所。楼内有藏书万卷，书中涌惊涛千峰。沧海日、峨眉雪，洞庭明月照武夷；少陵诗、左传文，司马直笔屈子梦。你和他身处一室，各自阅读自己喜欢的书，常常好几个时辰也不会有一个对视。你不觉得乏味，他也觉得舒适。原来，爱是一面回音壁，不用事先有约，你喊出的话语和它传回的声音，就会在同一个频道共振。

崇祯十五年（1642），明军失守松山，锦州沦陷，清军兵锋直逼山海关。大明王朝岌岌可危，绛云楼成了爱国志士聚集筹划的地方。

在你的鼓励下，准备归隐山林的钱谦益重新为复出奔走，以图挽救濒临灭亡的大明；你不辞劳苦地替夫君招待八方来客，积蓄抗清救国的力量。有慷慨的相聚，也有难舍的别离。就是在这时候，你结识了前来拜钱谦益为师的郑成功——好一个玉树临风的英俊后生。你赞赏郑成功的见识，更为他的报国情怀而欣慰。与他相识，如沐春风。

绛云楼的日子无法忘怀，那是你生命中一部华彩的乐章，往事随着岁月走远，记忆却令你凝神回眸。当然，这也不是你原谅钱谦益的原因。

初归常熟故里，你对钱谦益怨怒不减。同游拂水山庄，他想以泉水濯足，惮于临水，裹足不前。你在一旁看到了，脱口而出："此沟渠水，怎比秦淮？夫君何来如此雅兴？"钱谦益闻言，羞愧难当，垂首叹曰："要死！要死！"你立即沉下脸，恨恨道："乙酉城破之日你不死，现在却要死，不是太晚了吗？"

钱谦益任职半年便辞官隐居的原因，众说不一。通常的说法是，自视甚高的钱谦益未能得到新朝重用，只被任命为礼部侍郎，比在弘光小朝廷的礼部尚书还不如，抑郁不得志，因而去京。礼部侍郎在清朝是从二品，已属"高干"，以钱谦益的学识和名望，如果一意攀附，位极人臣也非奢望。从他后来积极反清悔过的行为看，说他嫌乎官小而请辞不符合逻辑，主要原因应该是对你割舍不下。辞官前，钱谦益收到一封家书，称他孤留白下，你居家不守妇道，事发后不思悔过，还张扬狂傲。以你的性格和在钱家的境遇，很可能是被族人诬陷中伤。这不重要，重要的是钱谦益对此事的态度，他一方面修书给儿子，称"父无柳而不活，弑柳即弑父"，而后立马辞官，一回家中即痛责儿子："国破君亡之际，士大夫尚不能全节，还有何面目以不能守身苛责一女子?"他没有求证事情真伪，而是认为，你即便红杏出墙也无可指摘。对你无法割舍的情爱和负疚感，才是他辞官归隐的真正原因。

灭孤灯，出长夜，横渡天河觅佳人，为情鹿回头。

钱谦益后来积极参加反清复明的地下活动，甚至两次以身涉险进入敌营，游说降清的明朝旧将，固然有丧失气节后的补救与反省，但是，你的感召无疑是直接动力。那天，你问深陷悔恨的钱谦益："支助义军，非同小可。一旦事发，要引来灭门之祸，你不怕?"钱谦益闻言，双膝着地，指天盟誓："河东君，你要相信我，献城投降，我已懊悔无极，为抗清救国我愿意毁家纾难，丹心一点，苍天可鉴。"

不是所有的忏悔都能换来谅解。只有心中的块垒真正冰释，真诚才能化作一道彩虹，重新把彼此连接。

望着跪在眼前的老人，你忽然发现，他真的老了，当年挺直的身板已被岁月压驼，曾经意气风发的脸上也皱纹密布，那是被时光揉搓后留下的划痕。只有那一双目光，虽然不再明澈，却依然闪烁着真情。你上前一步，扶起他，双手一握，钱谦益顿时老泪纵横。他知道，你原谅了他。从此，他背负着沉重的行囊上路，里面装满忏悔与救赎，这是他必须付出的代价，亲手种下的耻辱，只能自己收割。

顺治二年（1645），弘光政权夭折，反清复明的火种依然燃烧在数不清的爱国义士心中。当你得知郑成功率领的水师急需军费，便和钱谦益商量，变卖了可以变卖的所有房田、古籍、碑帖、字画和金石，筹措到一笔钱，别夫辞子，要亲自送给海上的抗清义军。

钱谦益不舍，攥着你的手说："河东君，前路茫茫，危险四伏，你这一去，我如何放心？老夫病骨支离，不能持剑在侧，真是希望，刚一出发，你就在回来的路上。"

从丈夫的目光中，你感受到了他深深的忧虑，还隐含着一丝躲闪腾挪的恐惧。清廷的残忍令人发指，嘉定屠城，自西关至葛隆镇，浮尸满河，行船几无下篙之处；江阴城陷，城内死难者九万余，城外死难者近八万。清军统帅下令封刀时，全城仅存五十三人。这还是因为不肯剃发遭到的屠杀，为反清义军捐助经费，一旦落入他们手中后果可想而知。但是，你心意已决，多年的坚守，你已经站成了一块不惧风浪的礁石。"尚书公，你不必担心，比起将士们血洒沙场，我这点风险何足挂齿！"说着，你嫣然一笑，目光中重新闪现出一缕柔情，"况且，我自幼习武练剑，你的河东君可不是徒有其表的花瓶。"

一柄青锋剑，一袭红斗篷，你乘一叶扁舟，披两肩月色，几经周折，终于在波飞涛涌的海上找到义军水师。你受到了英雄一般的接待，也感受到了英雄一样的豪情。当你看到义军中有一支英姿飒爽的娘子军，一袭战袍血染成，纵马沙场舞长缨，也想留下来上阵杀敌。还是郑成功劝慰你，说为义军筹款联络同等重要，你才依依不舍地离开。

这天，你患病卧床，忽丫鬟来报，说清兵持刀而入，要将钱谦益锁往南京。

你一惊，起身赶到前厅，见丈夫一脸凄楚，茫然无措。心想，作为大明降臣被清廷抓捕，肯定与反清复明的事情有关，这在当时是灭门大罪，以钱谦益的老弱之身，如同去渡一条风急浪险的河，必死无疑。不过，筹款犒军之事如果走漏消息，首先要抓的应该是自己，只锁拿了钱谦益，估计是获罪于一些传言，尚无确凿证据。

见到你，披枷戴锁的钱谦益一甩头，撩开遮面长发，声音哽咽："夫人，老夫蒙难，此一去凶吉难料，家中之事有劳你多费心了。"

你苦涩一笑，心中有了一个坚定的想法，丈夫暗中从事反清复明活动，完全是因为你的感召。祸出不测，你不能让他独自承受。于是抓住丈夫的手："先生勿慌，如是决意从夫赴难。若不能救先生于酷吏之手，宁愿上书代死；代死不成，必从夫去。"

危难时不离不弃，才是爱真情的告白，它可以抵御所有的侵犯，让孤独的日子如花绽开。

钱谦益有诗叹曰："恸哭临江无孝子，从行赴难有贤妻。"他性格怯懦，辞官归隐后，在反清复明的路上能走到人生尽头，即便入狱也没有吐露半点实情，和你的感召与守护密不可分。你是他生命中的一道彩虹，没有你，他的天空早就乌云盖顶。

你的判断是对的。义士黄毓祺起师抗清，钱谦益曾慷慨相助，后被人告发，黄毓祺被捕入狱。但他坚贞不屈，严刑拷打之下没有攀咬钱谦益一字。不想，钱谦益的同宗和学生钱横告发钱谦益暗中资敌。此人奸诈机巧，降清后官运亨通，一直做到浙江按察使。他一直觊觎绛云楼的珍贵藏品，因索取不成而怀恨在心。可巧，钱横的管家在古玩市场淘得一件古玩，钱横认出是绛云楼藏品，便以此为证告到刑部，说钱谦益是乱党，为支持东南沿海反清力量数次变卖珍藏。于是，钱谦益被索拿押送南京。

你上书为钱谦益陈冤，坦言钱家财物由你掌管，为支付府上各种开支变卖过古玩。如有罪，罪不在钱，要杀，杀你。你决心替夫一死的义举感动了旧友亲朋，他们上下活动，加上黄毓祺矢口否认曾接受过钱谦益的暗中捐助，使钱谦益在顺治八年（1651）冬终于脱罪。钱横不甘心，又放出口风，要重金购买绛云楼的镇楼之宝宋版《汉书》。为支助义军，宋版《汉书》已经变卖，钱谦益有点蒙，不知如何是好。是你想出应对之策：绛云楼倘若失火，宋版《汉书》葬身于火海，钱横无从发难，这个反清复明的秘密联络点就可保全。

那夜，绛云楼突然燃起一把火。起初，火苗很小，像是一片连在一起的烛光，它们似乎知道，绛云楼的收藏都是珍贵的艺术瑰宝，虽然主人已经悄悄转移走了一部分，剩下的也弥足珍贵，烧了便会绝迹于世。后来，火势越烧越大，仿佛一条火龙，在幽深的夜色中飞舞，浓烟滚滚。因为它们明白，如果这座楼不化为灰烬，楼主一家就会丢掉性命，他们视为生命的抗清救国事业也难以继续。

绛云楼焚毁后，你们搬到了更便于联络义军水师的红豆山庄。

抗清救国的路上，你义无反顾，因为，灵魂是你的向导。

气　节

哲人说，再小的池塘，只要足够清澈，就能装下整个天空。

翻阅你的一生，有一条主线贯穿始终，那就是：特立独行的侠女风范，精忠报国的国士情怀。我们知道，男权社会，女性的身份地位由生命中的男性决定，必须"从"一名男性以实现更好的命运归宿。因为女性与生俱来被摒弃在社会的价值体系之外——不能考取功名，通过入仕实现自我；只能从属于一位男人，或得到男人精英的认可，使人生价值得以展示。各种技艺的获得，琴、棋、书、画，不过是为了增加待价而沽的附加值。从"相府下堂妾"到"尚书夫人"，你也无法挣脱这罗网。你的不同凡响在于：独立意识觉醒后，你便不再被动地接受男权社会的挑剔，而是自己规划自己——即便命运如一个陀螺，鞭子也要始终掌握在自己手里。

搜寻你的人生轨迹，一些细节如花盛开。

一般而言，旧时穷苦妇女没有名字，出嫁后在夫姓后加上本姓——某某氏便是标配。你身世无考，应是社会底层人家，却是古代名妓中自我命名最多的一位，看似随意，每次改名都与生命中的关键节点有关，表达了你内心的情愫与向往。在周府被陷害后，你给自己起名：杨影怜。读到辛弃疾的词："我见青山多妩媚，料青山见我应如是。"又改名：柳如是。

另外，你本是风华绝代的女子，却远离脂粉，不屑红装，在和名家雅士的交往中每每以弟自称；你不喜欢锦衣长裙，经常穿着男性服装出现在各种社交场合。嫁给钱谦益以后，依然喜着文人服饰，代表钱谦益作各种礼节性拜访。

这些做法，暗含了你对男权文化的抗争。在名门淑媛眼中，你无疑是一个"乱理法、伤风俗"的青楼娼妓。你身着青衣，自寻佳婿的行为，被闺中女子所不齿；口无遮拦、敢爱敢恨的情感，自然也为社会习俗所不容；"荡子行不归，空窗独难守"，这种对人性世俗情爱的大胆表达，又有哪一个深闺女子敢于直言？或许，你风度翩然，才华过于出众，士人学子不但认同了你的特立独行，还纷纷以结识你为荣耀，并积极接纳你进入他们的朋友圈。看来，女性的高贵不仅靠美丽加持，超凡脱俗的才华才能令众人仰视。在你的世界里，你永远是你的王，所有外界的赞美，折射的都是你自带的光芒。

出身青楼，你的教育背景不同于大家闺秀，男性比女性起着更大作用。你的文学教育是由退休宰相周道登完成的，对于大家闺秀，这一角色通常由母亲承担。闲暇时，你还跟随剑师习剑。从小与男性的亲密接触，助长了你的男性化风格；后来你与李存我、陈子龙等青年才俊交往甚密，你的书法显然受到李存我的影响，李是书法大家，声名远播；政治理念中"士"之精神，则深受陈子龙浸染。因为子龙引荐，你进入了他的朋友圈，结识了复社和几社的骨干成员，这是两个致力于政治和文学改革的文人社团，都是一些热血男儿。正是在与他们的吟诗唱和中，你形成了自己独特的骑士气概和坚定的政治理念。

离开归家院，泛宅浮家，你曾遭遇水匪打劫。

平时，你薄绸女衣，绣花湘裙，黑丝轻挽，扎成一个堕马髻，款款垂于脑后，一支镶嵌红宝石的杏花簪，斜插鬓边，柳叶入鬓，凤眼含波，如晨雾中一朵待放的花苞。那个夜晚，你方巾儒服，女扮男装，在如水的月色中，面对一脚踹开舱门，持刀胁迫船老大的劫匪，泰然自若，朗声说道："我是船主，有事冲我来，不要为难老大。"

劫匪推开船老大，道："既然你是船主，明人不做暗事，我们是强盗，以劫掠为生，想要免去血光之灾，快拿银子来。"

"掌灯！"你傲然一笑，命令身旁丫鬟，"我行事一向光明磊落，从不屑于暗室欺心，好汉要钱，也要在灯前数给你。"

你迎风而立，不染岁月纤尘；粲然一笑，宛若满天繁星。

水匪被你的气度震慑，不由自惭，手中有刀，却神情落魄。原来，面对与生俱来的高贵，卑微也会在阴影中无地自容："公子，承蒙赏赐，小人叩谢。"

顺治二年（1645），松江被清军攻破，防守东门的义军首领李存我从城墙下来，一百户拦住问："您读烂'四书'，今日将如何？"存我答曰："为国殉节，乃寻常事，我不过是想与家人作最后诀别。"百户揖手："君如是，我先断头以待。"随即，抽刀自刎。存我挥泪而别，仓促抵家，众人皆劝其速逃，存我笑曰："我若苟活，何颜再见百户？"于是，引绳自缢。气未绝而被俘，劝降不屈，慷慨就义。

这时，你刚刚诞女三日，噩耗如雷至，难忍泪双垂。

这泪水已与痛苦无关，痛苦已被深深的崇敬化解，甚至与悲伤无关，悲伤早被无尽的思念覆盖。你只是觉得胸中的委屈和郁闷如江河倒灌，无法呼吸。找出存我的遗墨，你让丫鬟挂在卧室正墙，净手焚香，长跪不起。正值日暮，夕阳朦胧，潜入黄昏中；风卷残叶随风舞，天已醉、一片酡红。你的内心与这秋日的晚景一样凄凉，你黯然自问：故国破裂，友人新亡，我自诩国士，又为国家做了什么？偏安一隅，苟且求生，还为降臣生子，不由仰天长啸："存我兄，弟的哭祭不会亵渎了你的英灵吧！"

明亡后，子龙一直投身反清复明运动，"并刀昨夜匣中鸣，燕赵悲歌最不平。易水潺潺云草碧，可怜无处送荆卿"，一首《渡易水》，便是他真实的情感写照。顺治四年（1647），因暗中策反明旧将黄斌卿，事发被捕。清廷官员问："为何不剃发？"子龙泰然答曰："为了在地下去见先帝！""同谋何人？""文天祥只有一人。"再问，子龙怒目而视，操吴语骂詈不绝。十年磨一剑，剑锋未曾试，今日剑已断，怎抑不平事？骂毕，子龙仰天大笑，有壮志未酬的遗憾，也有殚精竭虑后的释然。清廷官员不能理解，一个已收到死亡请柬的人怎么会如此凛然？押送南京途中，子龙为保全名节，毅然投水而死。清军恼羞成怒，将已毙命的子龙捞起，仍斩其首，弃尸水中，其时年四十岁。

得知子龙死讯，你百感交集。两个你生命中最重要的男人，一个你让投水明志而不敢，一个你寄厚望建功而殉节。在情场上，子龙有过退却；战场上，子龙却一往直前，正好与钱谦益相反。人的一生就是有舍有得的过程，高贵与卑微，全在于不断的选择。你曾对子龙情感上的彷徨有过哀怨，今日，面对子龙慷慨就义，不禁肝肠寸断。女儿有热泪，不洒懦夫前。灵位一炷香，哭祭真儿男。你感慨，相近的灵魂总会相遇，相遇后的情景为什么迥然不同？落花流水，姹紫嫣红，也许，各自的命运早已被不同的坚守引领。

友人相继殒命沙场，令人断肠。情未了，恨难消，欲渡长河无舟楫，壮气蒿莱残月高。我知道，你心有不甘。反清复明的事业曾几度高潮迭起，终因各自为政、骄傲轻敌等原因未能成事；后来，南明最重要的反清力量郑成功兵败南海，北伐大业功亏一篑。顺治十八年（1661），桂王在缅甸被缅酋捕捉，引渡到云南遇害，明朝的最后一个皇帝也死了。

钱谦益闻讯，顿足捶胸，绝望之余回归老宅，聊度残年。你仍然不肯离开红豆山庄，你怕一旦有义士寻来，不见你，会感到失望。

困守空房，你常常抚琴而歌。你希望，琴声引来同道的朋友，可是，天涯望陌路，夜色薄凉，琴音难叙心头事，只有忧伤。从那时起，死的念头或许已在你心里复燃。生无可恋，你的魂魄早就追随史可法、李存我、陈子龙等爱国志士，游走在祖国的长天大地之间。

旧路难寻，红颜已老映日暮。日暮，日暮，梧桐叶落清霜后，鸳鸯白头也孤独。空床卧听南窗雨，谁复挑灯照归途？灯烛幽幽，心似槁木，一生辛苦化秋露。

康熙三年（1664），钱谦益在愧悔和郁闷中死去，终年八十二岁。

钱氏族人乘机发难。他们早就厌恶了你的光辉，因为有钱谦益呵护，只能对着星光暗自诅咒。如今，双子星只剩一颗，另一颗还能独善其身吗？

你决意赴死。生命即将落幕，你最痛苦的不是族人的"围剿"，而是壮志未酬的遗憾。

这些年，你们为支助义军，变卖了几乎所有值钱的家当。晚年生活窘迫，已靠卖文为生。手无三两，被族人立索三千金，怎么拿得出？拿不出，就会被族人以"反清"的罪名告上官府。你知道，他们做得出。那样，儿子、儿媳，女儿、女婿，全会死于非命。你不是一叶浮萍，放任风吹雨打；更不是一片飞絮，听凭狂风裹挟。面对坎坷的命运，你从未低下高贵的头，低头会使头上的王冠滑落——王冠是一个女子的自尊、自爱与自强。

打开箱子，你找出一把珍藏的宝剑。那是携款犒军时，一位义军将领所赠。如今，他已血洒沙场，魂归天国。当时，海风阵阵，旌旗猎猎，将领单膝跪地，双手举剑过头："河东君，此剑沾过清军鲜血，今日赠与夫人，见剑如见吾等。驱除鞑虏，恢复中原，功成，当举杯以贺；如若失败，吾辈誓将取义成仁！"

"嗖"一声，你抽出宝剑，寒光一闪，划破沉闷的天际，抖落几颗寒星。

用手指试试剑锋，有血滴出。一个清风摆柳，你仗剑起舞。一道道寒光如银龙出没，剑锋所指，习习生风，沧海变色，四方云涌……

一生，你三次一心向死。金陵陷落前，欲殉夫沉湖；钱谦益获罪被锁南京，你随夫而行，誓言替夫亡命；这次，你不愿苟活于世，是为了家人平安，以一死光耀头上的王冠。

此刻，前厅又传来钱氏族人的吵闹和叫骂声。

收剑。你轻轻擦去额头的香汗，对着镜子修饰一下妆容，转头，神清气定地对丫鬟说："你去告诉他们，少安毋躁，容我开帐！"

目送丫鬟离去，你挥笔在墙上写下一行遗嘱：大好河山，无我葬土，我死之后，悬棺而葬。而后，用早已备好的三尺白绫，为生命画上了一个悲壮的句号，时年四十六岁。

山河破碎，故国无存，痛心于亡国的你，肉体可以安放，灵魂何以皈依？

大厦将倾，独木怎能支撑？正如费兹杰罗所言："每个英雄的背后都隐藏着一段悲剧。"三尺白绫下，你仪态万方、倾国倾城，用生命为江河日下的大明王朝唱出了一曲忧伤的挽歌；同时，也把自己高贵的民族气节彰显于历史天幕，与日月同辉。

历史上，才貌俱佳的女子灿若繁星，性格刚烈的女子不胜枚举，气节如松的女子亦不乏其人，将三者集于一身的，只有你：心怀大义、始终不渝，不向世俗低头，不向权贵献媚，特立独行，我行我素，活成了自己想要的样子。难怪陈寅恪先生在双目失明后，耗时十年为你立传。你身上彰显的民族气节，竟让这位国学大师"感泣不能自已"。

你是一声绝响，在封建社会的漫漫长夜划过，如流星赶月，不负年华。

目　光

我们去凭吊一位先贤。

时值残冬，面包车驶入遵义近郊的沙滩村，眼前仍为之一亮：一亩亩池塘碧水盈盈，一畦畦菜田绿色正浓。远方，山色如黛，槲树成荫；近处，野菊未凋，桂树飘香。山坡上，一幢幢白墙红格的双层农舍错落有致、形状各异；碧波粼粼的乐安江绕村而过，如一条绿色飘带，把这一方水土勾勒得钟灵毓秀。遵义的朋友说，现在不是最美的时候，如果夏天来，才真是"人间仙境"呢。我听了暗自感叹：如此山水，必有大贤。人杰地灵，此之谓也。

朋友，你猜对了，此行，我们是来拜访黎庶昌。

车在路旁停下。庭院两进，门楼一座；前带清流，后枕山峦。正房屋檐下有一黑漆竖匾："钦使第"三个字灵动飘逸，像三只穿越了百年风雨的火凤凰，为这座古旧的宅邸衔来几片沧桑。庭院中有水池，金鲤摇尾；宅檐下长杂花，叠红吐绿。

这里，就是一代先贤的人生起点，也是这位贵州好汉的人生归宿。

1

秋风已至，落叶渐稠。京城一间民宅里，一位身着青布长衫的后生推开面前的窗户。已近午时，蓝天高远，白云惨淡，院中槐树上有几只夏蝉，正低一声、高一声嘶鸣，似乎是叹息生命的短促。后生凝望片刻，头一甩，脑后的长辫划出一道弧线，啪一声缠在脖子上。他已踌躇多日，终于下决心回到案前，咬住嘴唇，饱蘸浓墨，在案头的宣纸上写下了第一句话："臣愚伏读七月二十八日星变诏书……"而后，眉头微蹙、奋笔疾书，洋洋七千余言一挥而就。

他就是黎庶昌，时年二十六岁。两次乡试不中，一贫如洗，滞留京师已走投无路。

这是同治元年（1862）十月的一天。太平天国正与清廷激战，英法联军不久前攻陷了北京。近来又天呈异象：正月，太阳三晕；二月，流星南奔；春夏之交，阴云遮日，旱蝗四起。西北有洪水暴发，东南现台风肆虐，七月间更有陨石雨和彗星划破苍茫天际。刚刚通过"辛酉政变"掌控了国家最高权力的慈禧，认为这是"危亡倾覆"的征兆，为消灾弭变，以皇帝名义"下诏求言"，申谕中外大小臣工，务各齐心悉虑，于朝廷政治得失大且要者，谠言无隐。

黎庶昌这封被后人与贾谊的《上疏陈政事》、诸葛亮的《隆中对》和范仲淹的《上宰相书》相提并论的《上皇帝书》中，自号黔男子的一介山野书生，以心雄万夫的气概，要"为一代除积弊，为万世开太平，为国家固根本，为生人振气节，上以回天变，下以尽人事"。笔锋所至，直指清廷种种弊端，陈述兴利除弊的方略大计。行文犀利，雄视千古。

黔地，古有"鬼州"之谓。飞鸟不通、荒蛮贫瘠，在世人眼中乃瘴气弥漫，非人所居之城，故李白曾放逐夜郎，刘禹锡被谪贬播州。这样的闭塞之地，为何走出了一个才高七步、腹隐珠玑，敢蔑视天颜、顾盼自雄的黎庶昌？

此时，我就伫立在黎庶昌沙滩故居的老屋中。

青砖铺地，横木成梁；一张圆桌，两把座椅；靠墙有六尺卧榻，四周挂着白纱帷幔。黎庶昌别妻辞子，束衣整冠，就是跨出这间房子，一路翻山越岭，走州过府，千里迢迢赴京城应考。满腹才华、一腔抱负，却不被认可。犹龙困浅滩、虎落平阳，我能想象他当时的愤懑与无奈。生他养他的沙滩村，乃黔北一朵文化奇葩。方圆不过数里，渔樵耕读，学风鼎盛，自清乾隆年至清末已延绵百余年。其间，出了几十位名人贤士，著书上百种，内容涉及经史、诗文、音韵、地理、训诂、科技、金石、书画等诸多领域。代表人物之一的郑珍有"西南大儒"之称，曾国藩仰其名几欲相见，都被淡泊名利的郑珍婉言相拒。郑珍是黎庶昌的表兄，曾教授过这位志向宏大、才学卓然的表弟。黎庶昌自幼读古人之书，即思慕古人之为。十七八岁时便立下志向："以瑰丽奇特之行，震襟乎一世。"他留心时政，探寻强国富民之道，对种种时弊洞察入微。两次乡试落第，更使他对八股文取士的陈规不屑一顾，直言批评皇帝："乐于求才而疏于识才，急于用才而略于培才。"

黎庶昌上书清廷，认为吏治腐败、人心敝坏，光是"危道"就列出十二种。消息传到沙滩，连郑珍都吓了一跳，言其惹下杀身大祸。出人意料的是，清廷并未加罪于黎庶昌，反而恩赏了他一个"候补知县"，差遣到曾国藩江南大营听候调用。是清廷确有剜病除脓、改革图强的勇气吗？事实是，黎庶昌上书所列种种弊端，凡涉及权贵利益和更改旧章，均因"事多窒碍之处"存而不问，只是对诸如"荐举贤才"一类的建议，谕令有关衙门"遵照办理"。窃以为，黎庶昌因祸得福获得清廷破格提拔，一下子由贡生官至"正处"，虽是非正式领导职务，但毕竟有了晋升仕途的平台，盖因其时局：咸丰皇帝驾崩，他钦定的顾命八大臣被捕入狱，其中两位亲王还掉了脑袋，朝野上下无不噤若寒蝉，皇帝下诏求言，一个多月竟无一人应答。本来清廷此举是为排遣内心纠结做的一次自我按摩，如果尴尬收场，心何以安？

黎庶昌的上书不啻帮清廷找到了一个台阶。该贡生言辞激烈、话锋犀利，"朕"还降旨恩用，岂不更显"皇恩浩荡"？其实，黎庶昌后来投身江南大营只委了一个"稽查保甲"的小差事，若不是一个偶然机遇，他以小吏之身终老南山也未可知。有一日，曾国藩早起查看诸营，夜色未退，只远处一点星火露帷。他循星火挑帷而入，见一年轻人正习文练字，环顾案头收藏不俗，一番攀谈有感其才，遂把这个叫黎庶昌的年轻人调到身边，进了秘书班子。这之后，未见黎庶昌在军事上有过什么建树，但曾国藩为桐城派晚期领袖，其诗文成就在中国文学史上不可或缺，他身边又聚集着一群富有真才实学的文人骚客，黎庶昌与他们诗文唱和，文学上倒是日有精进。

清以小说名世，诗词成就并不为世人称道，但非乏善可陈。今人有"清诗三百年，王气在夜郎"一说，推尊郑珍为清代诗国第一人。甚至有论者认为历代诗人中，除李杜苏黄外，鲜有能与之比肩者。黎庶昌自幼受郑珍指点，其诗词奇绝恣意，应有资格分沾这一盛誉。至于散文，他年轻时熟读司马迁与班固，尊尚儒术、兼收诸子百家，入仕后又师承曾国藩，其文简练缜密、风格奇伟、意境开阔、雄姿华赡，确是一代文章高手。后来黄遵宪与他作竟日谈时，说他是"一世偶傥之才，抗时希世，海内外驰名"，绝非虚与委蛇。

黎庶昌仕途蹇滞，一度想彻底投笔从戎，为此他曾写信向已调任直隶总督的曾国藩求教，并希望他推荐自己到李鸿章的淮军，在镇压陕西的回民起义中建立军功。曾国藩回信认为不妥，理由是，太平天国剿灭，中原初定，建立军功已殊为不易。况且，"李相西征，部下尚多，必不能舍其屡立战功之旧人，更用未习军旅之文士。阁下杖策相从"，充其量混个助理、秘书罢了，何必呢！曾国藩让他稍等数月，说正在为他活动差事。清朝晚期，候补干部多如牛毛，想得一实职殊为不易。

黎庶昌对曾国藩是敬重的。他以"曾门弟子"为荣，在曾国藩死后对其一生梳理总结，撰成《曾国藩年谱》十二卷，后又为其作了一篇长达万字的传记文章。曾国藩位高权重，但礼贤下士，对黎庶昌有提携奖掖之恩。他曾明奏秘奏清廷几次，希望为黎庶昌谋一实职，并在黎庶昌落魄时多方为其奔走。不过，这一瓢冷水浇得正逢其时。如果黎庶昌随李鸿章部去"剿匪"，手上就会沾染起义农民的鲜血，笔下则少了意蕴丰沛的华章。这当然并非曾国藩初衷，历史在这里愣了一下神儿，于是，清廷失去一条镇压农民起义的鹰犬，中国近代史多了一位引火种于华夏的先贤。

2

站在黎庶昌的老屋前，眺望微波荡漾的乐安江，我的眼前曾出现一幅幻境：江水千回百转、一波三折，终于奔流入海。湛蓝的大海欢迎她远道而来，绽放开一簇簇晶莹的浪花。无垠的海面上，一艘轮船正准备起航，从乐安江走出来的黎庶昌站在船首，迎风而立。

乐安江是乌江的支流。它动静交织，流经处，有两岸峭壁林立、水势湍急的险滩，也有水面滞缓宽阔、鱼翔浅底的平湖。我在想，黎庶昌的人生多像他的母亲河，如同一曲扣人心弦的古筝，有激越的抒情也有无奈的低吟。光绪二年（1876）十月十七日，当他随公使郭嵩焘出任大清国驻英参赞，登上英轮"塔拉万阔号"从上海吴淞口起锚出海时，可曾想到，这一天注定要被写进中国的近代史，而他的荣辱进退也将构成祖国母亲脸上的微表情？

记述这次行程的散文《奉旨伦敦记》，就安放在黎庶昌故居的展柜中。隔着玻璃，那斑驳的字迹依稀可辨，沿途的见闻亦在字里行间呈现。历时五十余天，航程三万一千里，这不仅是一次地理意义上的跋涉，更是一次观念和思想的跨越。

可以想见黎庶昌当年的情景：多少次日出，多少个月落，他站在甲板上，手扶船栏，极目远眺，但见烟波浩渺、水天一色，雾锁山头山锁雾，天连水尾水连天。低头，海浪击打船舷，有如碎玉乱溅；抬首，一行海鸥正掠过天际，引发了他内心一腔豪情。说来令人惊诧，当时的封建士大夫固守"华夷之辨"，以"天朝上国"自居，即便是娘肚里的双胞胎，西人也是"其足向天，其头向地"，咱们"则自生民以来，男女项背端坐腹中，是知华夷之辨，即有先天人禽之分"。故光绪二年，清廷开始向外派遣使节，凡出使外邦者皆为人不屑。郭嵩焘奉旨首任英国公使，竟被乡党耻笑和辱骂，他原拟檄调的参赞也有人囿于偏见托词不就。黎庶昌则不然，他卓然而立、清廉自守，在颓靡的晚清官场仕途不顺；更重要的是，他受林则徐、魏源影响，企盼能有机会走出国门学来富民强国之道。尽管行前娇妾爱子百般不舍，他还是毅然奉调，成了贵州走向世界第一人。

一旦踏上西方诸国，开明的黎庶昌还是有些"蒙圈儿"。

出使西欧五年，他历任英、法、德和西班牙四国参赞。在《曾侯两次呈递法国国书情形》一文中，他曾这样描述递交国书的过程：宫门外陈兵一队，奏乐迎宾。至门前下车后，他以参赞身份手捧国书，紧随公使曾纪泽身后，"以次鱼贯入其便殿，三鞠躬而前"，法国总统则"向门立待，亦免冠鞠躬"。双方互致诵答后，鞠个躬就齐活了。

黎庶昌觉得很新鲜。不妨对比一下他日后回国被召见的情景：半夜两点半来到军机房候着，早上八点半才应召进殿。"太后御座上遮一黄纱幔，制如屏风，皇帝则坐于幔前。"黎庶昌进门即跪，高呼"跪请圣安"；复摘冠于地，再呼"叩谢天恩"，随即一个头要在地上磕出响儿来。其后，所有的回话都要跪在地上。慈禧先和他扯了几句闲篇儿，突然问："见他们的国君是怎么样?"黎庶昌据实而奏："见面不过是点点头，仪文甚简。"这位中年妇女产生了好奇心："是站立吗?""是。"老佛爷很是自得："他们也还恭顺。"听话音儿，仿佛鸦片战争一败再败后，割地赔款、签订丧权辱国条约的不是腐朽的清廷，倒是以两万余众便长驱直入北京,令慈禧仓皇出逃的西方列强。而一个外表显赫,实则已腐朽到只能靠可悲的精神胜利法来支撑的王朝,焉有不倾倒塌陷之理?

出使西方递交国书,只是履行一般的外交程序。作为参赞,黎庶昌还被邀参观了法国议院开会的场面,这让素有师夷之长以自强的黎庶昌眼界大开:在一个可容纳二百人左右的会议厅里,议长居中而坐,手边放着一个铃铛,与会者可自由发言,议长"不欲其议",摇铃铛制止也没人理会。有一个绅士,"君党也,发一议,令众举手以观从违,举右手者不过十人,余皆民党",或嘲讽讥笑,或拍手起哄。法国总统马克蒙因为在议院中得不到多数支持,只好下台。"朝定议,夕已退位矣。"巴黎的老百姓生活如常,好像不曾听说一样。而且开会时,"人声嘈杂,几欲交斗",如此"家丑"不但没有刻意遮掩,还令外国使节当场观看。

黎庶昌没有嘲笑"蛮夷之地"的不臣之举,反省清廷决策施政过程,认为这才是民政之效也。感叹中国乃君主专制之国,皇帝独揽大权,既不让朝臣分担责任,也不把权力放置于类似西方议院那样的机构予以制衡,怎么能保证决策的正确与科学?

黎庶昌参观了军工厂、印刷厂、纺织厂、造船厂、瓷器厂,看到了火车、轮船、电器和各种机器生产确是强国富民之要术,见证了顶层政治设计对生产力发展的推动作用。仅举一例,中国以农业立国,却连一座专门的农务学堂都没有,还停留在牛耕人拉、靠天吃饭的水准。而在西班牙的一所普通农业技校里,他看到了配有各种精密仪器的化学实验室、物理实验室、植物标本陈列馆、教具陈列馆以及各种先进的农业机械。他与社会广泛接触,认真体察各种民俗,感到西洋民众的文化艺术修养确实高于国人，他们观看戏剧、参观画展、举办舞会，被封建卫道士斥为桑间濮道的所谓"淫靡"之风，较之大清国的"男女授受不亲"，亦不过是社会风气开化的表现罢了。资本家"嗜利无厌，发若鸷鸟猛兽"，但有钱后却能捐资办学，赞助慈善。由于法制相对完善，为官者较之清廷也廉洁得多。耶稣蒙难日那一天，西班牙王室举办纪念活动，国王和王后竟亲自给平民洗脚。在大清王朝，有这想法就触犯天条，说出来那还得了？纯属作死！

黎庶昌变法的思想愈加清晰。中国地广人稠，但如果妄自尊大，一味墨守成规、不思变革，必为世界潮流所淘汰，他将这些见闻详尽记录了下来。按说，黎庶昌游览西方诸国，事事皆动于心，文章应该声情并茂、色彩斑斓。可是，在他这些文章的结集《西洋杂志》中，却没有文接千载的议论和思飘万里的描绘，都是纯客观记述，用现在的话说，属于零度叙事。这其实是有原因的，当年应诏上书，就因为黎庶昌出语无忌、直抒胸臆，受到了朝中保守势力弹劾，如果不是特定的历史背景，被"递解还乡"甚至杀头也未可知。郭嵩焘是曾国藩的儿女亲家，作为首任中国驻外使节，他对西方文明推崇备至，每每谈及，欣赏羡慕之情溢于言表，结果被朝中保守势力抓住了小辫儿，斥之为"汉奸"。堂堂二品大员被一撸到底，成了一介平民，死后还险些被开棺鞭尸。不过，倘据此认为黎庶昌是因为官场颓风熏染而变得圆滑了，则不然。入仕后，他清廉自守，以学问立身，如求自保，他可以尸位素餐，一言不发。作为一个窃火者，黎庶昌其实是想尽量不被保守势力纠缠，多运些薪火于暗夜沉沉的晚清，让更多的国人感受到民主与科学的沾溉。

雄鹰收翅栖息于枝头，不是为了逃避，而是为了更远的飞翔。

3

光绪十年（1884）三月的北京。春寒料峭，绿色还在路上。一匹快马疾奔而来，扬起一路黄尘。在位于东堂子胡同的总理各国事务衙门前，佩带腰刀的折差一挽缰绳，烈马前蹄腾空，发出一声长鸣，路旁古柏上几只宿鸟被惊醒了，呼扇呼扇翅膀，慵懒地飞向天空。

日本成功实行"明治维新"的第十六个年头，驻日公使黎庶昌再次上书清廷求变。历史把一个重要的变革机遇，假黎庶昌之手推给了宫禁森严的紫禁城。

使欧归国后，黎庶昌升任驻日本国公使，时年四十五岁。官帽上的顶珠已由青金石换成了珊瑚，穿上了绣有锦鸡的清廷二品"高干"制服。那时的他对未来一定踌躇满志，"斯游应比封侯壮，莫道书生骨相穷"，或许是他心境的真实写照。不然，展室墙上的黎庶昌怎么会怡然而笑？只是他肯定不知道，这笑容能在那张已被岁月雕刻过的脸上持续多久。

日本的发展曾很落后，中国进入奴隶社会向封建社会转化时，日本还处于原始社会。在很长一个历史时期内，日本以中国为师，改革其氏族奴隶制国家阻碍生产力发展的种种弊端，渐显赶超之势。特别是1868年由中下层武士发动的明治维新，开始拜西方文明为师，以富国强兵、殖产兴业、文明开发为目标，推翻了封建幕府长达三百年的统治。实行内阁、建立国会、颁布宪法，使日本走上了资本主义道路，生产力水平得到迅速发展，国力大增。不但废除了和西方列强签署的一系列不平等条约，摆脱了沦为殖民地的危机，还俨然与其平起平坐，把曾经的老师中国甩在了身后。

黎庶昌有充分的理由微笑。中日文化交流源远流长，1868年宣布改元明治开始的明治维新，"明治"的年号就是取自《易经》："圣人南面而听天下，向明而治。"明治维新后，日本虽然已实行"脱亚入欧"，但文化界仰慕华风的余温犹存，朝野中许多学士大夫对中华文化颇有造诣，不少人可以用汉文成诗。黎庶昌家学渊源、学识超群，上任甫始，便经常与日本友人吟诗唱和，风骚独领。一时间，在日本的文人骚客当中，如果与黎庶昌没有过从竟成了一件很没面子的事。黎庶昌和他们之间的吟诗唱和并非官场客套，而是加深中日民间友谊、弘扬中华传统文化的有力之举。比如，西学渐兴，旧版秘籍已不为日本书肆所重视，其中竟有不少国内早已亡佚的古籍，有的还是极为珍贵的孤本。黎庶昌如获至宝，通过日本友人以重金四方收访。"耗三年薪俸积余，举银一万八千两"，刊刻出精美的《古逸丛书》两百卷。

此刻，这套丛书像劫后余生的勇士，成军一列，立于黎庶昌故居的展柜之中。文字是文化传承的重要载体，文字起源的历史就是中国古代文明开端的历史。作为鲜活的历史符号，先哲们著书立说，记述了对社会发展与自然进程的独特认知。每一本书都是一个用黑字印在白纸上的灵魂，一个个睿智的灵魂聚集，便成就了光耀千秋的炎黄文化火炬。古老的中华民族五千年来聚而不散，靠的就是其文化的巨大向心力。如果古籍珍本不断亡佚，便如同江河断流，中华民族的血脉何以延续？

仅此一事，黎庶昌即厥功甚伟，值得我们脱帽致敬。

在沙滩黎庶昌的故居里，还保存着一块前些年出土的石碑。

长一米，宽半米，碑文典雅畅达、凄婉动人，书法遒美健秀，颇具二王之风。如果不是遵义友人提示，我真不敢想象，碑文和书法皆出自一位叫贞子的日本姑娘。她的父亲海南先生是日本学有所成的汉学家，与黎庶昌相识后，情谊日浓。黎庶昌再使日本后，海南先生正在外地养病，不日后去世。黎庶昌特赶去送葬，写下了情真意切的墓志铭，并从此对海南先生的遗孤多有关照。《海南文集》出版，先生的女儿贞子请黎庶昌为之作序，还不时来署探访求教，与黎庶昌随行日本的夫人赵氏情同母女，后来赵氏归国后病逝。贞子闻讯，"悲恸不能言"，为赵氏写的墓志铭感人肺腑，黎庶昌令工匠按手迹勒石镌刻，藏于地下。我望着石碑感叹不已，当年，一位日本小姑娘竟有如此的汉学功力和书法造诣。遵义的朋友告诉我，黄苗子先生曾参观黎庶昌故居，面对其碑文也十分惊诧，拓了两幅，一幅送与日本友人，一幅自己收藏。昔日的文化外交成就斐然，留存于今的这一佳话似可佐证了。

遗憾的是，黎庶昌脸上的笑容没有能够持续多久。他以文化为纽带的外交特色时被世人称赞，应该得益于其文人本色。"焦遂五斗方卓然，高谈雄辩惊四筵"，本质上他还是一介书生，对本国及所在国文化的掌控能力是他手中最有力的武器。除此之外，黎庶昌也有难以言说的苦衷。初任驻日本国公使时，黎庶昌很欣赏前任公使的参赞黄遵宪，想留其共事，却被黄遵宪一口拒绝了，理由是，"非不为公佐，实弱国无外交可言"。那时中日尚未开战，日本还不为大多数中国人所认知，即便是中国的知识界也自以为："即便放眼五大洲，中国也堪称强国。与东海区区一岛国相较之，其渺乎不足比数矣，土地之大，人民之众，物产之富，何啻十倍于倭、百倍于倭而已？"

黎庶昌上任后不久即感到黄遵宪言之不虚。在许多外交场合，他所受到的礼遇颇为疏阔，远不如西方诸国使节受到尊重。战场上拿不到的东西，更休想在谈判桌上得到。比如，他任驻日本公使时，中国的属国琉球已被日本强行设县，黎庶昌赴任后，曾试图通过交涉有所转圜，终因国力衰微，只能眼巴巴地看着日本将其彻底吞并，算是切身体会到了"天朝上国"怎样被"东海区区一岛国"所欺辱。他还经手过一起人命官司，长崎巡捕以查巡鸦片为名殴伤华侨数人，其中一人不治身亡。日本外相井上馨对黎庶昌惩办凶手的要求根本不予理会，咬定是误杀不应抵罪。黎庶昌性格刚健，与日本外相"文书往复辩论至两月之久"，日方最后才将凶犯判了五年监禁，赔了家属几千块银洋。这件事在华人中争相传颂，因为能有这样的结果已实属意外了。而黎庶昌的自尊心仍然受到了伤害，日本所以敢轻慢"天朝上国"，实为其国力已超过清廷。他出使欧洲六年，足迹遍及西方诸国，再使"明治维新"后的日本，反观清廷的因循守旧、国力日衰，更加痛切感受到了变法求新的迫切性。

使日第三年，黎庶昌经过深思熟虑，写成了《敬陈管见折》递交总理衙门，请求转奏朝廷。主张"整饬内政""酌用西法"，提出了七条富国强兵的措施。其中第一条就是加强海军实力，认为现在的水师"战舰未备，魄力未雄"，"实难责与西人匹敌"，要练足一百号兵船，分成南北两个水师，专做攻敌之用，而且每个水师应有铁甲巨舰四五艘。可惜，这道奏折老佛爷连看都没有看到。总理事务衙门认为"情事不合，且有忌讳处"，竟然"寝而不奏，将原折退回"。曾纪泽知晓奏折的内容后，认为"大疏条陈时务，切中机宜"，"弟怀之已久而未敢发"；掌管总理衙门的亲贵大臣认为这道奏折有涉忌讳处，也不是纯属推诿之词。天朝威武、一派祥和，慈禧觉得有水军撑一下门面就可以了，花更多的银子去添船置炮纯属多余，如果当时看了黎庶昌的折子，难保不甩脸子。至于朝廷那些守旧的大臣，"因循袭旧之见牢不可破"，连火车轮船都仇视，对黎庶昌的相关奏请更会横加指责。

清廷又错失了一次历史性机遇。如果黎庶昌的奏折当时能被采纳，后来的甲午之战也许就是另外一种结局，中国近代史也许是另外一种走向了。

可惜，历史不能假设。

4

余晖下的沙滩村别有一番景致。

远方的山峦被镶上了金边，近处的水面泛起满目碎银，江畔的垂钓者持竿未动，仿佛镀上金辉的雕塑。有几只叫不上名的飞鸟在空中盘旋，例行归巢前的最后一轮搜寻。如果来得巧，据说还能听到江边古寺的悠远梵钟和渔家女子的清亮歌喉呢！

遵义的朋友问："黎庶昌墓离此不远，可有兴致凭吊？"

我来到庭院中，端详着他的半身雕像不愿移步。真是感叹能工巧匠的精湛技艺，居然把一位一百多年前的先贤塑造得如此栩栩如生：瓜皮帽、长布衫，剑眉下是一双炯炯有神的眼睛。那目光如两道利剑，脱鞘而出，正穿越一个多世纪的历史风云向远方眺望。

我站在他的对面，我们的目光在瞬间对接。

哦，他的目光中为什么会有难以排遣的忧怨？是的，比起他使日归国，"饯别宴会无虚日，惜别祝颂之词数以百计。启程之

日送行者盈途塞港，情谊深笃者竟追饯至数百里外"的盛况，黎庶昌的晚景可谓凄凉。十米卧室、两进庭院，覆盖了他生命的全部空间。"君看缥缈綦江路，百马如龙出贵州"，他本来应该有一个更为壮丽的人生舞台。更何况，他忧郁成疾，孑然独处，生命最后的时光终日以泪洗面，一介翩翩名士已成了一个疯癫孤寂的山间老叟。世事弄人，殊荣与失落的变幻在晚清官场已近常态，他的恩师曾国藩接受直隶总督关防时，曾被赐予在紫禁城里骑马的殊荣旷典，气势之煊赫，足以使百官生慕。其后一年，即因天津教案谤怨交集，成为众矢之的。一代"中兴名将、旷代功臣"，几近身败名裂。黎庶昌非恋枥老骥，视荣华如浮云，自然明白官场荣枯无常的道理。

他的忧怨是因为他对大清国的失望。甲午开战之前，时任四川川东道员的黎庶昌曾请命去日本斡旋，以避战端。因为两任使日经历，他明白战端一开断难取胜。不是因为兵单力薄，那时，仅北洋水师已有各种舰船七十余艘，号称亚洲第一，世界第九。但是决定战争胜负的不仅仅是表面上的军力对比，政治腐败、贪腐盛行，李鸿章已把北洋水师当成自己在官场谋身立命的私产，上下不能一心，将士难以用命，水师成军后装备从未更新，指挥、训练、现代海战理念、日常管理以及火力配备，已在日本海军之下，一旦交手胜算能有几何？清廷没有"恩准"他的这一请求。翁同龢主战，光绪皇帝主战，慈禧亦主战，他们已被表面上的强大所迷惑。深知北洋水师实力的李鸿章则有口难言，因为他以操练水师有功揽权邀宠，已获得了清廷太多的褒奖。战败后他曾自嘲，貌似强大的北洋水师不过是纸糊的老虎，虚有其表，小小风雨尚可支吾应对，一旦有大的风浪袭来，露馅儿是必然的。

黎庶昌也是自作多情，虽然他出使日本时以道德文章在日本文化界享有很高威望，但以他的游说想使日本休兵罢战，则天真得有些迂腐。日本不满岛国之境久矣，对外扩张是既定国策。黎庶昌早就明白，在一个信奉丛林法则的社会，国之是非皆以实力强弱而论，没有道理好讲，他不过是心存侥幸罢了。但是一旦开战，作为爱国者的黎庶昌则从主和派变成了坚定的主战派。双方已然交手，再提后撤无异投降。甲午之战从光绪二十年（1894）公历7月始，至光绪二十一年（1895）公历4月终，每闻战败消息，黎庶昌即忧愤至极，终日不食。

焉能不怨？当他听说北洋水师的主力舰"定远"号，在海战的关键时刻竟只剩三发炮弹，前后主炮各发一弹后，剩下的一发竟要划拳而定；当他听说黄海一战，邓世昌驾驶着航速只有18节且已受伤的致远号，去撞击航速22.5节的日本旗舰"吉野"号中弹而沉，邓世昌壮烈牺牲；当他听说李鸿章命丁汝昌避而不战，躲进威海卫，水师苦撑待援，终陷绝境，总兵刘步蟾下令自沉"定远"号"以免资敌"，并与提督丁汝昌先后自裁殉国；北洋水师被日军海陆夹击，"包了饺子"，可以想见黎庶昌心肝俱裂、痛不欲生的情状。十年前就上书清廷主张厉兵秣马的黎庶昌，曾在战事中要捐白银万两以襄军费，并奏请朝廷令各级官员出钱助战，也被清廷置之不理。就在黎庶昌每闻败耗便失声痛哭时，慈禧却正在筹措巨资，一门儿心思为自己举办六十大寿庆典，准备接受百官朝贺，大宴群臣呢。眼看败绩连连却无能为力，黎庶昌的眼泪仅仅是流给阵亡的将士吗？作为一介儒生，黎庶昌的内心是矛盾的。清廷的专制与腐败他洞若观火，而忠君的历史局限又让他不愿看到大厦将倾。这和他的恩师何其相似乃尔，曾国藩深知清兵腐朽无能，弹压内乱尚可，抵御外敌堪忧，曾提出裁撤绿营编练新军。清廷拒绝了他的军改方案，曾国藩就心知肚明了，作为异族统治者，原来清廷惧内乱较外患更甚，由此对清廷绝望至极。但听幕僚预言清廷将在五十年内灭亡，却唯愿速死。曾国藩救得了清王朝，清王朝却救不了灾难深重的中华民族，这是一代效忠清廷知识分子的悲哀，又何尝不是中华民族之幸事呢？"凤凰台上凤凰游，凤去台空江自流"，况且，凤非凤台非台。情系华夏，当为奔流不息的江水而歌；心念苍生，何必因沉舟病树哀伤？

我的目光和黎庶昌的目光对视。我发现，他目光中的忧怨似乎有些退隐，代之一束穿透历史风云的睿智。莫非，九天之上的先生痛定思痛，与我心有戚戚焉？

我们知道，自汉以降，中国与西方的交流主要靠陆上的丝绸之路。十八世纪中叶，西方列强的坚船利炮打开了中国封闭的大门，也开辟出了一条抵达中国的海路。更直接、更舒适、更安全的海上交通工具使中西交流变得更具规模。晚清一大批知识分子作为文化交流的使者，几乎无一不是通过海路抵达西方的。

黎庶昌是其中优秀的一员，他站在中西文化的交汇处，胸襟开阔，目光深邃而明澈。

较之洋务派，黎庶昌固然也重视科学技术对社会发展的巨大推动，并为此考察了西方诸国的各类工厂。游历巴黎万国博览会时，他随众人坐上腾空而起的热气球，并不是为了欣赏巴黎美丽的景致，而是记录下了热气球的各种数据。但是，他更关注民俗民风所反映出的国民心理，更重视议院政治对权力的约束与监控，这在他记述外交活动和日常民俗的多篇散文中可以看到。国民心理，折射的是一种民族精神；民主政治，反映的是一种施政理念，这或许比坚船利炮更能支撑起一个国家的强盛。

黎庶昌多次记述了递交国书的情形，包括向日本天皇递交国书也是"相视一笑，礼仪甚简"。反观清廷，仅一个"拜折"仪式就令人惊诧：地方官员向朝廷呈报奏折前，先要在衙门大堂内设香案，供奉用黄缎包裹的小木箱。僚属们则按等级排列庭中，主衔上奏官员穿戴齐整立于庭院中间，面对香案，门外放礼炮三响，鼓乐齐鸣，行三跪九叩大礼。礼毕，捧起木箱恭敬地交给站立一旁的折差武弁。折差接住，将木箱双手捧过头顶，疾步下堂走出辕门，再鸣炮三响，以示恭送。且看，专制之国与民政之国的分野何其巨大？而当年英法联军火烧圆明园的一个重要借口，就是时处颓势的清廷，仍坚持西方使节面见大清皇帝必须行跪拜大礼，而且，王八咬手指——死不松口。谈崩后扣押了对方谈判代表，囚于圆明园。在朝为官，黎庶昌不能僭越官场规则，但是他却在文章中曲隐地表达了对这种皇权专制制度的不以为然，希望以此唤醒国人对民主与自由的向往。

不过，与对西方文明顶礼膜拜者不同，黎庶昌对开放有着独立见解，主张"酌用西法"。他不认为中国传统文化糟糕透顶，反而认为西方列强的"美善之风"亦可从中国的传统文化中寻觅到珍贵的思想资源。"民为重，社稷次之，君为轻"，孟子不是在两千多年前就说过了吗？天下为公、天人合一的理念，在我们的经史子集中不是也一再倡导吗？至于中国传统的建筑文化更是博大精深。西方一位使节曾断言绝不会向大清皇帝下跪行礼，可是他刚刚走到太和殿便双膝一软，扑通一声跪倒在地。因为，伟大的中国建筑太令他震撼了！黎庶昌与李鸿章均为曾国藩幕属，后来李鸿章权倾朝野，但黎庶昌对他的崇洋媚外很不赞同，曾婉言提示，或许李鸿章不以为然。黎庶昌无奈叹曰："两大之间难为小，然子产相郑，郑已立。国朝（指清朝）的子产安在乎？"郭嵩焘在引欧风美雨启迪民智上功不可没，但他认为大英帝国拥有大量殖民地，也是因为"仁爱兼至"，赢得了"环海归心"，就有点幼稚了。在汲取与接纳西方文明时，黎庶昌没有忘记托承传统文化之精义，难能可贵。

黎庶昌的目光犀利而智慧，还表现在能与时俱进。他也曾受"华夷之辨"的影响，也曾盲目憎恨洋人。岂止他，即便是中国"放眼看世界"的第一人林则徐，不是也相信过"米利坚并无国主，只分置二十四处头人"，相信英国兵"腿脚僵直，不善陆战"吗？可贵的是，黎庶昌经过实地考察，很快纠正了偏见，既有文化自信，又能从中西文化的对比中洞悉中国之种种不足。行文著书，引火种于华夏；不惧刀斧，发宏论于庙堂。他的见解不为清廷所采纳，不是由于他缺少洞察时事的目光，而是因为清廷没有刮骨疗毒的勇气。睿智与腐朽的种种细节，已经在历史的底片上纤毫毕见。

光绪二十三年（1897）冬，黎庶昌在沙滩老屋郁郁而终，时年六十一岁。

据说那一天，天降细雨，雨带西风。黎庶昌咽气时，院中古槐上有一大鸟，灰羽白喙，开翅腾空飞起，绕树三匝，悲鸣数声。然后，消失在灰蒙蒙的天之尽头。

黎庶昌死后第二年，爆发了震惊中外的戊戌变法。其实，谭嗣同等人的改革主张大都在黎庶昌的历次上书中涉及。一腔热血谁珍重？洒去犹能化碧涛！如果说，戊戌变法是中国社会彻底变革之先声，谁能否认，菜市口刑场上空那血染的风采中，没有黎庶昌的一腔热血呢？

要离开这座百年老宅了。一代先贤在这里出生，一个甲子后又逝于斯处。这是一次简单的人生轮回吗？不，它标刻着中国近代史一次螺旋式的上升。积铢累寸，历史总是在坎坷中前行。我精心从庭院的角落采来几朵野菊，恭恭敬敬地置于黎庶昌塑像前。遵义的朋友见到了，说，我们正在征集反映沙滩文化精髓的词句，二十个字以内。黎庶昌是沙滩文化的重要代表，是否有兴趣撰一佳句，也算是献给前辈的一束馨香？

我略一沉吟，想了两句话。这应该是几代中国人的梦想，可惜，黎庶昌们积薪引火、不惜驱命，转头之间，已在历史的天空中化作了一缕青烟。而现在，吾生有幸，正由我们这一代人努力践行，虽然筚路蓝缕，却矢志不渝。但愿先生在天之灵能够期许：

——渔樵耕读，固文化之本；经世致用，圆强国之梦。

向天而歌

出 使

鸣——！汽笛一声长鸣，客轮缓缓停靠在神户码头。

步出船舱，樱花已谢，枫叶正红。移步上岸的一瞬间，你走进了历史。

此时，光绪三年（1877）十一月。你二十九岁，年近而立、心雄万夫，既有年轻人的热忱，又有成年人的持重。微微抿紧的双唇，显现出你的冷峻和坚毅；清亮如玉的双眸，于从容中又流露几缕忧虑。

我懂你的忧虑。"诸公未见靴尖趯，待我扶桑濯足来"，西方列强已进入工业革命时代，自视"天朝上国"的大清如同一驾滑行在陡峭山路上的破旧马车，仍视外邦为藩属，西人是蛮夷，出使海外等同"流放"，为王公贵族所不屑。以你之才学，闻达于庙堂只需时日，但你特立独行，婉拒了家中让你继续求取功名的愿望，成为大清第一任驻日本国参赞。你不满万马齐喑的国内政局，想做普罗米修斯，即便因为窃火触怒了大神宙斯，被锁于高山让鹰啄食自己的血肉也在所不惜。

　　此行幸抑不幸？于你而言，中断了由举人考进士、入翰林的"学而优则仕"之路，是谓不幸；于民族而言，你来到了一个因明治维新而全新的国度，有幸接触到卢梭、孟德斯鸠，接触到资产阶级民主自由学说，可以近距离观察一个弱国如何称雄的神奇路径，从而领悟要想强盛，"必变从西法"，这无疑给中国的封建专制长夜揳入了一抹曙光。

　　蚌里蕴含了沙粒，化为珍珠的日子就值得期待。

　　上任伊始，即逢大变。日本凭借日益增长的国力，企图吞并中国的属国琉球。你审时度势、忧心如焚。在进行外交斡旋的同时，上奏朝廷陈述我国的应对之策，认为"琉球如亡，不出数年，闽海先受其祸"，并预言，日本"颇有以小生巨，遂霸天下之志"。那时候，日本还对其野心遮遮掩掩，大清国也被表面的强盛所笼罩，你却透过平静的海面，看到了狼牙锯齿的冰山。你知道，天朝贵胄嘴里的"蕞尔小国"羽翼已丰，若无利器在手，为其所伤将不久矣。悲哀的是，鱼游于沸鼎却安然自乐，燕巢于飞幕而不自知，你的警世箴言被当成了歌舞升平中的不和谐音。李鸿章和总理衙门责备驻日使馆"过于张皇"，会"激生变端"，甚至要将公使何如璋召回以化解僵局。

　　闻知，你欲哭无泪。原来在喧嚣的酒肆，清醒的人就是异类。行走于摩肩接踵的街头，你不愿意做一名转身就被历史遗忘的路人甲。

　　你开始撰写《日本国志》。你重视史学经世致用的功能，"意在借镜而观，导引国人，知所取法"。全书四十卷，洋洋五十余万言，分为国统志、邻交志、天文志、地理志、职官志、食货志、兵志、刑法志、学术志、礼俗志、物产志、工艺志十二部分，详细介绍了日本的历史和现状，特别着重探究了日本明治维新以后社会制度变革的情景，对其参照西法进行的政治、经济、军事、法律和文教制度改革，做了翔实缜密的介绍。背倚华夏破碎山河，俯瞰东瀛遍地樱花，你蘸尽心中悲愤，要为中国的变法图强提供一幅可行的蓝图。

前后九年，辗转日本与家乡两地，书成。

"频年风雨鸡鸣夕，洒泪挑灯自卷舒"，你著《日本国志》，费尽心血，不为青史留名。你懂得，相对于一个民族的兴衰，个人的荣辱不过是历史眸子里的一粒灰尘，一滴泪水就足以将它淹没；你坦言，"检昨日之历以用之今日则妄，执古方以药今病则谬，故杰俊贵识时；不出户庭而论天下事则浮，坐云雾而观人之国则暗，故兵家贵知彼。日本变法以来，革故鼎新，旧日政令百不存一，今所撰录，皆详古略今，详近略远，凡牵扯西法，尤加详备，期适用也"。

书成之时，你凭窗远眺。但见星光惨淡、雾气弥漫，山川万物像被黑暗吞噬，已不见白日的喧嚣。你掷笔于案，浩气长舒，一腔豪情如猎猎长风，横贯天际。你知道，夜色藏匿了太多真相，而你正用如椽之笔掀开夜幕一角，让事实昭之于世。勇士不能仗剑而行，那就化剑为光，为暗夜中的行路者送去一片曙色。

从日本卸任，你赴美国任旧金山总领事。

韶光易逝，你期待更多的邂逅，只要使命在肩，你愿意不停地行走。

旧金山是在美华人的聚集地，恰逢美国当局为了化解经济危机带来的经济衰退，以各种借口驱赶华侨、掀起排华浪潮。广大华工惨遭迫害，财产被抢，住房被毁，甚至被戮尸街头。你苦心焦思，依法严正交涉，努力维护华侨利益。

那一天，你来到关押了大量华工的一所监狱。这些华工被收监的理由是"住房面积不符合规定，拥挤、卫生条件堪忧"。典狱长是一位四十来岁的中年男子，留着茂盛的络腮胡。在欧美，胡子曾经是英雄和权力的象征，耶稣的形象本来有两个版本，一个有胡子，一个没胡子，最终神父们确定了前者，因为他们认为留着胡子的耶稣更具有权威。显然，典狱长是美须的拥趸，他用手捋着络腮胡，淡然地瞟了一眼这个长辫及腰的清朝外交官。

你注意到了对方的傲慢，不卑不亢，语调却隐含千钧之力："典狱长先生，我已经令人丈量了囚室面积，了解到每个囚室关押的人数，阁下即便不是数学专业的高才生，也不难推算出每个人平均的使用面积吧？"

典狱长一愣，他没有想到这个中国外交官有备而来，并已经做足了功课。

你微微一笑，笑容中有嘲讽，有愤怒，更有不居人下的高贵。"阁下，你以卫生条件不好将他们关押在这里，不觉得有点幽默吗？难道这里的卫生状况和居住条件要好于华侨的住所？"典狱长张了张嘴，想辩解什么，又被你的一阵排炮震慑："你们以一个荒唐的借口，把他们囚禁在更加糟糕的环境中，使我侨民深受其苦，这实在有悖于贵国所倡导的人权与民主理念吧？"

典狱长无言。经过你的不懈努力，甚至直接交涉到美国司法部长，终于迫使当局做出让步，华工的权益得到了一定保障。

后来，你写了五言古诗《逐客篇》，抒发了国运衰微、华工落魄的感慨：

呜呼民何辜？值此国运剥！

轩顼五千年，到今国极弱。

鬼蜮实难测，魑魅乃不若，

岂谓人非人，竟作异类虐。

茫茫六合内，何处足可托？

光绪十七年（1891）十一月，你平调新加坡总领事。"青天高，黄地厚，唯见月寒日暖，来煎人寿。"你已经四十三岁，年逾不惑。朝廷虽没要求干部年轻化，但到了这把年纪，无疑会削弱仕途上的竞争力。一直希望有更大平台的你，情感的落寂可想而知。不过，爱是内心深处的花朵，有它盛开，芬芳就会顺着指尖弥漫。

查访侨民疾苦，促进教育发展，你做了多少好事？去问南归的飞雁。

有一件事要特别给你一个金手指赞。一次参加华侨婚礼，你得知因清政府的禁海令，不少老人漂泊海外不能落叶归根，甚至不敢回乡寻亲访友、祭祀祖坟，不由黯然神伤。大清立国，出于安全考虑，曾沿袭《明律》"凡官员兵民私自出海贸易，及迁移海岛居住耕种者，俱以通贼处斩"，直到西方列强的炮舰轰开国门之后，大清的各种法律法令依然把出国谋生的侨民视为"叛逆通匪"。你深感侨胞虽为生计所迫，漂泊异域，但一直正朔服色，恪守华风。乡愁，是尘封在他们心底的牵挂，像悬河泻水的藤萝，爬满心底。"国初海禁严，立意比驱鳄。借端累无辜，此事实大错。"你与侨民心意相通，你明白，当今世界交往日益频繁，泥丸塞关的时代已一去不复返。于是通过驻英公使薛福成不断上书朝廷，陈说利弊，反复力争，终于促使清政府废止了实行近二百年的禁海令。鸿沟夷为平地，天堑变成坦途，广大侨民无论身处何地，他们的梦总算可以在故乡落脚了。这是你出使生涯中绚丽的一笔，不仅使侨民的浓浓乡愁得以慰藉，也让闭关锁国的大清打开了一扇连接世界的窗户。

因为有爱，你的出使经历熠熠生辉。

爱是一种信仰，它让人坚信，生活即便充满苦难，爱也会如电光石火，使你的世界不再黑暗如磐；爱也是一种能力，它是愿望的表达方式，而愿望的形成则是一个人教化、情怀和自我修养的结果。

对民族和同胞深情的爱，让你把生命的光华留在了每一行脚印中。

变　法

光绪二十年（1894），甲午战争，你的预言成谶。

"海漫漫，风浩浩，龙之旗，望杳杳。"这是"天朝"开启洋务运动与日本实施明治维新后第一次正面交锋，在大炮的射程之内，各自政治体制、军事素养和经济实力孰优孰劣，已经在历史的底片上显影。

一时，悲伤逆流成河。呜呼，一衣带水，实隔千重雾！谁说只要紧闭心窗，就可以守护自己的孤傲？沉默不是医治忧伤的良药，痛苦到极致才可以使一个人走出独舞的世界。你知道，吟诗作赋无法抚平民族的伤口；战败之国，所谓外交斡旋等同与虎谋皮。故步自封的中国要重振雄风，唯变法革新一途。

这个年底，你结束了长达十七年的外交生涯，由新加坡卸任回国。

身后，是无尽沧海；眼前，是漫漫雄关。你立于船头，任苍劲的海风吹拂你的脸庞。与当年东渡扶桑时相比，你的神情除了冷峻和坚毅之外，更多了几分睿智，像是经过炉火的冶炼，已经化铁成钢。

傍晚的太阳开始下沉，大海正把一团火焰揽入怀中。海水被太阳映红，太阳任海水亲吻，这是白昼与黑夜的交接，也是新与旧的涅槃。

你此刻的心情，在写给梁启超的诗中得以呈现：

寸寸山河寸寸金，侉离分裂力谁任？

杜鹃再拜忧天泪，精卫无穷填海心！

你去南京拜见张之洞，人称香帅，晚清名臣，洋务运动大咖，主张中学为体，西学为用，在富国强兵的立场上，与你可谓心有戚戚焉。你本以为会一见如故，得到一展抱负的平台。不想你一番宏论，张香帅听后竟哼哼一笑，笑得有些敷衍，脸上的皱纹像水波一样荡开，如同龟裂的土地，惊心动魄。你知道那笑容后面的深意，失望如风而至。香帅是开明人士，但毕竟在官场浸淫太久，位极人臣，习惯了众星捧月，唯其马首是瞻。而你出使多年，久沐西风，"昂首足加膝，摇头而大语"，言行中难免有失官场礼仪，惹得老夫子心中不爽，只委了你一个江宁洋务局总办的差事，负责办理江苏等五省民教相争酿成的教案。

隔年九月的一天，才是你人生的高光时刻：被光绪皇帝召见。

初秋，梧桐叶落，萧瑟已在赶来的路上。按清朝祖制，四品以下官员无缘得见天颜，这也是光绪要在颐和园仁寿殿召见你的缘由。出了紫禁城，等级森严的官场礼仪就可以有所变通，光绪要变法求新，因循守旧的朝廷大员自然不可重用，起用一些底层的新锐人才势在必行。得见天颜，承接圣恩，你心中多少有些惶恐。铜龙、铜凤列于殿前，供帝后举办朝会时燃香之用。当腹内燃起檀香时，烟雾即从龙、凤口中袅袅冒出，青烟缭绕，香气袭人，皇权之威严立马会氤氲每一升空气。殿内最吸引人的是一只蹲在石须弥座上的铜铸异兽，龙头、狮尾、鹿角、牛蹄、遍体鳞甲，造型离奇怪异，是传说中的麒麟，寓意着人才与祥瑞。

今日没有燃香，殿内依旧肃然。"寿协仁符"的金字匾额下，光绪皇帝端坐在用紫檀木精雕而成的龙椅上，不怒自威。

他没有穿朝服，身着宝石蓝长袍，外罩"寿"字图案衬底的明黄色马甲，头上是一顶系有红穗的黑缎如意帽。眉如远山、目似朗星，见你行礼，颔首微笑间，有一股英气如秋水涟漪般向四周漾去，沁人心扉。

甲午战败，《日本国志》得以刊印，并一举走红。

泣血之作为世人推崇，你本该欢呼雀跃；可是时代的投影仪中看不见你舞动的身姿，你早已在忧伤中彻底沦陷。"国家不幸诗家幸"，非你所愿！

青年皇帝让师傅翁同龢找来此书看过，称赞其"纪日人变制尤详"。他后来在百日维新期间发布的改革诏令，很多直接源于康有为的《日本变政考》，而康氏的《日本变政考》则深受《日本国志》影响。青年皇帝对年长康氏十岁的这位二等驻外参赞，心存好感："有人向朕举荐了你，国事衰危，急待有识之士发愤图强，愿卿不负朕望。"

你双膝跪地，微微仰起头，见青年皇帝正期许地望着自己。目光相碰的一瞬间，犹如电光石火，在幽深的历史隧道激起一串火花。你感受到了青年皇帝变法图强的决心，这决心一灯如豆，却像在漫漫长夜里升腾起一片光晕，让你漂泊不定的心灵有所皈依。

回想在日本任期届满，继任公使黎庶昌欣赏你的人品，敬佩你的才华，希望你留任。你知道，黎庶昌乃忧国忧民一志士，沉思有顷，还是婉言以辞："非吾不助君，实乃弱国无外交矣！"

黎庶昌上任不久，便深感你言之不谬，作为清朝公使，与西方列强的驻日使节相比，他尚且多受怠慢，你只是一名参赞，在外交礼仪中所受的轻慢可想而知。以你桀骜不驯的性格当然会深感羞耻。而且你已经断言，日本野心膨胀，如果琉球国地位不保，下一步受其伤害的将是大清。战事一开，屈辱必至。你一介须眉铁骨铮铮，怎么能忍受弹丸小国的颐指气使？不如趁早躲一个干净。

其实，你最无奈的是朝廷上下的妄自尊大。本来是一座摇摇欲坠的危房，却自视为摩天大厦。北洋海军号称亚洲第一，只有李鸿章知道，那不过是纸扎的老虎。且不说军纪、训练、后勤保障、作战观念，只是北洋海军的保养费用就因为李鸿章与户部尚书翁同龢素有积怨而每每不能到位。保养一支舰队与创建一支舰队相比，耗资不在其下，大清的满朝文武又有几人认同这一现代海军理念呢？

披甲戴盔的不一定都是勇士，蟹有时也会摆出狂傲的姿态。

你以头触地，发乎于心："微臣为了江山社稷，不惜肝脑涂地。"

青年皇帝感受到了你的赤诚，他知道你出使多国，眼界宏阔，博学多才，怀有一颗强国之心，便直接发问："你说，泰西之政，何以胜中国？"

你胸有成竹，仰头答曰："泰西之强，悉须由变法。臣在伦敦，闻父老言，百年以前，尚不如中华。"

青年皇帝闻言，冲你微微一笑，两人的目光又一次无缝对接。以西方为师，促欧风东渐，又保持中国的独立与自信，正是光绪变法图强的要义。眼前这个中年人言简意赅，切中肯綮，实不可多得之变法干才。相识难，相知亦难。这之前，知音如一缕青烟，只是在各自梦中显现。羁旅半生、岁月荏苒，最难得，现实中心意相连。本是两条平行的直线，地位悬殊，境遇迥然，没想到却在一个点上交会：一个志在强国富民，一个力推变法维新。如同两个踏春者，走在同一棵树下，微风吹过，杏花桃雨落了一个满身，怎不让人心旷神怡、意兴盎然？

在喧嚣的世间穿行，有几人知道哪里是心要抵达的处所？只有看见远方点燃的炬火，生命才会升腾成燃烧的云霞。

离开仁寿殿，你走向前方，把身影投射在暮色苍茫的华夏大地。

光绪二十三年（1897）夏，你赴湖南代理按察使，在巡抚陈宝箴的支持下，湖南成了你变法图强的试验场。你开办近代工业，但念念于心的仍是思想启蒙。铁路、矿山、机械可以"强身"，教育才可以使一个民族心智健全。"明治维新，幡然改图。广开学校，悉师西法。十年之后，风气大成。"你在《日本国志》中酝酿已久的改革之花，得以在这块黑土地上渐次绽放。一项项新政像一支支箭镞，划过幽暗的历史天空，射向决疣溃痈的封建专制营垒：严禁妇女缠足；创刊新派报纸；兴办新式学堂；成立为"分官权"而官绅商合办的保卫局……一时，三湘大地，新荷竞开，暗香流动；民权之论、平等之说、改制之议，众声喧哗。

设立南学会，是你人生中最为光华夺目的一笔。

时值德国侵夺胶州，列强分割中国之论大起。湖南的仁人志士做亡后之图，思保湘之独立，让人民习于政术，为他日之基，并推诸南方各省。日后虽遇分割，南中国犹可不亡，故名南学会。征得陈宝箴认同，学会具有参政议政、遴选官吏、订立法律、培养人才、理财、合群等功能，实为地方议会的架构。它对于提高士绅的政治参与度、促进变法维新具有重要作用，从而达到"吾湘变，则中国变；吾湘立，则中国立"的目的。

南学会七日一开讲，由梁启超、谭嗣同和你主讲。

第一次演讲，你青衣布履、款步登台。多年的出使经历，丰富的知识功底，幽默生动的语言，使你的讲演别开生面。学子们没有想到，在如铁桶一般禁锢的沉闷时局中，还能绽放出这样美丽的思想之花，他们被你的魅力征服了。魅力并不抽象，音乐的魅力是旋律和音符；人的魅力是学养、能力、气质和性情折射的光环，无形，却风生水起。

你一扬手，再次止住如潮的掌声。目光如炬，扫视一眼座无虚席的会场，提高了嗓音问："诸位，日本自隋唐以来承袭华风，以吾为师，何以甲午一战，令我辈汗颜；泰西上溯百年乃蛮夷之国，何以今日能引领世界？"

场上复鸦雀无声，仿佛一根针落地，也会引起一声巨响。

你挥手向下一切，正色危言："盖因改革旧法，分权于民。

然，国之文野，必以民之智愚为分界。欲提高民众的文明程度，我们先可以实行'自治其身、自治其乡'的地方自治，兴学办教、开启民智、伸张民权，培养士绅与庶民的参政意识和参政能力。在此基础上，由一乡推之一县、一府、一省，以迄全国，就可以成共和之郅治，臻大同之盛轨。"

掌声爆棚。如你所言，初到日本闻民权之说颇感惊怪，既而取卢梭、孟德斯鸠之说读之，心志才为之一变，坚信太平世必在民主。如同一朵花儿，开始只是蓓蕾，经历光照和雨露，才会向天而歌、拔蕊怒放。

因为有你，湖南成为维新变法中最活跃的省份。

可惜，变法是一场绚丽的焰火，刚一绽开就凋零了。它没有让病入膏肓的大清起死回生，而是在它的灵堂前挂起了最后一道挽幛。

人不觉，天难测，高光与至暗，有时仅在转头间。

诗 杰

点红烛一盏，煮香茗半壶，我们隔空对谈。

你是诗人，诗是性情熔铸的精灵，一经注入生命的躯壳便无法摆脱。无论出使海外还是参与变法，诗都与你须臾不离，那是你投射的生命之光。

《诗经》《离骚》深悟其意，唐诗宋词信手拈来。你口吐莲花，解析中国文化，扬手悬于天边，就是一片灿烂的云霞；随手铺之眼前，就是一片锦绣的河山。日本友人视你为泰山北斗，与你交谈，他们心旌摇曳，只恨时空错位，不能与李白畅饮于月下，和杜甫相约在茅庐，伴李清照操琴抚弦，听昨夜风急雨骤，感叹浓睡不消残酒，随辛弃疾跃马关山，醉里挑灯看剑，梦里吹角连营。

自然，他们同样为你超绝的诗品所陶醉。

从时空的维度出发，学者把你的诗归为两类："诗史之诗"——从时间维度描绘波澜壮阔的近代历史画卷，"上感国变，中伤种族，下哀生民"；"新世界诗"——从空间维度展现多姿多彩的世界图景，"驰域外之观，写心上之语"。

"诗之外有事，诗之中有人"，是你诗歌理论的核心。"诗之外有事"，就是以现实生活为诗的生发点，描摹正在发生的社会巨变，把诗作为记录历史演变的高清摄像机；"诗之中有人"，就是要"我手写我口"，通过诗人的社会经历，抒发独特的人生感悟。你在吸吮中国古典诗歌精华的基础上，不拘泥固有形式，主张"苟能即身之所遇，目之所见，耳之所闻，而笔之于诗，何必古人"。诗情所至，哀泪滂沱栖集笔端，热血奔涌洋溢纸上，关注的是国家、世界、社会、文化，大处落墨，无一己之私的矫饰作态；境界高远，推动天地人心的进步。这是你有别于同时代诗人的标识，也是你的诗可以穿越时空的因由。

甲午战败，一首《哀旅顺》，惊天地、泣鬼神，无愧诗史之作。或许旅顺要塞就是你心中祖国母亲的形象，所以你才不吝赞词，开篇即讴歌它的壮美："海水一泓烟九点"，俯瞰辽阔的神州大地，气势恢宏的旅顺港及其一望无际的海域，不过是海水一杯、青烟几点；"龙旗百丈迎风贴"，放眼军港，炮台上耸立着红衣大炮，船坞里停泊着新式战舰，到处龙旗招展。

旅顺港，清政府经营多年，耗资无数，日本人叹其"东洋无双"。可是因为清廷腐败，守将无能，开战不久即告失陷。日军在旅顺屠城，尸积如山，全市居民仅幸存三十六人。最优良的武器装备，最令人蒙羞的惨败，形成巨大反差。你的情感就像飞流直下的瀑布，从高山跌入深涧，水花乱溅、哽咽失声："一朝瓦解成劫灰，闻道敌军蹈背来。"为什么固若金汤、"东洋无双"的强大军港会一朝瓦解？当局给出的理由是因为日军背后偷袭，诗人没有正面批驳这种荒唐的推诿之词，而是通过前后对比引发了我们的深刻反省和强烈愤慨。

《冯将军歌》更是一部令人荡气回肠的诗史。1883年12月，中法战争爆发，清军在越南战场一败再败，年已古稀的冯子材老将军提兵驱寇。炮声震动山谷，弹壳在阵地前堆积盈寸，冯子材手持长矛冲出营垒，一绺美髯已被鲜血浸红，满头银发在硝烟中飞扬，巍巍然，如一尊石刻的雕像，耸立在天地之间。

你闻听捷报，涕泪横流，镇南关大败法军，这是清廷与列强交手少有的雪耻之战。于是你直抒胸臆，在诗中慨然而叹："手执蛇矛长丈八""将军威严若天神""五千人马排墙进，绵绵延延相击应……敌军披靡鼓声死，万头窜窜纷如蚁，十荡十决无当前，一日横驰三百里"。何等豪迈，何等气魄！那时候，夷邦入侵、割地赔款已是中国的日常表情。你在讴歌冯将军"奋梃大呼从如云"的英雄气概时，不忘对"何物岛夷横割地"的朝廷昏聩和"将军谤出忽盈箧"的官场腐臭给予了针砭。这首诗意境独特，表现手法别开生面，铺叙、简括、展开等修辞技法并用，使诗跌宕起伏、气势雄浑，践行了你"用古文家伸缩离合之法以入诗"的文学主张，气贯长虹，一新诗风。

站在十九世纪的落日余晖中，作为一名外交家，你的"新世界诗"在创作中自然占据重要篇幅。面对西方工业文明催生的种种新鲜事物，你感叹、惊诧，心生羡慕："别肠转如轮，一刻既万周。"你用车轮比喻别肠，对风驰电掣的火车惊叹不已。"虽有万钧柁，动如绕指柔"，巨轮出海航行，发动机转动得极其灵活，只需手指轻轻一动按钮，便可以犁开千堆雪，挑出万担棉，更让你感叹社会发展的迅猛。而这首以西方工业革命为背景的诗歌，却以《今别离》为题，"眼前双轮驰，益增中心忧"，或许是因为你心中有太多的纠结吧？同样是抒发男女离愁，因为有了火车、轮船等现代交通工具作为情感载体，于是就有了中西之殊的况味。是啊，西方文明已经乘着工业革命的列车驶过一个个历史站台，而号称"天朝上国"的大清，却还在纠缠外邦使者见到中国皇帝，应该磕几个头才符合礼制，怎么不令人揪心扒肝！

无论是诗史之诗，还是新世界诗，都有一条红线始终灌注你的诗中：反帝爱国、变法图强。你被诗界誉为诗歌革命的旗手，不仅在于一新诗风，抛弃了繁琐的形式，更在于为诗歌赋予了崭新的思想内容。所谓诗歌革命，一言以蔽之，就是用古法表达新观念。与其说你是以诗推动诗歌革命，毋宁说你是以诗为炬火，引领时代前行的脚步。长夜漫漫，黑云压城，你的诗迸射出的思想光辉，如一柄利剑，劈开了沉沉夜幕。皇皇巨著《日本杂事诗》和《人境庐诗草》，是近代新派诗的天花板，你因此成了当时的文坛顶流。因为它们的存在，诗界革命的旗帜才能迎风招展，中国近代文学史才会花团锦簇，你也当之无愧地被梁启超誉为"近世诗界三杰"之首。

在我看来，诗人是你的称号，改革者才是你的人生本色。诗人的激情催生了你变革的意志，变革的意志又使你的诗虎虎生威；如果你是诗人，你的诗便是社会变革的号角；如果你是变革者，你的诗便是推动社会进步的跫音。

世间万物，皆有因果。你不以诗为荣，诗却在某种意义上成全了你。试想，倘若没有《日本杂事诗》和《人境庐诗草》，你只是一个壮志未酬的改革者，一位风姿卓然的外交家，在斑斑史册可以留下几行冰冷的文字；有了吞吐日月、海纳百川的新派诗，情景就完全不同了。你的一颦一笑，一痴一嗔，在字里行间不时显现，你变得鲜活、生动、立体而饱满。我们不但可以看清你脸上的每一道皱纹，抚摸你的每一根白发，还可以顺着诗句走进你宽阔的心海。此时，你成了一位神奇的渔人，驾着用心血筑成的诗之舟，引导我们去穿越人生的风浪与绮丽。你的悲愤瘦如秋风，把一路的感悟堆积在我们心里；你的思考又如夏日流萤，不时点亮海上迷人的风景。

南州冠冕，玉树临风，你是粤人心中不老的男神。

归 隐

风瑟瑟、水涟涟，一叶扁舟离岸边。

光绪二十五年（1899）十月，你站在船头，踏上人生归途。

两年前，你意兴遄飞，心怀一腔豪情，投身变法，欲展鸿鹄之志；两年后，你放归原籍，除一生购置珍藏的几箱书籍外，只有一腔悲愤、两袖清风。

难忘刚发生的一幕。因病滞留上海居所做出使日本的准备时，你被一队士兵围住，面对手无缚鸡之力的一介儒生，他们刀出鞘、弹上膛，如临大敌。你缓缓起身，神态自若。这之前，你风闻变法可能遇阻的传言，但是你不愿相信。日本明治维新已经成功，脱亚入欧成了世界一雄；西方列强的工业革命风生水起，社会发展日新月异，唯中国已不复昔日威严，黄海一战，更是显出了病入膏肓的虚弱原形。自光绪帝颁发《定国是诏》，弃旧图新、百事待举，如一轮红日跃出地平线，国家的未来刚刚显出一抹光亮，难道会终止变法、自废武功？

你不愿意相信，想也不愿意去想，于是，挥手呵斥道："我乃朝廷命官，奉旨出使日本国，你们持刀擅闯，成何体统！"

有兵丁报："查遍寓所，未见嫌犯。"

领头的军官点点头，他前来囚禁你，同时兼有一命，如果在逃的康有为藏匿于此，即刻拿办。见兵士未曾搜出康氏，便讪讪一笑，道："我们只知道奉命缉拿乱党，不认识什么朝廷命官。告诉你，康有为、谭嗣同等乱党阴谋叛逆，已经被一一拿下。大人不必出使东洋了，黄泉路上和他们做个伴，也未可知。"说着，发出一阵狞笑，招手命令士兵："给我看住了，等候朝廷旨意！"

他说得不错。如果没有友人斡旋，日、英使馆干预，你或许也血溅残阳了。

坚毅、执着，历练到一定火候，就会升华为睿智与深刻。它像镶嵌在人生底色上的蓝宝石，可以让一个人的生命明澈而高贵。

它是生活对经历的回馈，是岁月对付出的犒赏。

你脱去了大清朝廷的"干部"制服，回到故乡。一袭长衫、两只布履，出入于梅州东郊周溪畔的"人境庐"。这是你的书斋，取意陶渊明"结庐在人境，而无车马喧"的诗句。有三分水、四分竹、添七分明月；从五步楼、十步阁、望百步长江。你要在这一处清幽之地，安顿自己的灵魂。不过，与陶渊明"身在红尘、心在桃源"的悠闲相反，你虽隐居乡里，仍心系天下。

办学兴教，积蓄火种；书斋会友，诗酒酬唱；与流落各地的变革者书信往来，激扬文字；归隐后的人生幕布，仍然被你涂抹得色彩斑斓。然而，这一切都难以疏解你的悲郁之情。你虽然正值壮年，心境却被这沉闷的时局挤压得如西风残照、倦鸟归林。作为旧式读书人，你没能出将入相；作为新式改革家，你没能挥戈挽日。你空有一腔热血、满腹才华，却只能在历史的夹缝中仰天长叹，无功而返，为后人留下几帧落寂而又孤独的背影。

厅堂上有一幅《时局图》，你时时观之，须臾而不敢忘。图中的熊、狗、蛙、鹰，象征着西方列强对祖国河山的觊觎，你赋诗一首以抒心志："沉沉酣睡我中华，哪知爱国即爱家。国民知醒宜今醒，莫待土分裂似瓜。"

"公才不世出，潦倒以诗名"，这是友人发出的叹息，又何尝不是你一生未解的心结？在写给弟弟的信中你直言："平生怀抱，一事无成，惟古今体诗能自立耳。然亦无用之物，到此已无甚可望矣。"可见，对别人把你唤作诗人，你真是心有不甘。"使公宰一国，小鲜真可烹"，你的治国才能远在写诗的功力之上。如果有适合的平台，你不会逊色于张之洞，甚至李鸿章。骏马出栏，给你一片草原，你可以踏出一路烽烟；鲲鹏展翅，给你一方蓝天，你可以牵出一天彩霞。可惜，历史的演进常常滞缓于某种偏见，世事的变迁也每每屈服于某人意愿。

谁说智者生来就有伟力？红尘世间，也有他经不起的风浪。

你在天有灵，或许对后人称你为"近代中国走向世界第一人"心有戚戚。

你不是第一个出使海外的清朝外交官，也不是任职时间最长、任职国家最多的驻外使节；睁眼看世界，林则徐要早你五十多年，为什么唯你可以享此殊荣？是因为卢梭、达尔文的进化论和民约论首先由你介绍给中国吗？是因为你撰写了洋洋四十万言的《日本国志》，为中国变法图强提供了完整的参照，成为维新派重要的思想资源吗？是，亦不尽是。林则徐是中国睁眼看世界的第一人，但他凭借的是间接资料，没有真切的实地感受，有误读曲解之处，其主张"师夷长技以制夷"，还停留于"器物"；你的思考则深入到了制度与思想的层面。与郭嵩焘、黎庶昌等人也有不同，他们出使西方，为国人抱薪取火，思考有了长足长进，但是缺少日本、英国、美国等不同政体的比较与体察。唯独你，近距离考察了西方各种政治模式，在洛杉矶任上为维护华工利益还多次聘请律师打官司，对资本主义的司法制度亦了然于胸，形成了自己变法图强的清晰路径："行政"与"议政"分开，中央与地方分权，"民权"与"自治"的精神贯注其中。相对康、梁等人的"书生论道"，你还有丰富的实际操作经验，协助陈宝箴在湖南变法改革时曾风生水起、一骑绝尘。

天上数点疏星，地下几树花红。卧月长谈，我邀你对饮而坐。

我困惑。早年你与父亲同游烟台，有机会与李鸿章相见，一番交谈，据说他惊叹不已，直呼你是"霸才"，一时为人们津津乐道。可这位在清廷有着相当话语权的洋务派代表，后来就像忘了有这么一码事；你出使日本，还是凭借父亲关系走的后门。结束外交生涯后，你拜见张之洞想一展抱负，奉命解决令各方官吏视为"烫手山芋"的教案问题时，显示出了过人才干，使江南地区堆积多年的教案，"无赔款，无谢罪，无牵扯正绅，无波及平民，一律清结"。张香帅也只是在奏折里夸了夸你，仍让你去办理其他各省教案，并未提拔你。

问你，你只是面露惆怅之色，放空了眼神。

你是君子，君子讳言他人之过。我揣度，第一是你没有功名。自隋唐确立科举制度以降，读书人唯有厕身其中才能谋得进身之阶，你三次应试三次落榜，手无斧柯，奈龟山何？在等级森严的清朝政治谱系中，你想以得来不易的举人资历一下进身中枢或执掌一方，可能性几乎为零。况且，你又不是这几位大佬的门生、故吏，也无重量级人物举荐，根本无法真正进入人家的朋友圈，说几句客气话不难，动真格的就另说了。第二，晚清政坛犹如一潭死水，腐朽酸臭，暗锤打人，冯子材以古稀之年出征驱寇，本是令人钦佩的义举，还招致谤言如潮；你豪情放纵、睥睨古今，声音笑貌间，往往开罪人而不自知。李、张老两位或因心量狭窄没有着力提携你也未可知。你驻外十七年，李鸿章主管外交，想重用你是分分钟的事，但在他眼里，你傲睨自喜，一个"霸"字，挟雷带电，谁知道背后是阴是晴？第三，观念不同。李、张是洋务派代表，他们认为效仿西方造船造炮可以，祖宗之法是万不可变的，观念还停留在"器物"的层面；而你主张向西方学习，已经深入到了制度和思想的高度。不是一个厩里养的马，怎么能在同一个槽里吃食呢？《日本国志》书成，你希望通过官方渠道尽快刊行，兴致勃勃呈给李鸿章。中堂大人翻了翻这本可以传之于后世的皇皇巨著，不是也略事敷衍就弃置一旁了吗？你不甘心自己的泣血之作受此冷遇，转而求助两广总督张之洞，恳请"俯赐大咨，径送总署"。没想到，失望是被同一种弹丸击伤的小鸟，扑棱扑棱翅膀，殊途同归。

陈宝箴是真心帮你的。他当然希望有一天能与你再剪西窗烛，只是，"巴山夜雨涨秋池"，夜风骤，时已迟。

光绪帝专旨召见你，是一次鲤鱼跃龙门的绝好时机，他读了《日本国志》，对你印象不错，事后本欲遣你出任驻英、德公使，如成行，你便可进身大清国"高干"，但因出使国不乐意而搁浅。你在湖南干得风生水起，青年皇帝自然欣慰之至。这是你人生最高光的时刻，光绪帝毅然破格任命你为新任驻日公使，意欲提高你的资格，据说一年半载即召你入京，"总领中枢，实施新政"。可惜，变法失败，一切皆为泡影。花期一旦错过，哪还会有果实结出？

"世事消销，不复明了，唯吾清风一笑。"

听到这句当时的流行语，你依然无言。我知道你在想什么。"大道如青天，我独不得出"，这是李白怀才不遇的感叹，又何尝不是你归隐后的心态写真？其实，你不是不得出，而是造化弄人，时运不济。正值壮年，饱读诗书，熔中西文化于一炉；遍观世界，览世界风云于眼底，本来是可以大展拳脚的时候。可是，命运似乎一直在和你玩旋转木马的游戏，你一路追逐，却有一段恒定的距离无法跨越。龙遭浅水、虎落深坑，对一个志向高远的人无异于精神酷刑。我能读懂你貌似豪放实则酸楚的诗句："尚欲乘长风破万里浪，不妨处南海弄明月珠。"

世纪之交，风雨如晦。你蛰伏于江南一隅，无时不盼望东山再起，一展鸿鹄之志。可惜，一腔热血无处洒，青鸟未至，鬓已霜。芳华是一圈圈年轮，苍老是一粒粒流沙。芳华虽美，终会化成昨日记忆；流沙易失，却有岁月炼成的金子沉淀其中。只是，人们往往不知道珍惜。

嗟夫！历史孕育了你，也辜负了你；时代造就了你，也错过了你。

夜色如水，月明似霜，窗外冷风入骨凉，梦中魂断肠。魂断肠，亦难忘，杜鹃忧天泪千行。

光绪三十一年（1905）三月二十八日，雨丝风片，景色迷离，一代人杰郁郁而终。瑶台银阙，鼓瑟齐鸣，迎接你魂归天国，并把你的名字刻在了历史的纪念碑上。

——黄遵宪，字公度，别号人境庐主人。晚清杰出的诗人、外交家和政治家，"近代中国走向世界第一人"。

人类进入二十世纪，你断言专制政体已不为时代所容，只是，中国不适合民主共和模式。目睹美国民主制度党争纷乱，更是发出了"文明大国尚如此，况民智未开者乎"的感慨，主张通过自上而下的渐进方式在中国建立君主立宪政体。这是你的局限，没有认清革命代替改革成为历史发展的大势所趋。不过，甜瓜苦蒂，遮蔽不了你作为晚清杰出改革家和思想家的烁烁光辉。

什么是历史？雨果说，是过去传到将来的回声，是将来对过去的反映。不过，它总要有所依附。在我心中，历史的底色是芸芸众生的日常表情：麻木、无奈、激愤、渴望。引领时代前行的智者，以超尘拔俗的言行为其着色，使历史鲜活、生动、凸显并富有质感。他们有幸留下了名字，每一个名字的后面，是无数普通人的泪水、奋斗与欢笑。历史因而不再是冰冷的记录和枯燥的数字，而是一幅可以连接过去、现在与未来的长卷，每一个细微的局部都惊心动魄，每一次着力的描绘都云蒸霞蔚。

你穷尽一生之力，希望通过变革使中华民族屹立于世界民族之林，"黄人捧日撑空起，要放光明照大千"；变法失败，"忍言赤县神州祸，更觉黄人捧日难"；面对乱云飞渡的险恶环境，依然坚信："一轮红日东方涌，约我黄人捧。"这是什么？这是信仰的力量，碧血丹心，矢志不渝。泰戈尔说："信仰是个鸟儿，黎明还是黝黑时，就触着曙光而讴歌了。"

向天而歌！你是一只不死鸟，为了心中的信仰，从来没有停止过歌唱。

——公度，公度，今夕何处？绿了芭蕉，红了枫树。黄人捧日，百年一梦，知否，知否，光照神州霞光出。

后　记

从事文学创作近五十年，这是我倾注心血最多的一本散文集。

2016年，我赴遵义采风，参观了黎庶昌故居，很为这位"贵州走向世界第一人"的眼光和格局所感动，回京后写了一篇散文《目光》，刊发在《北京文学》2016年第7期。没想到，文章刊出后受到众多朋友称赞，还以高票获得了《北京文学》优秀作品奖。这之后，好几年没有涉猎同类题材。2022年年初，《光明日报》的资深编辑饶翔约稿，我正在三亚过冬，天涯海角的冼夫人雕像触发了我的创作灵感，完成了一篇缅怀这位巾帼女杰的人物散文，以整版篇幅刊登于《光明日报》副刊，由此又引发了我对历史人物散文的写作兴趣。近两年，我集中精力写作了多篇同类散文，这一本主题性散文专著得以结集出版。

借本书出版之际，我要特别感谢《人民文学》《北京文学》《上海文学》《四川文学》《作品》《作家》《山花》《天涯》《美文》《长城》《草原》和《光明日报》副刊，是各位主编的热情肯定与鼓励，使我的这些习作得以在结集出版之前，首先在他们的刊物和报纸上推出。

对于这些历史人物散文，从一开始就有两种评价，一种是充分肯定，认为在主旨、语言和格局上都具有新的气象，拓展了散文的审美疆域；也有朋友有所指摘，认为文章的细节不够严谨，史实上缺少新的发现。我的观点是：考证真伪和挖掘史料是史学家的事。至于细节，中国古代文史同源共体，古代正史亦有传闻成分。号称"史家之绝唱"的《史记》，作者司马迁就并不讳言，说写作时也"便阅旧史，旁授小说"；昭君出塞的各种细节，文献所记各有不同，《汉书》《后汉书》便相去甚远，类似的情形太多了。其实，我们大可不必在细枝末节的真伪上着力过多，马未都曾质询北大一位历史系女教授，你怎么就肯定司马光砸缸用的是石头而不是砖头或者锄头？他不是抬杠而是在强调一种史观："历史没有真相，不要试图知道历史的真相。历史只残存一个道理，让大家从中汲取营养，远比真实重要。"这个观点，我基本赞同。作为一种文学表达，历史人物散文尊重已有的权威史料，角度别致，情绪饱满，语言鲜活，有自己独到的解读，可以触发读者思想上的共鸣与思考，足矣。

作家出版社总编辑张亚丽女士的真诚令我感动。得知我有出版这样一本散文集的想法，她欣然接受。其眼光、格局，与她的美丽一样令人惊艳。同时，感谢责任编辑兴安，他的散文和评论很有影响，画的马也极富神韵；赵文文是一位认真、严谨、颇具灵性的美女，他们付出的才情，为本书增色。

最后，感谢佟小侠先生，他发表在《文学自由谈》的评论，文词斐然，立论高远，对我的散文解析非常到位，特置于卷首，作为代序。当然，有些高评，笔者受之有愧，权且当是一种鼓励吧。

2024 年 7 月于北京三元桥家中